魔界水滸伝1

Kaoru Kurimoto

栗本薫

P+D BOOKS
小学館

目次

プロローグ1 —————— 5
プロローグ2 —————— 10
プロローグ3 —————— 20
プロローグ4 —————— 30
第一章 呼び声1 —————— 43
呼び声2 —————— 79
呼び声3 —————— 112
第二章 徴《きざし》1 —————— 149
徴2 —————— 184
徴3 —————— 202

第三章
襲来1 ――――― 219
襲来2 ――――― 238
襲来3 ――――― 254
襲来4 ――――― 268

第四章
魔性1 ――――― 289
魔性2 ――――― 308
魔性3 ――――― 324
魔性4 ――――― 338

プロローグ　1

溶けてゆく………

悲鳴がのどにつまり、心臓に逆流する。

溶ける――からだがどろどろと溶けてゆこうとする。

（ああ………）

何とか、声を立ててかれは叫ぼうとする。叫ぶことさえできたなら、何ほどかは楽になるにちがいないのだ。

（ああ――溶ける………溶けてしまう）

（誰か、助けて――からだが………）

涙と汗が顔をぐしゃぐしゃにする――が、それすらも、もう、とけつづけ、火にさらされた氷のようにとろとろとなってゆくからだの表皮《ひょうひ》と入りまじり、見わけもつかない。

無性に恐しく、苦しく、そして、自分が誰だったのか、何もので、何という名で、いや、そもそも、いったいどういう生物であったのか——それさえもが、さだかではなくなってゆく。

からだがダラダラととけくずれて流れ出し限りなくのろのろと世界——地球の上をおおいつくしにかかっているような、おぼろげな感覚があった。

ひどく、汚れ、いやらしく、そしてうとましい生命と化してしまったかのような不安と恐怖——自分のそのとけくずれたおぞましい肉を、おのが手でひきちぎり、燃やしつくしてきよめてしまいたい、とでもいうような、異常な嫌悪。

かれ《いい》の中で何かが分裂し、争っている……一方は、何か、古く、よどんだ、すえたような、《悪》というにさえあまりにも底知れぬもの。そしてもう一方は——

もう一方……

かれ《いい》は金切り声をあげた——

つもりだった。

声は少しも出てさえいなかった。

ただ、言おうようのない息苦しさが、まっくろなかたまりになってのどにつまり——それは、さながら、考えてはならぬことをかれ《いい》がつい考えようとした、そのことへの罰でもあるかのように……

(ああ。——溶ける。溶けてしまう)

原初の、太古の暗黒。いまだ、何もかもがさだかに生まれ出てさえもおらず、すべてがぬめぬめと、泥濘《でいねい》と暗闇の中でうごめき、むしばみあい、ほのめいていたころの――太古の混沌。

かれが、かえってゆこうとしているのは、はたしてそれだったのだろうか。

それとも……

（ああ……）

何もかも、もはやことばにならない。もがこうとしても、もはや腕も脚もなく、顔さえも失われ、ただ、意識の眼だけが、どろどろとうごめくその奇妙な、原始的な生命体を上から見おろすようにして半ば醒め、半ばその闇へひきこまれようとしながら弱々しくおののいている。

ねっとりと混沌はあたりをみたし、空気さえも、その生ある泥濘のうちに取りこまれてゆこうとする。じわじわと、それは繁殖しつづけ、おのが血肉をくらいあって、ただうごめき、のたうちながら、ざわざわ、ざわざわとひろがってゆく。

（ううう……）

かれの中で、しだいに絶叫が堪えようもなくふくれあがってゆきつつある。どうしようもない、嫌悪と恐怖、かれの中に、わずかにのこっている人間性が、救いを求めて、さいごのあがきをこころみようとする。悲痛な、はりさけんばかりの絶叫。

（いやだ――溶けるのはいやだ。あんな――あんな生物として生きるのはいやだ。おれは人間だ。人間なんだ。人間だ……）

（イヤダ、イヤダ、イヤダ、イヤダ――）

いまにも、もう、はじけてしまいそうだ――のどにかたくつめられた禁忌《きんき》の栓を、ありたけの力ではねとばし、のどもさけよとばかりにほとばしろうとする。

（ああああああ……あ――！）

ついに、それがやって来る。

ふいに目もまわるようなすさまじさで、泥どもが、汚らわしい生ある泥が、ざわざわとのたうちはじめる。何かから、必死に逃げよう、少しでも遠ざかろうとするかのように――ひき潮のようにひいてゆこうと狂気のようになる。

いつのまにか、かれはそのいやらしい生物の内にすっかり混りこみ、おびえ、狂乱して、どうしてかはわからないのにただ無性におそろしい、何かから少しでも遠くへ逃げようとして、仲間の泥の上にかさなり、ずぼりとめりこみ、ぬめぬめとあがきながら、狂おしい惑乱をふりまいていた。

溶ける……

それは、からだがとけて、この泥のなかにくずれこんでゆく、さっきまでのあのおぞましい恐怖とは明瞭にちがっていた。そうではなく、こんどの溶けることへのおびえは、それに万一とりつかれれば、もはや二度とその汚らわしい泥の生命をさえ得ることのできぬ、さいごの消滅への、まったくの無にかえってしまうことへの、どうしようもない、とどめることのできぬみじめな恐怖だった。

かれら――そのあわれな原始的な生命たちは、音たてて、一方へと逃げまどうていた。《破滅》はその反対側の方向からやってくるということが、何となしにその巨大なアメーバたちには感知されていたのだ。声にならぬ恐怖、ざわりざわりと、なかばとけあい、なかば分裂しているゼリー状の肉質が、うごめきあい、のたうって立てるいやらしいざわめき。

原初よりずっとそのままであったはずのその巨大な暗黒のなかに、いまやついに、破滅の夜明けが訪れようとするのだ。

そして――それは来た。

おお……

かれはふりかえり、見――そして、声にならぬ絶叫をふりしぼった。

いま、ゆっくり――限りなくゆっくりと上ってくる太陽……真闇の地平を切りさいて、何よりもおそろしい白熱した光を世界にもたらしつつ……

それは、一個の、おそろしく巨大な眼球だった。なまなましい虹彩《こうさい》の菊花のような模様、水晶体のぶきみな半透明の色あいまでもが、はっきりと見てとれた。

「うわあああああ！」

ついに、かれののどをつなぎとめていたせきは、切って放たれた。

かれは、すさまじい絶叫をいつまでもいつまでもほとばしらせながら、くずれおちてゆく世界もろともおのれのさいごの意識が灼きつくされてゆくのをおぼろげに感じていた……

プロローグ2

「――夏姫《なつき》！　起きて、姫《ひめ》！」

激しく誰かの手が、からだをゆさぶっていた。

ようやく、彼女の眼がひらいた。が、それと、

「キャーッ！」

すさまじい悲鳴を彼女がほとばしらせるのとが同時だった。彼女ははね起きて、ぶるぶる震えながら、毛布を胸におしあてた。

「あ……」

「姫！　どうしたのよ。あたしよ、わかんないの？」

「あ……」

ようやく、夏姫の目の焦点があった。

「あ――まり？」

「まりじゃないわよ。ルーム・メイトの顔もわかんないの？」

麻生《あそう》まり子《こ》は気をわるくしたようすで、夏姫の肩に手をやった。が、すぐにはなして、びっくりしたように叫んだ。

「姫！　あんた、すごい汗……」

「え――」

夏姫は、自分のひたいや、からだじゅうが、べっとりとぬれているのに気づいた。それは、冷や汗というよりは、あぶら汗そのものだった。

「よっぽどこわい夢みたのね」

まり子は、やっと気をとり直したようだ。

「すごいうなされようだったわよ。あたしまで、こわくなっちゃった――なんか、だんだんひどくなるんじゃない？」

「ごめん。本当、ごめん、まり……」

「しょうがないわよォ、夢は本人の責任じゃないもん。けど、こう毎晩だとさあ、からだがさ――あたしだけじゃなくて、あんたのからだがね……」

「ごめん、本当に――いま何時？」

「三時」

いつもと同じだ――夏姫はぞくりと身をふるわせた。夢の恐怖はすでにあとかたもなかったが、それよりも、この恐怖の方が、妙になまなましく身内にせまった。

この数日決まったように、眠りにつくと、ひどい悪夢にうなされる。それはいいとしても、それが、毎晩毎晩、ぴったりと時間どおりに午前三時だ、というのは――それはいったい、理屈で説明のつくことなのだろうか？

「明日、早いんでしょ。ごめんね、まり――もう大丈夫だからね」

夏姫は立って、タオルをとってきてからだをぬぐいながら言った。

「もう、寝て」

「ん……」

まり子は生返事をした。

スタンドをけそうと手をのばしかけたが、ふいに気をかえて、枕もとからタバコの箱をとった。

一本くわえ、カチッとうす闇に小さな赤い火をうかせて、

「ねえ、姫」

思いきったように言い出す。

「ちょっと――話ししない？」

「うん……」

「あんた明日は？」

「三時限から」

「じゃまだ起きてていいね。あたし明日、バイト午後から行くことにすっからさあ、ねえ、ちょっと話ししようよ」

「……」

夏姫はベッドにすわり、うなだれた。来るべきものが来た、というようすだ。

それをスタンドのうすあかりでつくづくとまり子は眺め、ふうっと煙を吐いた。

姫、というあだ名が、これほど似つかわしいものはないと思われる優雅な容姿——たしかに、花のような美少女だ。それもいまどき珍しい純日本ふうの、ほっそりとたおやかな——背のなかばまでくる、漆黒《しっこく》の長いまっすぐな髪、すきとおるように白い肌、大きな黒い目。

細く長い折れそうな首、これも死語になりかけた優婉などということばが妙にしっくりあてはまる。きゃしゃで、すきとおるネグリジェとぜいたくなブルジョア女子大生用のマンションが、どこかそぐわない。まるでごく昔の姫君が、むりに現代につれて来られて、現代の服をきせられているかのようないたいたしさがある。

ショートカットをブリーチして、あくまでも現代美人らしいファニー・フェイスのまり子とは、これ以上ないくらいな対照の妙をなしているのだ。

「姫さあ」

まり子は腹ばいになって灰皿をさがしながら、ことばを選ぶように言った。

「あんたねえ——何かさ……悩んでること、あんじゃないの？」

「別に何も——」

「姫って人に何も言わないひとだから……言いたくないもの、ムリに言わせても何だと思ってたけど、もし、もしだよ、あたしが——何たってあたしの方が世の中知ってっからさ……何もひとりでうじうじして、毎晩そんなうなされてるよりは、話してスッとするってだけでもねえ——」

「うん」

夏姫は自分もベッドの上に腹ばいになり、肘《ひじ》をついてあごを支えた。自分のからだが、ぐったりと疲労してしまっていることに、はじめて気づく。

「ねえ、言いにくいことをきくけどさ——姫、しくじったんとちがう？」

「え——？」

「んもう、浮世ばなれしてんだから——的中しちゃったんじゃないのってきいてんの。早い話が妊娠してる、あんた？」

「妊娠？」

夏姫はくすくす笑った。

「笑いごとじゃないわよ、やーね……そうねえ、あんたまじめだもんね——外泊したこともないし、そんな器用なことできないか。でもあんただってもう二十こえてんだし、まさか、バージンてことないでしょうね——あるか」

がっくりとまり子は肩をおとした。夏姫は涼しい目を見ひらいて、びっくりしたようにまり子を見つめているだけだ。

「ん——ったくもう、だからイヤなんだ、いいとこのお嬢さんなんて——じゃ、うなされるほど誰かを恋して思いつめてるとか、反対に、誰かを手ひどくふっちまって、罪悪感に悩んでるとかさ——ちょっと姫、あんたのこと考えてんのよ。少しは、協力的になってよ」

「だって——考えてはいるけど、あたし、別にそんなこと何も……」

「何もったって、あんたはクラスの姫だけじゃなくて、大学じゅうのプリンセスなんだから——ラブレターわんさでしょ」

「そんなことないわ」

「へえ——まあいいや。ともかく、それじゃおうちのこととか、誰かとうまくいかなくて苦になってるとか……ねえ、なんか、悩みないのあんた？」

「——ないみたい。ごめんね」

「あたしにあやまることじゃないっていうのに。でもそうだよねえ——こう言っちゃ何だけど、ひるまのあいだは、あんたほどけろけろ幸せそうにして何のなやみもなさそうな人って、見たことないもんね。……じゃ、別に、何か悩みがあってうなされるってわけじゃないのかなあ。じゃ、どうしてあんなひどく、毎晩きまったようにうなされんだろう。夢の中み、覚えてる？」

「ううん。ただ、とてもこわかったってだけ」

「それに、毎晩きまって三時てのがね——妙に、いわくありげじゃない？」

「……」

「ね——あんたんち、どこだったか地方の旧家ってきいたけどさ——そこにまつわる因縁話みたいの、ないの？　昔、先祖の殿様が、腰元に横恋慕して手打ちにしたとか」

「まさか」

「ちょうど午前三時に黒ネコ殺して井戸にブチこんだとかさ」

「よしてよ、まり！」

「家に問いあわせてみなよ。何代か前にも、若い女の子が、毎晩うなされたあげくとり殺された、とかいう話が——姫！」

まり子は、夏姫の目にみるみるもりあがってきた涙をみてうろたえた。

「姫、ごめん。ごめんってば——あんたにそういう冗談て通じないの、忘れてたよ。うそだよ。うそ。ただの冗談」

夏姫は両手で顔をおおってしまっていた。女のまり子でさえ、ぎくっと目をひかれるくらい、ネグリジェからあらわれた細い肩に流れかかる黒絹の髪があやしくなまめかしい。

「困ったな——冗談じゃないの。冗談だよ。姫」

「——ごめん」

しかし、すぐに、夏姫は何とか平静をとりもどした。

「ごめんね。――あたし、だめね……そういう話きくと何だか、ぞーっとしちゃって……でも、まりはわかんないかもしれないけど、こんどあたしのうちに来てみたらわかると思うわ。古い、古いうちで、土蔵なんかあって――とても冗談だと思えないのよ。井戸もあるし」

「こんどの夏休みにね」

ほっとしながらまり子は言った。

「まあいいや――姫に、そんな悩み、心あたりがないってことなら、きっとからだの具合とか、何かのはずみだよ。もう二、三日ようすを見てたらとまるかもしれないし。――あのさ、よかったら、近いうちいっぺんあたしんとこ来ない」

「バイトさきね？」

「そう。いや、コーヒーぐらいおごるけどさ。そうじゃなくて、姫に見てもらいたいものがあんの。人だけどさ――」

「男の人？」

夏姫のうれい顔がぱっと輝いた。

「わあ、まり、赤くなってる」

「ばか。――まだ片思いなんだから。何も言っちゃダメよ……でもきっと物にしてみせるわよ。あのね、今度ばっかしは、ちょいと本気なんだ、あたし」

「喫茶店のマスター？　常連さん？」

「何があんなイモ――ちがうんだな。『アンダンテ』のとなりに画廊があんの。その画廊のね……」

「画廊主ですって？　わあ、まり、ステキじゃない！　ハンサム？」

「見りゃわかるわよ。とにかく、見てみてよ。あんたの好みじゃないだろうけどね」

「うん。楽しみにしてる」

「じゃ寝ようか。電気消すわよ」

「おやすみ、まり。――起こしてごめんね、ほんとに」

「いいから――でも本当に何かあったら言わなきゃダメよ。あんたってほんと、世間知らずのお姫さまなんだからさ」

　タバコをひねり消し、ぱちんとスタンドのスイッチをひねると、すぐにまり子は寝入ったようだった。

　夏姫は肩まで毛布をひきあげ、まり子のベッドに背を向けたが、いっこうに眠りはおとずれなかった。

　暗やみに目を見ひらき、毛布にくるまって、彼女はずっと答えの出ようもない疑惑に頭を悩ましていたのである。

　夜毎の悪夢――たしかにそのくわしいなかみは、目のさめたとたんに去ってしまってあとかたもない。

しかし、たしかに、それは毎晩寸分たがわぬ夢なのだ。

そして今夜は、ひとつだけ、妙にくっきりと覚えていることがあった。

夢の中で誰かが、（溶ける。からだが溶ける）――そう、耳をふさぎたくなるようなうめきをもらしていたのだ。自分であったのかどうか、それさえわからない。

そしてもうひとつ――

これもまた、半覚醒の、奇怪な錯覚にすぎないのだろうけれども、ゆり起こされて日をひらき、上におおいかぶさるまり了を見たとき――

彼女の全身が、まるで紅蓮《ぐれん》の炎につつまれているようにみえ、それで悪夢のつづきだと思って悲鳴をあげてしまった。

あの、あまりにもなまなましい映像、あれは何かのきざしででもあったのだろうか？

プロローグ　3

その夜は――

さまざまな人びとが、あちこちで、うなされ、悲鳴をあげてとびおきるさだめにでも、なっていた、とでもいうかのようだった。

「春《はる》さん――春さん！」

「はっはい、奥さま！」

「あ――あれは、何？　強盗でも入ったの？」

「い、いえ……まさか――」

その邸は、麻布《あざぶ》に近い、閑静な高級住宅地の中でさえ、きわめて広い敷地と、うっそうと茂った木々とにとりかこまれていた。

鉄の忍び返しが物々しい。黒々とした明治を思わせる建物は、それほど広い敷地をいまどきこんな超一等地にかまえる大富豪にしては、広いことも大きいこともたしかなわりには妙に古びて、手入れがゆきとどかず、うら淋しげなことが、ひるまであったらわかっただろう。

そのかびくさい母屋の一室の窓に灯りがついた。

「午前三時ですって——冗談じゃないわ」

あわただしく、椅子に投げかけてあったガウンをとって羽織った夫人が叫ぶように言った。

「誰か殺されているのかとご近所に思われますわ。起きて下さいな、あなた」

「しかたないよ」

目をこすりこすり、藤原隆道《ふじわらたかみち》は不承不承《ふしょうぶしょう》起きあがった。

「あれは、いろいろ思いつめるたちだったから」

「冗談じゃありませんことよ——あなたったら、この悲鳴の中で平気で眠っていられるの？しかもあげているのは、あなたの実のむすめなんですのよ——一体、どういう神経をしてらっしゃるの？」

たしかに、その恐しい絶叫はいっこうにやむ気配もなかった。いま殺されつつあるけだものの断末魔《だんまつま》といったふうに、少しも低まらぬばかりか、いよいよ甲高くなるようだ。

「冗談じゃありませんわ！」

夫人はもう一度どなった。

「一体、ご近所にどう説明しますの？　婚約者にすてられて気の狂った娘がうなされてわめくので、ってわたくしが申しますの？」

「おい、雅子《まさこ》！」

「そうでなくても、お嬢さんがああいうことになったのは、失恋のショックだけじゃない、何かとわたくしが苛《いじ》めたんだろう、なんておっしゃる方もありますのよ。なさぬ仲、なんて古いことを」

「ともかくあれをおちつかせてくれんかね。たしかに、あれでは近所迷惑だ」

「ようございますとも。わたくしを見たらもっと興奮するかもしれませんけれどね――知りませんよ。男なんてそんなものだとは知ってますわ――たったひとりの実の娘だというのに、狂ってしまえば顔も見たくないんですね」

夫人は荒々しくバタンと寝室の戸をしめた。

「春さん、どうお？」

「それが、まったくよくお休みのままああしてうなされておいでですので――」

「起きないの？」

「ゆさぶり起こそうとしましたら、はねとばされました」

「カギ、かってきたでしょうね。このあいだみたいに逃げ出して橘《たちばな》さんのお宅へおしかけられたら、もう大さわぎだわ」

「まったく、どうしてこんなことになりましたものやら……」

「あたりまえだわ。安生《やすお》さんだって、あんな気ちがいみたいな娘――というより気ちがいそのものじゃないの。あんなきちんとしたお家へ入れるわけにいきませんよ。まあッ、まるで豚がしめ殺されるような声！」

「奥さま……」

「もう、本当に、こんど何かあれば、まちがいなく病院へ入れられるのだけれどね。あの人ときたら、何ひとつめんどうを見ようとしないくせに、妙にふびんがって——一体、そのとばっちりは誰に来ると思ってるのかしら？　冗談じゃないわ」

長い廊下もまた、百年まえにはどんなにか目をみはるばかりモダンで、豪奢《ごうしゃ》であったろうと偲ばせる、天井の高い、しゃれたランプのつき出した、バロックふうのつくりになっていた。

しかし、しきつめたじゅうたんはすりきれ、ランプのばら色のかさにはほこりがつもり、いっそ昔をしのばせるだけいたましいような荒《あ》れようが目立つ。

その中を荒い大股《おおまた》で歩いてゆく、まださほどの年でもない夫人の羽織ったガウンの紅《くれない》だけが、妙にあざやかに、春のかかげるあかりにうきあがってゆらゆらと影をおとす。

頭にクリップをまきつけ、腹立たしさに唇をかみしめたそのすがたは、妙に幽鬼《ゆうき》じみてあやしく、この館につりあってみえた。

「本当に眠っていてうなされてるのかどうか、知れたものじゃないわ。そのふりをしているだけじゃないとどうしてわかって？——気をつけて、ドアのすぐむこうにいるかもしれないわ」

吐きすてるように雅子夫人が言った。

そのときである。

重い樫材の、彫刻《ちょうこく》をほどこしたドアの向こうでつづいていた、すさまじい絶叫が、ふいと止んだ。

「あらいやだ」

夫人が言う。

「ばかに静かになったわね。こんどは、気でも失っちまったのかしら」

「まさか、舌でもお噛みになったんでは――」

「縁起でもないこと、言わないで頂戴」

「しかしてんかんの発作では、ときどきそんなことがございますですよ」

「冗談じゃないわ。まったくもう――」

夫人は、彫刻をほどこしたドアの中央にとりつけられた、にぶい金色のノッカーをつかみ、がちゃり、がちゃりと叩きつけはじめた。

さっきまでの狂声がうそのように中はしいんと静まりかえっている。

ふいに、中で人のうごくらしい音がして、

「いま行くわ」

おちついた声がきこえてきた。

夫人と春は目を見あわせる。

いそいで春が外から最近にふやしてとりつけた、それだけがドアともノッカーとももつりのわるいぴかぴか光る錠を外した。

するとなかでもカギをあける音がして、ドアがひらいた。


「何ですの、おかあさま、こんな夜なかに」

「まあ、華子《はなこ》さん」

夫人は怒りに息をつまらせた。

藤原華子は、古いドレッシング・ガウンをはおり、長い髪を片方の肩へたらしていた。三十から四十のあいだという年なのだが、ふしぎなほど、どこかに少女めいたところがのこっていてちぐはぐに見える。もともとの顔立ちはうりざねの公家貌《くげがお》で、平安美人とでもいいたい、決してととのってなくはない顔なのだが、その細い切れ長の目の中に、病的に何かに餓えこがれてでもいるかのような光があって――めらめらとでも形容したいほどにつよく輝いているのと、たえずくちびるがかわいてしかたないというようになめまわすくせがいかにも尋常でない感じを与えた。

「こんな夜中に、はた迷惑なのはそちらよ。何をうなされていたの？」

「あら、私、うなされていて？」

華子と夫人とは、十とは年がはなれていない。

「うなされてなんてものじゃありませんでしたよ。殺されかけているのかと思ったわ」

「全然おぼえてないわ」

「わたくしが何回もお起こししたんでございますよ」

春が口を出した。

「それもおぼえてないわ。夢でもみたのよきっと。――そんなことで大げさね、二人とも血相かえて」

「こんどあの声を録音しておいてあげるわ、華子さん」

顔をひきつらせながら夫人は言った。

「そうしたらあなたにも私たちが大げさかどうかわかるでしょうよ」

「あら、そうお――そんなにひどかった？　少しも覚えがないのに、変ねえ」

「よくもまあ――」

夫人は拳をガウンのポケットの中でぎゅっとにぎりしめて怒りをこらえた。

「ああ眠い。もうベッドに戻ってよろしいかしら、おかあさま？」

「はい、どうぞ。こんどこそ、そんな覚えもない夢で私たちまでとびおきなくてすむようお願いしたいものね」

「そおーお」

動じぬようすで華子が言い、ドアをしめようとした。

が、しめきらぬうちにまたひきあけて、

「あ、そうそう、ちょうどいいわ。春さん」

「はい、お嬢さま」

「お納戸《なんど》にたしか、お父さまの古いイーゼルと絵具箱があったわね」

「は、はい――?」

「あれを明日の朝早く、出して私のへやへもって来て。それと画材屋さんへいってきてほしいの。キャンバスを買ってきてほしいのよ」

「キャンバ――でございますか?」

「そう、何号がいるのかは明日いうわ」

「あのう――そ、それは、何をするものでございますので……」

「ばかねえ」

華子は、奇妙にアルカイックな感じのする笑いに、ニッとうりざね顔をほころばせた。

「絵をかくにきまっているじゃないの。――おかあさま、お休みなさい」

バタンと音を立ててドアがしまったあとも、しかし、夫人と春はかぎをかけることさえ忘れて顔をみあわせていた。

「カンバスにイーゼルですって――?」

それまでのやり場のない怒りさえ忘れて、夫人はつぶやいた。

「絵をかくですって? 春さん、あの気ちがい娘、絵をかく趣味なんてあったかしら」

「い――いえ」

　春は首をひねった。

「春はもう三十年からおつかえさせていただいておりますけれど、お嬢さまが絵をおかきになるなど、みたことも、きいたこともございません。――おどりやお歌やおピアノは、ことのほかお好きで、お上手でしたけれど、図画がまた大の苦手で、図画の時間などなくなればいい、とか、前に夏休みのお宿題で、お絵かきが出されましたときも、ようしないから、といって結局書生の青山にさせておしまいになりましたが……」

「何のつもりなのかしら。また何か、新手のいやがらせかしら？」

　夫人はぎりっとくちびるをかんだ。

「そっちがそのつもりならこっちだってちゃんと何のつもりだか、こんたんを見とどけてやるわ。春さん、しばらく言うとおりにして、カンバスでも何でも買ってきてやってちょうだい。絵をかくのか、何か妙なたくらみでもあるのか、見ていてやる」

「奥さま――そのおっしゃりようは……」

　春はしわぶかい手をもみしぼった。

「お嬢さまもあれであんなに悲しいことさえおありにならなかったら、いまごろは……なんでございますから」

「私なら安生さんを責める気にはならないよ」

夫人はそっけなく言った。

「せめてもう少しふつうの娘なら——娘って年でもないけど——ま、いいわ。そんなこと、いま言ってるどころじゃない。私は寝るからね。明日の朝、八時におこしに来てちょうだい」

春はひとり、古い崩壊しかかっている邸の廊下にとりのこされた。

「お嬢さまだっておかわいそうでございますよ」

春は、たまりかねたように口の中でつぶやいた。

「あれほど、やっと何不自由なくお幸せになるはずが、あんなめにおあいになったら——そりゃあ頭も少しはおかしくおなりでございますよ。でも、そうなるまえのお嬢さまは、ちゃんとした、とても頭のいい上品なお方で……」

そのくりごとをきいているものとては、ようやく再び寝しずまった静けさにおおわれた藤原家の広い邸のなかで、ただ春自身のゆらめく長い影だけであるようだった……

プロローグ　4

「——大和《やまと》」

ひかえめに声をかけて入ってきた娘が、音のせぬように気をつけながらうしろ手に重いドアをしめた。

そのドアの重さにうかがえるそのあるじの用心ぶりは異常なものがあるようだった。ドアそのものが、重く、ずっしりと厚みのある、芯に鉄板を入れた特別あつらえのものだったが、その上にさらに防音板を張り、その上に吸音性のあるつめものをした布をはりつめて、カギも二重にかかるようになっている。しかも、ドアそのものがスタジオなどのように二重になっているのである。

その構造のため、それはおそろしく重いドアになっていて、大の男でも相当な力を入れなくてはうごかせぬほどだったのだが、しかし、入ってきた娘は、非常な細身で、長身、見るからにほっそりときゃしゃだったにもかかわらず、ほとんどドアを見もしないで片手だけですっとしめたのだった。

「いま、いい――?」

「ああ。伽倻子《かやこ》か」

その室《へや》のなかに、椅子にうもれるようにしていた男が、夢からさめたように身をおこした。

「もういいよ。ちょうどいいところだった」

「そう――どう、首尾《しゅび》は」

「わるくない」

男は答えてすらりと立ちあがる。

もし、誰か、ふつうの人間が、何かのはずみでこの防音壁と二重ドアに守られ、窓ひとつなく、そしてゆったりとした皮張りのソファと椅子がひとつ二つのほかには本当に何ひとつおいてない、奇妙な室《へや》の中にまぎれこんで、この二人の男女を見ることができたとしたら、その人間は、どこがどうとはわからぬながら、ある種異常な疑惑と不安にかられてまじまじとかれらを見つめざるをえなかったにちがいない。

かれら――ことにその背のたかい男には、何かひどくはっきりとした《尋常ならざる》感じがつきまとっていた。

だがどこがどうちがっているというのでなく、むしろそれは、その全体にただよう雰囲気、空気がひどく非人間的な――まさしく、人間ではありえぬような妖気《いき》をみなぎらせている、ということに由来するものだったのだ。

男の輪郭は、妙にぼんやりとぼやけているように見えた。年ごろが二十七、八から三十二、三までで、背がおどろくほど高く、痩せがただが肩や胸はしっかりとしている、といったていどしか、はっきりとは見わけることができない。

その顔は、まん中でわけてほとんど背のなかばをすぎる長髪のためにかくされてしまっていた。が、その中で、双の眼だけが、はっきりとわかった。

もっとも、目が見える、というのではなく、目のあるはずの箇処に、二つの、何かすさまじい光をはなつ洞穴《ほらあな》がある、といった感じなのである。

何か異様な、ただごとならぬ空気が室《へや》じゅうを埋めていた。しかし入って来た背のたかい娘のほうは、それらを何とも感じぬらしく、何もいぶかるようすもなくソファに近づいていって、あいてをのぞきこんだ。

「今夜はもうこれくらいにしたら。疲れているみたいよ」

「そうだな――そうしよう」

「輪郭がぼけてるわよ」

娘はくすくす笑った。

相当美しいといっていい娘である。きわめて背がたかいのだが、それにともなうぎくしゃくした感じや、ぶこつな大女めいたところは、これっぽっちもなかった。

ひどくやせているからかもしれない。——長い髪をこれも無造作にまん中わけにして、何の手も加えぬまま背中へたらし、ゆったりとしたブラウスと黒いスカートというなりが、何となく巫女《みこ》めいている。

いかにもエキゾチックな近代美人ふうのこしらえなのだが、ただひとつ、その異様なほどの、白子《しらこ》ではないかと思われるほどの肌の白さだけが、きわだって人目をひいた。

顔立ちは知的でよくととのっているが、その美しさのわりに色っぽい感じがせぬのは、その質素ななりのせいばかりではなくその身のこなしや口のききかたが、妙に男性的にぱきぱきとしていることが大きいだろう。

しかしその気になって派手によそおい、身ごなしをやわらかくしたら、たぶん天下の美女でとおるかもしれなかった。

「まだ、ぼけてるわよ」

彼女はつけつけとした言い方で言った。

「まだ、だめ」

「——これで?」

「そうね——もうちょっと……ん、それならいいわ。——ダメね、その目だけは、どうしても」

彼女はくすくす笑った。

彼は見ているまえで、みるみるくっきりと輪郭をはっきりとさせて来つつあった。それから、しだいに、非現実的な雰囲気が消え、人間らしさを増して来——いまや、すらりとそこに立ったのは、ただ彼女のいうように双の眼だけをのぞいては非常な長身の美貌の青年だった。

その目は、その人間の顔におさまっていることがあまりにもそぐわぬように、ひとみも白眼もなくふたつの白熱した光となって輝いていた。彼はまばたきをし、するとその目は切れの長い、きわめて美しいがふつうの人間のそれになったが、彼がそこで立ちあがって話しはじめようとすると、とたんにまたギラギラする発光体と化してしまった。

「だめだね」

彼は苦笑まじりにつぶやいた。

「まあ、いい」

「どう——それで？」

「うん」

彼はようやくこの世にもどってきたとでもいうようすで、彼女に手をさしのべた。

「何か飲み物？」

「頼む」

彼女は細く長い手を空中にさしのべた。するとそこにひとつのカップがあらわれた。

彼はうけとって、平然とそのなかみをすすりながらしきりと考えこんでいた。

「考えこんでいるのね。どうしたのよ」

「ああ。——これから、どうしたものかと思ってね」

「そんなこと決まっているじゃありませんか。みんなを起こすのよ——それとも、答えがはかばかしくないの?」

「いや、そんなことはない。はじめとしては、こんなものだろう。もう、近いうちに、第一陣が到着するだろうよ」

「じゃ、どうして——」

「少し気になることがあってね」

「気になること?」

「ああ」

「勿体《もったい》ぶるわね」

「そうじゃない。が、伽倻子——きみは、気がついていないかもしれないが、これは、はじめるのはほんとうにたやすいんだよ。しかし、いざはじめてしまうと、けっこう長い時がかかって——そして、もう、もしかしたらはじめたわれわれ当人の手ではとめることのできぬような、そんな巨大なものにまでなってゆくかもしれないんだ。それを考えるとね——」

「弱気になったのね」

伽倻子は咽喉声《のどごえ》で言った。

同時に彼女の、きわめてふつうの人間にみえていた顔の中で、すっと何かがかわった。目が青い異様な光を放ちはじめる。ほそくとがった舌でくちびるをしめす。

奇妙なことに、そうしたとたんに、彼女は、何か人というよりは、巨大な、しなやかな、長くとがったけづめをもった、鳥でもあるかのような感じがしたのである。

「お前だって目がそうなってるよ」

ふくみ声で男が言った。

「あら」

「弱気になどなったわけじゃないさ。ただ――」

「何よ？」

「他にまだ何か、方法があったのじゃないかと思ってね」

「方法――」

彼女は鼻で笑った。

「方法ですって？――他の方法なんかないことは、あなたも、私と同じくらいよく知っているんだわ。ただ、あなたは、面倒がっているのよ」

「それは当然だよ。これだけのことを起こそうというのだから」

男はくっと笑った。

「いまは何月だっけ？」

「夏よ——七月」

「美しい季節だ。とても——何もかも美しい。たとえ幻影であろうと、それはとても古くからわれわれの愛し馴染んできたものだ」

「いまは私たちのものじゃないわ」

「そんなことは問題じゃない。誰のものかなどということは、それはやつらの決めることにすぎない。われわれはそんなことにとらわれやしない、そうだろう——そして、それがそこにあるのだから……」

「でも失われかけているわ。いいこと、失われようとしているのよ！」

「いつまでもつづきはしないさ」

「それが嘘だということも、あなたくらいよく知っているものはないはずなのにね」

「願わくは——」

「願ったってダメよ。ねえ、人和、どうしてなの——」

「どうして、とは？」

「このプロジェクトを提案し、協力者をみつけ、場所をこしらえ、足もとをかため、ずっとこれの最大の推進者になってきたのは、結城《ゆうき》大和、あなたなのよ。いつだって、迷っているあの夫人や老人たちをときふせ、たきつけ——わたしはあなたについてきたのよ。だのにいまになってそのあなたがこんなにしぶる——さもなけりゃ、しぶってみせたりするなんて……考えてもいなかったわ。ねえ、何か、わけでもあるの。何か、予知しているの？」

「いや――知ってのとおり、これに関して予知することはできないよ。たとえ夫人でもね。それもまたこのプロジェクトが絶対必要であると決めた、ひとつの理由なんだ」

「でしょう？　なら、どうして、いまになって迷うの？」

「迷っちゃいない。迷っているんじゃないんだよ、伽倻子」

「迷ってないって――」

「ただ、あまりに――そうだな、あまりに僕が感じとったそれは大きくて……何もかもがその中に失われていってしまいそうな――」

「なのでしょ？　それなら、なおさらに、わたしたちは戦わなくてはいけないのよ」

「戦う――」

「そうよ」

　戦いの女神のように、彼女はとびあがった。

「そうよ、大和。何を考えていたの？　これは、戦いなの――戦いなのよ！　しかも、敵がたからしかけられた、うけて立つ戦いなのよ！」

「……」

「ねえ、わかって――われわれは戦わぬわけにはゆかない、そう言ったのは、大和、あなたじゃないの。戦わなければ、滅びあるのみだ――って。そして、これは生きるための死になるだろう、そう言ったのも……ねえ、大和、迷わないで。あなたが迷ったらわたしたち、どうすればいいの」

「――わかったよ」

ややあって、つぶやくように、彼はこたえた。

「わかったよ、伽倻子」

「………」

「弱気になったわけじゃない。迷ったわけでもないよ。ただ、僕には――きみたちには見えぬ、さまざまなものが見えるのさ。それで、見てしまう。それだけのことだ」

「見えるということも、ときには辛いことなのね」

もう、伽倻子は、いつものとおりといった平静でかるい口調になっていた。

「でもそんなふうに見るのはおよしなさいな。第一陣はいつ？」

「そう――あと二、三日のうちだろう。その中には、とりたててあとあとへ尾をひきそうなのはいないがね。しかしいずれにせよ、あの一族へは夫人が話をつけてくれるから、われわれのやるべきことは、むしろそうしてばらばらになってしまっている連中をひとりひとり、丹念にひろいあつめることだろうからね」

「根気のいる仕事だわ」

「そう長くは待たなくていいさ。それに、仲間がふえればふえるほど、僕の手助けも、《力》

も増えるわけだからね——はじめの二、三人はきつくても、そのあとは、二、三人があつまれば十人、十人が加わったあとは五十人というように話がどんどんはかどるだろう」

「楽しみだわ」

伽倻子が奇妙な声でつぶやいた。

「楽しみ？」

「そうですとも——大和、あなたそうじゃないの？

わたしたちは、長い、長いあいだ忘れ去られていたのよ。ないがしろにされていたのよ。ふみつけられ、おとしめられ、いやしまれてきたのよ——もともと最大の権利を与えられていながら、何ひとつかかわりに与えられぬままで、理不尽にもそれをとりあげられ、追い払われ、うとんじられ……

あなたはこれでいいなどというけれど、わたしにとってはこんな世の中、ただひたすら憎いばかりよ。ゆるせない、汚らわしい、うとましいと思うわ。それでもこうしてひっそりとかくれ住んできたのは一体何のため？　まさしくそうした日のためじゃないの。同じ仲間があつまって来、力をあわせあい、もとのように、力に力がかさなり、どんなことでも、できるほどの巨大な力をもつようになり——」

「だが彼らのことを——《古き者たち》のことをきみは忘れている」

おだやかに大和は指摘した。

「われわれがこうして、もはやとくすべはないと思っていたいましめをおかし、仲間を目ざめさせ、呼びあつめにかかっているのは、失われたかつてをもういちど呼びもどすためじゃないよ。――そうではなく、それは彼らとたたかうためだ。すぐそこまで迫っている、彼らと……」

言いかけて大和は口をつぐんだ。

「家がゆれている」

「かなりひどくね」

彼と伽倻子は顔を見あわせた。二人の目はいまや、白と青のすさまじいまでの発光にみたされ、その長いゆたかな髪は、さわさわと強風に吹かれてなびき、さかだちはじめていた。

しかし、窓もなく、ぴっしりと閉めきったその室《へや》のなかに、そんなつよい風が吹こうはずもないのである！

家鳴り、鳴動《めいどう》は、ほとんど立っておられぬほどにたかまった。ガタガタガタ――と何ものかの巨大な手が、この室《へや》をゆさぶっているように、ソファが倒れ、ころがった。

「つかまって――伽倻子！」

「ええ……」

「――おっ、止まった」

大和は白熱するふたつの空洞《くうどう》を、伽倻子にむけた。

「わかっただろう。やつらはいつでも、われわれの身近にいる」

「ええ——そうね、大和、わかったわ」

伽倻子の顔は、いくぶん青ざめている。

「やつらは僕にさえ、いつも見えるとは限らないんだよ——早く、仲間がすべて出揃ってくれないと——すべてはそれからだ」

大和は立ちあがり、伽倻子の肩を叩いた。

「行こう。そろそろ朝だ」

第一章

呼び声　1

「兄ちゃん——兄ちゃんてば」

遠かった声が近づいてきたかと思うと、ふいに、かれの目は細い指でぐいとこじあけられた。

「何するんだ、ばか」

「遅刻するから早く起きなさいって。おふくろが」

「チェ——もう、放っといてほしいな。ガキみたいに……おれ、大学生なんだぞ」

「知らないよお」

伊吹涼《いぶきりよう》は、ようやく目をあけた。見なれたへや——弟の風太《ふうた》と二人用の、団地の一室、もう大学生なのだから自分だけのへやがほしいと思ったところで、三ＬＤＫに両親とねたきりの祖父と弟の五人家族では、それはかなわぬぜいたくだ。

下宿して、独立しようにも、涼の受かってしまった大学は、団地からバスで二、三停留所――歩いてもたいした距離ではない。

くすんだ新興住宅地、毎日土をほじくりかえしているブルドーザー、顔も知らぬご近所、駅前にびっしり並んでいる自転車、何十棟もつづく団地――何もかもが、みすぼらしく、間にあわせで、しかしそこからどこへ出てゆくあてもない十九歳の伊吹涼そのものを、象徴しているかのようだった。

「おまえは行かなくていいのか、きょうは日曜かヨ」

「おあいにくさま、ぼくたちもう夏休みだよーだ」

「中学生のほうが夏休み長いのかよ。いい思いしてやがんな」

弟の風太は五つちがいの十四歳だ。身びいきをぬかして見ても、けっこうかわいらしい少年だと思う。いたずらそうに目がくるくるとして、年相応のおさなさとなまいきさがあり、家じゅうの人気者である。

兄の涼のほうが、ほんとうならもっとのんびりして明るいのが、長男のつねなのに、と兄弟を知るものの誰もが言った。

「兄ちゃん、きのう何のゆめ見てたの？」

「夢？」

涼はどきり――とする。

「おれ、何か言ってたか?」

「言ってたよ。――あのね、溶ける、からだが溶ける、ってくりかえして」

「溶ける……」

再び、涼はぞくりと身をふるわせた。こんどのぞくりには、何か不愉快なものが混りこんでいた。

(また――か……)

「ママがね、ごはんたべるか、パンにするかってよ」

母は、何かというと、気に入りの風太を、涼とのパイプがわりにつかう。あまり、涼にじかに話すことが好きではないようだ。もっともそれは、涼じしんに、しゃべるのがへただ、というかたくなな思いこみがあって、むっつりしてしまうからかもしれない。

風太は別だ。家じゅうの他の人間と同様に、このやんちゃな中学生と二人で話しているときだけ、風太の明るさにひきずられるとでもいうように、涼も思わず知らずよくしゃべるし、いかにも明るい気のおけない人間のようにふるまっている。

この弟は、一体どんな人生をおくるのだろう――と、つくづく涼は考えることがある。人好きがして、なつっこく、頭もいいし行動力もある弟だ。はたで見ていても、ただものでないところがある。

では、自分はどうなのだろう——それについては、涼は特に考えたことがなかった。むしろ考えたくない、といった方があたっているのかもしれないが——大学にも、さえない三流私大でもとにかくストレートで入ったし、いずれ卒業すれば就職もするだろう。そのうち恋愛もして、結婚し、子供もできるだろうと思う。要するに涼は平凡なのだ。

ごくごく平凡、とつけた方がもっと正確かもしれない。物ごころついてからずっと、彼は「お兄ちゃん」とだけ呼《よ》ばれてきた。この団地へひっこす前のアパートのまわりでも、「風太くんの兄さん」でとおっていた。

学校でも、「伊吹風太ってきみの弟なんだってね」と言われるのでなく、「きみ、風ちゃんの兄さんなんだってね」と言われた。——かれらは、中、高校をとおしてエスカレーター式の同じ私立の生徒だった。

別に風太が天才児だとか、何かしたというわけではないのだが、それなのに必ず風太は目立ってしまうし、有名人なのだ。なみはずれて人なつこいせいかもしれない。愚兄賢弟ということばが涼は気にさわってたまらなかった。(おれは、ブラ・コンかもしれない)

それも、弟が兄にでなく、兄が弟にコンプレックスをもっているというのが、何ともみじめな気がしてやりきれない。

しかしむろん風太は涼にとってもかわいいし、父や母よりずっと心のかよう、家の中で唯一気のやすまる話しあいてであるのもたしかだった。

「けどな、うまく言えないけどおれ、何かこうわり切れない気分になることがあるの」

大学の同級生で、いちばんの親友である村松弘《むらまつひろし》に、涼はそうこぼしたことがある。——決して涼自身は自分でそう信じこんでいるほど口べたなわけではなく、ただ、構えてしまうとことばが見つからなくなるのだ。風太や、この村松や仲のいい友人たちと話しているときには、彼はけっこうよくしゃべるし、弁も立った。

「わりきれない——?」

「うん、つまりさ、おれの弟がそういうふうにわけもなく受けるわけじゃない? で、同じ冗談をおれが言ってもダメなんだよね。どっと白けちまうんだ。それはだから、キャラクターかもしれないけどさ……何てんだろう。なんかおれ、このまんまじゃ、あんまし、絵にかいたように平凡なんじゃないかって思ってさ」

「中学生みたいなこと言ってんなあ。オレだって平凡てや、顔も頭もうちもスタイルも将来性もこれ以上ねえくらい並だぜ。涼なんか、オレより多少顔がいいだけでも文句ねえんじゃねえの。誰しもタレントになるわけにゃいかねえよ」

「そうじゃないんだよな」

「じゃ何だよ?」

「だからさ——つまり、あんまし『絵にかいたように』平凡だ、ってこと」

「平凡に絵にかいたようなのもそうでねえのも、ねえよう」

「そうでもないぜ。だってさ——何てのかな、できすぎてるわけよ……なんかわざとらマンだって気がするわけ。ちょっとらしすぎるっていうかさ……」

「わっかんねえなあ、お前の言うこと。少しさ——」

村松はにやッと笑った。

「おたく、自意識過剰とちがう？　うちらから見ると、おたくあたり、ちょうどいい具合に平凡だぜよ」

「だから、それが……」

言いかけてやめた。どう言ってもわかってはもらえそうになかった。

（わざとらしい）

だが現実に、村松のいうとおり、わざとらしい平凡さと、そうでない平凡さ、などというものがあるものだろうか。

万が一あったとして、いったい、誰が、誰に対して、そのわざとらしさを仕組んでいるというのだろう。

少なくとも、涼本人でないことは明らかだ。好きこのんでこれ以上ないくらい平凡になっている人間などいはしまい。

（平凡な庶民、かね。平凡な大学生伊吹涼）

（平凡なサラリーマン伊吹涼。平凡なよき夫、よき父親——平凡にくたばってさ）

そんなふうに思ってないで、何でもやってみて生きがいを見つけるのです、とカウンセラーの阿呆《あほう》は言った。

しかし涼のいいたかったのは、そんなことではなかったのだ。むしろその正反対だった。

(何かが違っている)

(何かが――どこかがおかしい)

(何かがごまかされていて、偽られていて、そのせいでおれはそんなふうなおれでいる)

(しかし――ちがうのだ。違うのだ)

(ちがう――だが一体、何が?)

「朝めしはいらねえっておふくろに言っといてくれ。今日は村松んとこ行くからって」

「うん」

「おまえさ、風助」

涼はTシャツにジーパンにからだをもがき入れながら言った。

「からだがとける夢なんて見ない?」

「見たことあるよ」

少年は平然とこたえた。

「怖かったろ?」

「いや。べつに怖くない」

「へえ。お前、怖がりなのにな」

「うん、だって、何か——怖くなかったんだもん。それに学校できいたら、けっこうときどきそういう夢みるやついるみたいだよ。赤塚が、そりゃ欲求不満だぜって言ってたよ」

「ばか、この」

「兄ちゃんそうなんじゃない？」

「ぶっとばすぞ。早く行け」

（欲求不満？）

その説はどこかできいたような気がした。

あるいは心理学の講義にあったのかもしれない。

いささか、カンにさわる。涼は、その平凡度に応じて、とりたててもてる方とはいえなかったし、それにその分を、根性で補って、女をひっかけてまわる気力もなかったからだ。

（野郎、ませくれやがって）

リビングキチンを、何かしゃべりかける母親に生返事をして足早に通りすぎ、外へ出る。団地の棟の外まで出ると、急に足がおそくなる。

（いつ見ても下らねえところだ）

棟と棟のあいだの芝生にたむろして、子どもをあそばせながらさいげんもないうわさ話にふける女たち。どれも、たいして美しくもない。

申しあわせでかざりつけをしたとでもいうように、窓という窓にひるがえるおむつと下着と手すりにかけた布団、バルコニーに出したプランターの緑。

七月はじめ、一年じゅうでいちばん心はずむ時分のはずだが、心はいっこうに浮《う》き立たなかった。きのうの夢見もわるかったかもしれない。

（イヤな夢だった。おれはドロドロにとけて、何だか他の汚らしい同じような泥どもと混り、とけて、見わけがつかなくなっちまってうようようごめいていた）

潜在意識のなせるわざだろうか。

じっさいにだって、それとそう大して変わっているというわけじゃあない——そう考えると、いっそう気が滅入《めい》ってくる。

人びと——おそろしくたくさん、のろのろ、うようよと、うごめいている人びと。四角い団地の窓ひとつひとつに、ひとつがいずつが詰めこまれ、その連中はたぶんみな、自分のことを、平凡な庶民だ、と思っているのだろうか、そうではなく、これでけっこういっぱしのものだ、と思っているのだろうか。涼には見当もつかなかった。

（かれらは、何かがおかしい——こんなはずであるわけがない、などと、考えてみることもないのだろうか）

子供たちが歓声をあげながら走ってゆく。スーパーマーケットの前に、エプロンがけの女たちがあつまっている。白茶けた、埃っぽい分譲地——砂埃《すなぼこり》をたてて走りさるバス。

そのバスに涼は乗るはずだったのだ。しかし、交通の便のあまりよくない土地柄で、ひる前の半端《はんぱ》な時刻でも、けっこうバスはこんでいた。

その、埃っぽい入れものに、八分目ほども人間がつめこまれて、ガタガタと単調な震動に身をゆだねている——そう思った刹那《せつな》だった。

ふいに涼のなかに、思いもよらなかった嘔吐《おうと》のつよい衝動がこみあげてきたのである。

（う………ッ！）

いきなり、バスのステップから身をひるがえし、あっけにとられて見つめる人びとの目を逃れるようにして、スーパーのトイレにかけこんだとき、しかし、すでにその一瞬の発作は去り、口の中に胃液のいやな味だけがのこっていた。

自動販売機のコーラで何とか正常さをとりもどしたが、まだ、彼の身も心もたかぶって、わなないていた。こんなことは、生まれてはじめてだった。彼は、特に神経質なほうではなかった。

（一体——何だろう、いまのは？）

わかるはずもない——ただ、バスにつめこまれたり、埃っぽい夏の道をうろうろしている人びとが、一瞬、まるでうじ虫のようにうようよとして見え、それはそのまま、このごろしばしば彼をおそう悪夢につながっていった。

（わからない。けれども、こんなはずじゃない——何かがちがう、これはまちがっている、本当じゃない………）

おれはどうかしている――一体どうしてしまったのだろうと涼は思った。

もう、バスを待ち、またそれへ乗るのがいっそうおそろしかった。またあの嘔吐の発作にみまわれたら、自分が思いあたるわけもないのにノイローゼになりかけているのだ、というたしかな証明になってしまいそうだ。その上に、バス停のまわりで所在なげにしていた人々の目を、彼は恐れた。

（ま――男でよかったさ。女なら、ひとたまりもなく、赤ちゃんが……ってやられるところだ）

三時限めにおくれても、ゆっくり歩いていった方が気分がよくなるだろう――と判断して、そのまま、埃っぽい国道を、歩きはじめる。

バイクがあればどんなにいいだろう、なぞといつものようなことを考えているうちに、しだいに、いわば二重うつしになっていた現実の映像がぴったりと焦点があってきて、けさ、いや、ゆうべの奇怪な夢以来ずっとかれにとりついていたわけのわからぬ異和感、現実との乖離感《かいりかん》は、少しずつ夏の空にとけてゆくようだった。

しかし、それは、まだどこかにたしかに少しばかり、こびりつくように残っていた。伊吹涼にとって、世界は依然として何処かちがっている場所なのだった。

「伊吹クン――?」

その、わけのわからぬ異和感、不快感が、すっかりなくなったのではなかった。

しかし、同年輩の友人たちに入りまじり、ゆうべの麻雀だの、どこそこの女だの、という話に耳を傾けていると、そんな身うちのささいな感じにこだわっていることはできなくなってしまう。

「え――?」

伊吹涼はふりむき――そして、目を丸くした。

すらりと背のたかい、ほんとうに、おどろくほど背のたかい、ひどくあかぬけた娘が立っていた。

見たことのない娘だ。都会のマンモス大学とちがって、さして大ぜいの学生がいるわけではないから、こんな目立つ娘が一回でもキャンパスにあらわれれば、見おぼえのないわけはない。

ファッションモデルだといっても少しも疑われずにとおりそうな娘だった。顔立ちはいくぶん淋しげなうれい顔だが、その一七二、三センチはあろうかという上背と、それに対しておどろくほど細くやせたからだつき、みごとに長い脚は、それを補ってあまりあるだろう。

額の中央でひとすじの乱れもなくぴったりとわけてとかした黒い髪を、ぎゅっとひっつめて首のうしろでたばね、編んだゆるいシニョンにしている。細く長い顔と、ひっつめた小さな頭とに、耳にさげたとても大きな金のイヤリングが、すてきに大人っぽくうつりあっている。

あと少しでごつごつになりかねないくらい細く長いからだに、麻のしじゅうのある上等なブラウスと、ぴったりした黒いパンツをつけて、アクセサリーは胸にかけたのも、手首にゆらゆらしているのも、指にはまっているのもみんな金――かるくまげた手に、黒のメッシュのクラッチ・バッグと、赤いひもを十文字にかけたノートと本とを一緒にかかえている――涼はこっそりその本のタイトルをみた。

『日本の民間伝承とその真相』加賀四郎《かがしろう》著、とある。

どこからどこまで、こんな東京三十キロ圏の三流私大にあまりに似つかわしくないはど、あかぬけて、都会的で、そしてすっきりと大人びていた。肉うすの目鼻立ちとあっさりした化粧がまた、申し分なくそのいでたちとつりあっている。

「あなた誰?」

涼は眉を少しよせた。

「伊吹クンでしょ?」

「そうだけど」

「伊吹っていい名字ね。わたし好きよ」

「あのう、おれ、あなた知らないんだけど」

すると、彼女は奇妙な微笑をうかべた。

何といっていいか、涼が形容に困るような微笑だった。

そして彼女は、すい――と涼の耳に口をよせてきたのである。涼は背だけはひとなみより少し高かったが、彼女は背のびもせずに彼の耳に口をよせることができた。

「……」

びっくりして目をぱちくりさせている涼の手に、バッグの中からとりだした女もちの名刺が、すいと押しつけられる。

彼女がいなくなってからも、涼はぼんやりとして立ちつくしていた。

「見たぞ、見たぞ、こんの野郎！」

うしろから肩をどやしつけられてとびあがる。

「む――村松」

「村松じゃねえよ。何だ、こんなひるまっからいちゃつきやがって――やるもんだねえ。どこのモデルだよ？　おっそろしい、背高いじゃん、お宅と並んで、二、三センチっかかわらないぜ」

「んなんじゃないよ、ばか」

「んなんじゃないって、何があ」

「おれ――」

涼は、ぽかんとしていた。

ようやく、手にもった、和紙《わし》のすかし漉《ず》きの、しゃれた小さな名刺に目をおとす。

「何だ、あれホステスちゃんなの？」

「ちがうよぉ――おれさ」

「ああん、おれにも紹介しろよ。な？」

「ちがうってば――おれあんな女知らねえんだ」

「知らないって？　うそつけ、あんな親しそうに話してた」

「それが、だからさ、向こうからいきなり、伊吹クンって呼びかけてきてさ」

「むこうはおめえの名前まで知ってて、おめえは見たこともないっての。ヘンじゃん、そんなの」

「だからさ………」

涼はぼんやりと指で名刺をひねくりまわしていた。

「何か妙だな。ほんとにおまえ、あの人知らないの？」

村松がようやくいぶかしんだらしく、しだいにまじめな表情になる。

「知らないんだ」

「じゃ耳に口よせたりして、何話してたんだよ。内証話――」

「それが……バカみたいなんだ」

涼は首をひねった。

「何て？」

「――目覚メヨ、今コソ目覚メノ時。目覚メヨ、カエリキタレ、古キ者ノ裔《すえ》ヨ……」

棒読みするように涼は言った。

「何――何だって、それ？」

「わかんねえ。とにかく、そう言ったんだ。で、おれが、えってききかえしたら――」

彼女はふいに一歩しりぞいて、ひどくいぶかしむような、あやしむような、妙な顔をした
――涼は思いうかべた。

それからそのあと、少し考えてから、思いきったように、

「ま、いいわ――鈍いものもいるっていってたから。伊吹くん、あなた、絵が好きなんですってね」

「え――？　いえ、別に……」

「それはきっと思いちがいよ。あなたは、絵が好きなのよ。ね？」

「え……？」

黒い、中に青をたたえた――ブルーブラックとでもいうのだろうか、ふしぎな魅力的な色あいの眼が、けむるようにじっと涼をちかぢかと見つめていた。

「ほら――よく考えてみると、とても絵が好きだったでしょ？」

「え――ええ……」

そうこたえなくてはわるいような何かが、彼女のあやしい眼のなかにひそんでいた。

思わずうなずいた涼にようやく満足した、というようすで、彼女はバッグをあけて、名刺をぬき出してわたしたのだ。

「土曜日の午後二時にいらっしゃいな」

彼女はにっこりわらった。

「とてもいい絵が入るはずなのよ。あなたのような人にみせたいわ」

「あ、あの――あ、待って下さい」

「何だ、そりゃあ……」

呆れたように村松は叫んだ。

「新手のセールスかなんかじゃねェの。だまされて、絵なんか買わされたら、お前、絵って高えんだぞう」

「絵なんか、買う気ないよ」

「見せてみろよ」

村松はその名刺をひったくった。

「銀座・結城画廊、結城伽倻子」

声に出して読みあげる。

「地図入りだ。へえ――いいとこだな。一等地だ」

クン、と鼻をならして、

「いい匂いだ。香水紙つかってんだな」

「返せよ」

涼は手を出した。どうしてかはわからぬが、それはあまり人にいじりまわされたくなかった。

「何だい」

村松は、涼の少し気色ばんだようすに、何か言いたそうにしたが、黙って名刺をかえした。

「お前、絵なんて興味あったっけ」

「いや。ぜんぜん」

「しかしねえ……」

村松はつくづくと彼をみたが、

「あっちがどこかでお前を見そめて、ひそかに接近のチャンスをうかがってた、なんてこたあ――ねえよなあ、どう考えても」

「何なんだよその言い方」

「けど自分でも認めてるじゃん。お前、別にブオトコだとか、見られないとかいうんじゃないけど、背はたかいけどまあ目立たない方なんじゃない？　自分でしょっちゅう、そう言ってんじゃない」

「しかしさ――」

ふだんそう言っていても、面と向かってそう言われると、涼はいくぶんむっとした。

「ま、いい。そろそろだ、行こうぜ。——それ、どうするの？」

「うーん——わかんない」

「新手のセールスだと思うけどなあ」

「わかんないよ、そんなの。第一、おれらみたいな金のない学生にそんな絵うりつけようったってどうするのよ」

「ネズミ講みたいのかもよ」

「そんなこと、しそうに見えなかったけど」

いつの間にか、朝からのあの妙な気分を、涼はすっかり忘れはてていた。

ただひどく好奇心をそそられ、そして、あれこれと考えてみずにはいられなかった。

（耳にすーっと近づいたとき、何だかすごく気になるにおいがしたな）

古めかしいような、ひどくモダンなような、花と日本の香のにおいと、白檀《びゃくだん》とかじゃこうとかそういうものとが、すべてごちゃごちゃに混ざりあったような匂い。——あまり、かいだことのない、何の香水だか、そもそも香水なのかどうかさえ、よくわからないような匂いだ。

（行ってみようか）

名刺は、彼のジーパンのポケットにおさまっていた。

しかし、すわるとくしゃくしゃになる、と気づいて、村松に見られぬよう、そっと出して紙入れに入れなおした。

何だか、その小さな切れっぱしがそこにおさまっているということで、ごくごく平凡きわまりない十九歳の大学生の生活に、その名刺大の小さな風穴があいて、外の空気が吹きこんできた、とでもいうように、いつまでもその名刺のことが意識にひっかかり、そしていろいろなことを連想させるのだった。

その夜は村松の下宿でレコードをきくことになっていた。村松が酒のつまみを買いに少し席をはずしたとき、まるで泥棒のまねごとでもしているかのように、うろたえ、あたりを見まわしながら、涼は紙入れを出し、そっとその象牙色《ぞうげいろ》の紙を鼻におしあててみた。

それは、あの、髪をひっつめ、金のイヤリングをゆらゆらさせた見知らぬ女と同じふしぎな匂いがした。

涼は結局、土曜の一時半すぎに、地下鉄の銀座駅におりた。

女とちがって、男で、貧乏大学生のかれを、だますといったところで知れている。まさか銀座のこんな一等地で、暴力バーまがいのまねもできまいし、第一、暴力画廊などという話はきいたことがない。

もしその画廊がそこになければ、手のこんだいたずらだとしか思うほかはないが、かれには、そんな手のこんだいたずらをしかけるあいても、よりによってかれにしかけられるわけも、さっぱり心あたりがなかった。

くそまじめというほどでもなく、駄洒落《だじゃれ》もへたで、人を笑わせるたちでも、笑われる方でもない彼などを、そうしてひっかけて、おもしろいとはとうてい思えないのである。

何回もあれこれ考えてみたが、とにかく圧倒的なのは、行ってどういうことなのか知るだけでも知りたいという好奇心だった。

涼の家のあるS市から銀座までは、二回のりついで、二時間弱かかる。

高校二年までは、東京に住んでいたので、いささかの土地カンがのこっていた。休日の銀座は、恐しいような人出でびっしりと埋まっている。

また、忘れていたあの奇妙な――うじ虫のうようようごめく大きな穴をのぞき見ているかのような嘔吐感がもどってくる。めまいに似たものが、通りすぎてゆく人波、やたらと鳴らされるクラクションにかこまれていると、ひたひたとつきあげてくる。

（チガウ、チガウ、コレハ、ナニカガチガウ）

人びとはそのようなことは、夢にも考えたことがないらしく、いたってほがらかで、健康そうで、悩みがなさそうにみえる。

七月の空は青く、陽ざしは暑かった。

（夢にも――といえば……）

ふと、涼は奇妙なことに思いあたった。

（そういえば、あれ以来二、三日、全然、あの例の溶ける夢をみてないな）

ひどく理不尽なことだが、それは、あの小さなすかし漉きの名刺が、紙入れの中に守り本尊《ほんぞん》のようにおさまっているからだ——と、そう思われてならなかった。

(ばかみたい。おれってどうかしてる——でも)

何かが違って来ようとしているのだろうか——ふっとそんな気がした。何もかもすべてが、まるで書き割りのように決まりきって、わざとらしいほどにありふれていたこの現実世界にあいた、あの名刺型の窓——それが、このままゆくと、しだいに大きくひろがり、何だかまったくちがうものへと自分をかえていってしまうような——

そして、そのときこそ、自分は、(何かがちがう)というあの奇怪な異和感をきれいにぬぐい去り、本来あるべきすがたにもどることができるような、そんな気がしてならないのだ。

銀座へ出かけることも、それからその女に会った一件も、家族の他のものはもちろん、風太にさえ、まったく言う気になれなかった。好奇心のひどくつよい弟のことだから、このミステリーじみた話をすれば、むろん、ぜひにも一緒につれていってくれとせがむだろう。

そうとわかっていて、話してやらぬことに、妙に復讐的な快感があった。それに、別にただのひとことも、誰にもしゃべってはいけないとか、友達をつれていってはいけないなどと彼女は言いはしなかったにもかかわらず、何かしら、その一件全体に秘密結社めいたときめきをさそうものがあり、いまでは涼は、あのとき村松にさえうかうかと話をしてしまったことを後悔するような気分だった。

人びとは、けたたましいクラクションと信号と車の波の中に泳ぎまわっている。誰も、涼のように胸をどきつかせてもいないし、誰も、何ひとつこの世の中、それがそうあること、その中にとじこめられていること、に疑いをもっているようにも思えない。七月の休日は、にぎやかで、明るかった。

（あった。結城画廊）

涼は、名刺の地図どおり、表通りを一本入っていったところで、目当ての一軒をみつけた。あまりかんたんに見つかったので、ちょっとぼんやりしてしまうくらいだった。それは、その手すきの名刺が思わせるとおりの、趣味のいい、いかにも画廊にふさわしい小さな店構えで、茶色で統一したこしらえも、風雅な書体の小さな看板も、それが何かのセールスや、詐欺のたぐいではないか、と思ったことをはじさせるような、ひっそりとおちついたたたずまいをみせていた。

かんたんにさがしあててしまったので、時間がかなりあまっている。

画廊のとなりに、『アンダンテ』と看板の出た、ガラス張りのしょうしゃな喫茶店があった。そこへ入って休もうと、涼がガラスの自動ドアの前に立ったときだ。

「あ——ごめんなさい」

小さな声がかけられて、するり——と誰かがかれのかたわらをすりぬけた。

「まり……」

「あら、姫、どうしたのよ、今日は」

言いながら、店の奥からとび出してきたのは、この店のウェートレスらしい、ショートカットの、白いエプロンをつけた娘だった。

「あ。いらっしゃいませェ」

涼をみて大声をはりあげる。つられたように、涼は中に入り、窓ぎわにすわった。ガラスごしに、通りをゆきかう人びとがよく見える。

コーヒーを頼んで、このごろはじめたタバコに火をつける。どうやら、店のウェートレスを、友達がたずねてきたというところらしい。さっきの、涼にごめんなさいと言った娘は、涼のちょうどなめ向かいの席にすわり、もの珍しげにあたりを見まわしていた。

(へえ)

きれいな娘《こ》だな——ふっと、涼は心がうごくのを感じた。

これから迎えてくれるはずの結城伽倻子ほど背がたかくはないが、同じほどやせて、きゃしゃな感じのする娘である。年は、この娘の方が二つ三つ下かもしれない。

すっきりと細く長い、白鳥のような首すじが印象的だ。大きな、うれいを含んだ黒い目、細おもての、何となくはかなげな顔だち。

和服を着たら、この上もなく似合いそうな古風な美少女という感じだった。純白のうすい生地のワンピースが、たおやかにからだにまつわりついている。バラ色のサンゴのネックレスとそろいのブレスレットだけが華やかな色あいをそえる。

見ていると、何となく、その少女のまわりだけ、すうっと涼風《りょうふう》の吹きめぐるような感じがあった。それに比べると、エプロンをはずしながらやって来たウェートレスのほうは、人によっては現代的美人というかもしれないが、涼にはずっと騒々しく、うるさいだけの娘に思えた。

「ねえ」

そのウェートレスが、すい、とテーブルに肘をついて、美少女をねめつけるようにした。きつい、はっきりした目の光だった。

「どうしても、私についてってほしいっていうの?」

「うん……だって——」

「もう、一回紹介したのよ。あとは、行きたきゃ一人で行くし、何もそのたんびにあたしがついてかなくちゃなんないこと、ないじゃない。あたしだって仕事あんだもの」

そこまで、言いつのらなくともよいのにと思うほど、つけつけとした言いかただ。

美少女は目をふせた。睫毛《まつげ》が濃い。

「でも、あたし——」

「ねえ、姫、けさも言ったでしょ」

娘は苛立《いらだ》たしげに、声をひくめた。

「そういつもいつも、あんたの面倒ばかり見てるわけにいかないのよね」

「そうじゃないのよ」

訴えるように彼女は言った。

「何がよ」

「だから——一人で行かれないわけじゃないけど——だってあの人、まりの好きな人じゃない。だからあたし、まりのいないところじゃ会いたくない——一人で会いにいったってきいたら、あとで、まりが、いやな気がしたらいやだと思って」

「……」

まり子は一瞬、眉をよせて考えこんでいた。

が、すぐ、

「オーケイ、あたしがわるかったよ、姫」

男のように笑った。

「あんたってそういうふうに気をつかう子なの、もっとわかってあげなくちゃいけなかったのね。——ごめんね、あたし、やっぱちょっと苛々《いらいら》してたかな」

「じゃ行ってくれる？」

「とりあえずね。でもあいさつしたら帰るわ。だっていま、かきいれ時で、そんな長いことぬけてられないもの。ばかね、この子は——そんなに気にしなくていいのよ。ただ、あんたはきれいな子だから、ちょっと、あたし、気になってさ——こないだの彼の反応も何だかひっかかったし……でもいいや、あんたああいうの、趣味じゃないんでしょ」

「いやーだ」

少女は大きく目を見ひらき、思いがけぬほど明るい笑い声をたてた。

「第一、あの人のこと、本気で好きなんでしょ、まり」

「ちょっと、あんた、こんなとこでそんなこと、大きな声で言わないでよ」

娘はいくぶん赤くなった。

これはまったく、意外なことに思われた。見たところ、いかにもはつらつとしていて、現代的で、とうてい頬をそめたりはしそうもないきつい気の娘に涼には見えたからである。

しかし、気づくと、いつのまにか約束の時間が近づいていた。

（ちょいと、はかなげな、きれいな娘《こ》だったな）

いそいで金を払い、画廊の入口の、細い階段を上ってゆきながら、まだ涼は何となく、その美少女のことが頭からはなれなかった。

やはり銀座だ、と思う。伽倻子にせよ、その少女の友達のウェートレスだってそういうタイプなりの美人としては相当な水準へいっている。Y市の、団地のあたりでは、いずれにせよお目にかかれないレベルであることもたしかだ。

（伽倻子か——かわった名前だ）

しかし細い階段を上りきって、とっつきの茶色い木のドアをノックするころには、その喫茶店でのひと幕は涼の心から消え、ただ、これから会うその女性のことばかりが意識を占めはじめていた。

「どうぞ」

中からいらえがあって、ドアがあく。

「あら、伊吹クン」

伽倻子が立っていた。

今日の彼女は、髪をひとつにたばねただけでシニョンにはせずに背に垂らし、きりっとした黒い、衿もとのすけるノースリーブのセーターと、黒いタイトスカートをつけ、金のベルトをしていた。白い花をかたどった大きなイヤリングがくっきりと映える。

「待ってたわ」

あのような、ふつうでないやりかたで誘いをかけたというのに、いかにも、涼がやってくるのはきわめてあたりまえのことで、確信しきっていた、と言いたげな口調である。

「さあ、入って。暑いわね」

「へえ……」

涼はきょろきょろして、

「ぼく、画廊ってはじめてで――」

「あらいやだ。美術に興味があるって、ふれこみだったじゃないの」

そんなふれこみのおぼえなどない、それはあなたがかってに言ったのだ——そう、涼は抗議しようとした。

しかし、伽倻子がくすくす笑っているので、からかわれたのだと気づいて黙ってしまう。彼女は、あまりにも都会的で、洗練されすぎていて、とうてい涼あたりでは太刀打ちしかねる感じだった。

「へえ……凄いや」

涼は目を見張ってまわりを見まわした。

外からみたときは、いかにもせまく見えていたのに、中へ入ってみると、これがとおどろくくらい、店の中はひろくて、しかもよくととのえられていた。

それに天井がおどろくほど高くなっている。そのなかはベージュと茶でシックに統一され、そこへ、計算されつくした感じで、絵がかけられてある。

むろん、どれが何だとか、誰のものだ、どんな値打のものだなぞという知識は、涼にはない。しかし、それらがきっと、目のきく人間にとっては、よだれの出るほどに、すばらしく、また高価なものなのだろうということは、涼にすら、ただ見ていてもなんとなくわかった。豪奢で、知的な、そしていかにも整然とした雰囲気がその店の中を支配していた。

「へえっ——これすごいな。誰の絵ですか？」

「どれ？　いやね、マチスじゃないの。模写よ、もちろん」

「あ……これ、見たことがある」

「ここにあるのは、ほとんど写しばかりよ、ひとつ二つをのぞいてはね。ここにおいてもしかたがないから──本当にみせたいものは、奥にあるのよ。行きましょう」

「写し──でも、おれ、みんな高そうだと思ったんだけどな」

「高いのよ、けっこう。──模写でも、ちゃんとした人が写したものだし、それに、本ものも入ってるといったでしょう。さ、いらっしゃいな」

「でも、ぼく、本当に絵、わかんないから──」

「まあ、いやな人」

ふいに、伽倻子は苛立ったようにみえた。

あっ──と涼はたじろいだ。一瞬、彼女の切れの長い双眸が、ぎろり、とつきさすような青白い光につつまれた、ような錯覚にとらえられたのだ。

が、目をこすって見なおした彼女は、そんな錯覚を呼びもどすすべもない、気がつよそうだけれどもごくふつうの若い娘でしかなかった。

伽倻子が、ついと涼の顔に顔をよせてきた。

「いいこと」

咽喉声で彼女は言った。

「あなたはもう、目ざめたのよ──この中に入ってまで、そんなふうにいつわりの生をかぶりとおすいわれは少しもないの。まだ馴れなくて、ピンと来ないのはしかたないけど、いつまでもそう、わからないふりをしていられても困るのよ、夢をみたでしょう？」

「え——ええ。でも……」

涼はどもった。つよい非現実の感覚におそわれた。

「ど——どうしてそれを知ってるんです？」

「あたりまえじゃないの、ばかね」

伽倻子はようやく、満足したように笑った。

「だってあれはわたしたちが見せたのだから」

「夢を？」

「そうよ。——いやね、あなた、もしかして、本当にできそこない、、、、なのかしら？　それとも、まだ、よくわかってないのかしらね？」

「できそこないとは——」

何だよ、とむっとして言おうとすると、伽倻子はすっととりすました顔のまま涼の顔へ手をのばしてきた。

細い指がかれの頬にふれる。仰天して黙っている涼の頭を、ひきよせるようにして、

「心配することはないわ。いまに、ちゃんとあなたも一人前の戦士になれると思うわ」

伽倻子はささやいた。

「でも、そのためにまずしなくてはならないことがたくさんあるのよ。ちゃんと、覚悟を決めてもらわなくちゃ――」

「ねえ、あんたのいうこと、このあいだっから、さっぱりわからないんだけど！」

たまりかねて、ぐいと頭をもぎはなし、涼はどなった。

「何が何だか――一人でかってにのみこんでさわいでられたって、困るんだよ！　ちゃんと説明してよ。一体、何のことなんだい。戦士とか、夢を見せるとか――あんた、気ちがいかよ？」

「まあ――」

伽倻子の目がぎらりと青く光った。こんどは、その光は、消えなかった。

「それ――本気で言ってるの？」

「本気だって？　それはこっちのいうセリフだよ。何が何だかさっぱりわかんない。どういうつもりでもいいからさ、せめてどんなこんたんなのか、さっさと説明してくれない？　思わせぶりはよしてさ」

「ま――だって、あんた、夢をみたはずなのに……」

伽倻子の細い弓形の眉がぎゅっとよせられた。

「まさか、あんた、本当に何も覚えてないってわけじゃないわね？――え、ないわよね？」

「何がだよ」

「大和――」

伽倻子は、声を大きくした。

「大和。ちょっと来てよ」

「大和――?」

ドアがあいた。

入口のではなく、奥のドアだった。それが、そんなところにしつらえられていることに、涼は、それがきちんと等間隔にかけたさまざまな油絵の額のおかげでカムフラージュされていたので、開くまで気がつかなかった。

「けたたましいね、伽倻子」

「大和、きいて。わたし、わからないわ。この子ったら――」

「きいていたよ」

おだやかに、入ってきた男が言った。

すらりとした、非常に長身の青年だった。一八二、三の上あるかもしれない。きわめて仕立てのよい、それでいてラフな感じをほどよく与えるグレイの上着、細いズボン、細い編みのタイ。

均斉のとれたからだつきにぴったりとあって、一見して青年実業家という感じだったが、二つのものが、それを大きく裏切っていた。

伽倻子と同じくまん中でわけ、背中へゆたかに流れおちている、へたなミュージシャンよりもはるかに長い髪とそして、目をすっかりおおいつくしている、ひどく濃い色の、レイバン型のサングラスである。

ほとんど、この男は盲人なのだろうか、と思わせるほど濃いグラスだった。なまじ、趣味のよい、すっきりと目立たぬなりをしているだけに、長い髪とサングラスが、おそろしく目立っていた。

「兄よ。結城大和」

「伊吹さんですね。よろしく——お待ちしていましたよ。伊吹一族のあなたをこうしてお迎えできて、とても愉快です」

「伊吹——一族？」

大和のさし出す手をしかたなく握りながら涼はいぶかしんだ。盲人かと思うほどの濃いグラスだが、彼は、視力には何も異常がないらしい。さしのべた手は、的確で、すばやかった。

(しかし、画商だったら、あんな濃いサングラスを——それも家の中でまで——かけていては、絵をみるのにさしつかえやしないのかな。それとも、絵をみるときだけはずせば充分なんだろうか)

「兄さん。——この人ったらね」

「わかってる。まあ、そう早急に結論を出したり、決めつけるもんじゃないよ——その人によって、個人差の大きいことだからね。お前とこの人で、ただ単に、発信、受信の強度があわなかったというだけかもしれない」

「わたしはどうせあなたとちがうわよ」

伽倻子はつんとした。

大和はなだめるように彼女の肩を叩き、おもむろに涼に向き直った。

「ここに来なくてはいけないという気がしたのですね。そうでしょう」

「――好奇心をそそられただけですよ」

ぶっきらぼうに涼は答えた。かれは、しだいに、このすべてがばかばかしい、勿体ぶった、大時代で下らない冗談のように思われはじめていたのだ。かれは、こんなところへやってきたのを、内心ひそかに後悔しはじめていた。

「まあ、好奇心といったっていいし内なる声にみちびかれてといってもよいわけだが――いずれにせよ、きみはここへきて、そしてわれわれの同志となり――」

「同志、同志って、いったいそれは何のことなんです」

たまりかねて涼は叫んだ。

「とにかくまず、それから説明して下さい。何のまねなんです、これは――夢をみせたとか、戦うとか………」

「ほう」

ゆっくりと、大和が言った。

「これは、これは」

「ね？　言ったとおりでしょ」

と伽倻子。

「まあそういうケースも、皆無とはいえないかもしれんね、記憶喪失の――しかし伊吹家の直系のひとりむすこであり、夢のメッセージもたしかにきき、しかもここへやってきているからには、かれはここへ来るべきだったはずだ。きいてみようか――きみが見た夢はどんな内容でした、伊吹くん？」

「それは、あの――」

ばかばかしいと思いつつ、この結城大和という男のもつ妙な迫力にひきずられるようにして、涼は言いはじめた。

が、口をきったとたん、階段をトントンとかけあがってくるいくつかの足音がひびき――とたんに、結城兄妹は、とってつけたように笑顔になり、絵の話をはじめた。

ドアがあく。

「おや、まりちゃん。今日は、何も頼んでないと思うけど」

「ちがうのよ、お客さま。ほら、夏姫、早く入って！」

体を入れかえるようにして、娘に、店の中へおしこまれた白いすがたを、涼は目を大きくして見つめた。

それはさっきの喫茶店の美少女だった。

呼び声　2

世界中がしいん……と静まりかえって、聞き耳をたて、息をひそめているかのようだった。

藤原隆道は、息苦しそうに肺の中の空気をみなしぼり出し、ひと息ついた。そうやって入れかえれば、からだじゅうの細胞が入れかわって、まったく新しい存在になることができはしないか——と、本気で考えてでも、いるかのようだ。

うす暗い室内はかびくさく、古めかしい感じがした。といっても、そこが、彼のくらしている、彼の父も、祖父も、曾祖父も、ずっとくらしてきた、麻布の邸のように、昔ながらの古くあせはてた、何百年という年月に白アリのようにむしばまれ、修復不可能なまでによどみきってしまった建物であったというわけではない。

それはつい最近に隆道がかりた、この二、三年のうちに建ったモダンなマンションの一室であったから、調度も新しかったし、机と椅子はスチールのしゃれたまがりくねった脚とガラスのデザインになっており、インテリアは白と黒と赤で統一し、うしろの本棚も、スチール製の医者めいたものだった。

しかし、それにもかかわらずあたりは、どうしようもないくらい、古びて、よどんで、陰惨にしか見えないのだった。それはいっそ、この何百年――ひょっとしたら、千年の上からつづいてきた、古い古い家のさいごの末裔《まつえい》自身が、どこへゆこうとかかわりなしに持ち運んでいる、奔馬《ほんば》性のものででもあったかもしれない。

藤原隆道は、たしかに、古い古い幹から生まれてきたのである。それは、かつてはこの極東の島国ひとつをおおいつくすほどにはびこった蔓《つる》をしげらせたこともあった。しかしそれは既に失われた栄華であり、その当時に野望をもやして娘を大君《おおきみ》のおそばにあげ、家名をのこし、いやさかにはびこることをねがった先祖たちが、そのはるかな末代の子孫たちのうちの一つであるところのこの隆道のようすをみたならば、思わず失望と失意のうめきをもらしたかもしれぬ。

隆道は、むすめの華子をみてもわかるように、のっぺりとした、いまどき流行らない公家貌そのものの容貌をもっていた。品がよく、おっとりしている、と言ってよかったが、しかし、目はどろりとして、全身からどうしようもないほどに無気力な、よどみはてた感じがただよっている。はたで見るものをさえ何となくぐったりさせるようなこの無気力さは、しかし、現代の若者についていわれるようなそれとはまったくちがい、何百年の歴史のおもみそのものが、血の中に溜まっているもののそれであったから、少しばかりの反逆を当人がこころみたところでどうなるというものでもなかった。

しかし、いまはそれでもまだ、このくたびれはてたうりざね顔の男としては、いくらか生き生きと、緊張してさえいる方だったのである。

椅子に身をしずめている彼の前のデスクには、おそろしくぶあつい、何か外国語の古い辞書めいたものと、それで見ていたらしいレンズの厚い、時代がかった天眼鏡、そして、デスクのまん中に、何かうすい、ぼろぼろの皮に、おしてあったらしい金箔《きんぱく》もずいぶんはげおちかけている古めかしい小冊子とがあった。彼はいま、ちょうど、その小冊子をデスクのまん中へ神経質にもどしながら、ふうっとしぼり出すような吐息をついたのである。

「——間違いない！」

かすれた声で、彼は呟いた。そのどろりと眠ったような目が、にぶい歓喜と、わけのわからぬほのかなたかぶりに輝いた。

「たしかに、そうだ——！」

そして、彼は椅子をおして立ちあがると、まるで何かの祝いごとだとでもいうように、ていねいにコーヒーをたてはじめた。手なれたしぐさで、偏執狂《へんしゅうきょう》めいた妄執《もうしゅう》の感じられる念の入れかたで、湯をふっとうさせ、一滴ずつ、一滴ずつ注ぎいれてゆくのである。

「おどろいた。それでは本当だったのか——本当にあったのか、これは！」

その手順のあいだにも、あまりのおどろきと感動に、一瞬も黙っていることができぬ、とでもいうように、ぶつぶつとつぶやきつづけている。

「しかもたった十二部かそこいらしか現存してないという、その中のひとつがこの日本へ――しかもあんな本屋の蔵に、無造作に……いったい、いつの時代ぐらいに、日本へきたのだろう？　いったい、誰がもってきたのだろう――どうやって？」

コーヒーをいれおえると、彼はそれを、黒い愛用のカップにそそぎ入れ、ミルクも、砂糖もいれずに少しすすり、満足したらしく、左手で受け皿を、右手でカップを支えながら、窓へよっていった。まだ、デスクの上へ目をやるのが、おそろしいか、勿体ないとでもいうようだ。

彼の広く古い邸からさほど遠くないそのマンションのまわりは、それもやはり、いまの東京にはもう珍しいものになってしまった、うっそうと茂る木々におおわれていた。暗い緑のそれらの木々の梢《こずえ》は、妙にまっすぐに空にむけて突っ立ち、たまたまそのような時間であったせいかどうか、いつもならひっきりなしに外をかけぬけてゆく自動車のエンジン音、クラクション、ちり紙交換、子供たちのよくとおる声すらも、ぴったりとだえて、世界は何やら奇怪な沈黙に埋めつくされてしまっている。

黒々としたイトスギに何本もつきとおされているかのような空は、さっきまでたしかに光あふれる七月の青さであったはずなのに、いまは、鉛色の、何ともいえぬほど不快で、うっとうしい垂れこめた色あいにかわってしまっていた。

まるでそれは、さっきまでのあの明るい青こそがただの見せかけ、だまし、たぶらかしであって、それに目をうばわれてうきうきと心を弾ませる、おろかな人間どもを、何ものかが嘲笑

していると

でも、いうかのように……

その鉛色の世界を、黙って、ひどく奇妙な顔つきで、藤原隆道は眺めていた。

それから、おもむろにコーヒーをすすり、デスクの方へふりむく。

それはやはり、そこにあった。さっき、彼がおいたとおりの位置と寸分のちがいもない。

彼はコーヒーを、気をつけてデスクの端におき、椅子にまっすぐにすわり直し、いよいよ肝心の部分にとりかかろうというように、それへ手をのばした。

が、その小冊子を手にとったとたん、ぴたっと彼のうごきがとまる。

彼のどろりとにごった目が、とび出さんばかりに見ひらかれた。

彼の手にした古い皮表紙の小冊子には、さっきまでたしかにあったはずの、上の三分の一ぐらいのところに、横書きにおされた、金箔《きんぱく》の、古風なラテン語らしい題字がどこにもなくなっていた。

彼の手は一瞬ぴたりととまり、まるでその古本が手の中で蛇に化けた、とでもいうように、それを放り出そうとした。

が、すぐに、彼のうすい唇に、微笑めいたものがうかび、彼は手にした本をひっくりかえす。うすれかけた金の、かざり字の題字がおされた側があらわれた。

「ばかな」

彼はつぶやいたが、思いかえしたように、

「下らぬいたずらをするものじゃない」

まるで、その、彼ひとりしかいない室《へや》の中に、何ものかがいるように、低い声で、大まじめに話しかけた。

「お前たちのことはもう、よーくわかっているんだからな――別に、悪いつもりなわけじゃない。それどころか、これをやっと手に入れたことを、私はとても嬉しく思っているんだよ。これで、お前たちと会話ができる……お前たちは、私に注意をむけてくれるだろう――そんなことをして存在を主張しなくたって、お前たちがそばにいることぐらい――いつも、そばにいることぐらい、私はよく知っているんだよ……この本、どんなに夢みていたことか――」

彼のつやのない顔が、だらしなくゆるんだ。

あいかわらず、あたりはしーんと不自然なほど静まりかえっている。

「この、はかりしれない昔からある本、数知れぬ伝説につつまれている本を、日本語に訳するという名誉を、私がもつことができるとは――」

彼はしわがれた異様な声で、その、たそがれさながらに静まりかえった世界へむけてささやくように話した。

「アブドル・アルハザード――《狂ったアラビア人》……」

小冊子をとりあげ、まるで愛撫するようにその奇妙な文字の上をなでさする。

「まちがいない。――《暗黒祭祀書《ネクロノミコン》》……」

彼がいまわしい神話をでもとなえるように、そう読みあげた――

そのとたんだった。

キィッ、とドアが、かすかなきしむ音をたて、しいんと静まりかえっていたガラスの世界にぴしりと亀裂を走らせた。

藤原隆道のぎょっとからだをかたくしてとびあがるさまは、じっさい、常軌《じょうき》を逸していた。

「もう――もう来たのか！」

彼はのどにつまる声で叫び立てた。

「早すぎる――そんなに早く……わしはまだ、中をひらいてみてさえいない。何もしていない――這う者たちは、そんなに、秘密を守らなくてはならんのか、そんなに、ひとの日にふれるのがいやなのか？　あ――あ――あ！　待ってくれ、待っ――待って……」

ドアのノブが、ゆっくりと、左右へ、まわっている。

何ものかが、室内へおし入って来ようとしているのだ。

藤原隆道は、声にならぬ悲鳴をあげ、いきなり、古本を胸に抱きしめるようにしてとびあがった。

椅子をけとばし、窓にかけ寄る。マンションの七階である。

一瞬、そこからやみくもに身を投じようとするそぶりさえみせたが、辛くも思いかえして、きょろきょろと室《へや》じゅうを、逃げ道をもとめて見まわしつづける。

キィッ、キィッ、キィッ――

微《かす》かな耳ざわりな音をたててノブがうごきつづけ、何ものかの重いからだがドアにぶつかってでもいるような、ぎしぎしという音もした。

（お――お――おああ……）

彼の目は、はりさけんばかりに見開かれ、その口は声にならぬ絶叫に大きくひらかれている。冷たい汗がにじみ出る。

（神よ！）

そのとき、ふっと、ドアのノブのまわるのと、体当たりめいた音が止んだ。

世界が、しん……と静まりかえる。

凍りついた藤原隆道の目は、じっとドアをにらみつけたまま、眼球のぐるりに白目があらわれ、いまにも倒れんばかりのありさまである。

そのまま、永劫《えいごう》にちかい時間がすぎた。

と思ったとき――

ふいに、ピンポーン！　と澄みきったチャイムがひびいた。

「お父さま。いらっしゃいませんの。お父さま」

（あ……）

世の中に、にわかに、音と、そしてせきとめられていた時間とがどっと流れこんできたかのようだった。

クラクションがけたたましく空気をひきさいた。

「待ちなさい」

藤原隆道は深く息をつくと、その本と、『ラテン語―英語』の古い大部の字引を、一緒にして大事そうに包み、壁につくりつけさせた金庫の中へしまった。

外からはじれったそうにまた呼ぶ。

「お父さま。わたくしですわ。お出かけですの?」

「いまあける」

金庫をしめてしまうと、藤原隆道は、おもむろに、しわぶかい額にまみれていた脂汗を、深紅の大判のハンカチをとりだしてぬぐい、ドアのチェーンをはずした。

「おお、華子、どうしたんだね、こんなときに」

「近くまで来ましたので、お寄りしましたのよ。うちでは、お母さまのおかげで、ろくろくお話もできないんですもの」

「そ、そうか。――出かけるのかい。珍しいね」

藤原隆道はとまどったように、娘を見つめた。

「コーヒーをいれてあげようね」

「ありがとうございます。お父さまのコーヒーもひさしぶりだわ」

もう、藤原隆道の面上《めんじょう》には、あやしい興奮も、恐怖の脂汗もなく、彼はまた、五十七歳の、どろりとにごった目と、無気力なととのった公家貌をした、生気のない初老の男以外のものではなくなっていた。

彼はそっと娘をながめた——華子は、おどろくべき恰好をしていた。

もう三十二、三——ひょっとしたら、五、六へいっている老嬢である。父によく似た、平安朝をおもわせる顔かたちは、もともと年よりも若く見えるが、それにしても三十よりまえには見えぬ。

その彼女が、もえたつような赤の、白で大きな極楽鳥と花をそめぬいたくるぶしまでのフレヤー・スカートをはき、大きくえりもとのくれた、しかもそのえりぐりにずっと華やかなフリルの波うっている、ふくらんだ袖のバラ色の絹ブラウスを着、サンダルと、大きな籐《とう》のかご、何かつつんだ四角い平たいもの、そして、仕上げに、ひらひらと白いジョーゼットのリボンを結んだ、大きなむぎわらの帽子をかぶり、胸もとに、マーガレットの造花をひと束、コサージにしてとめているのである。

「どう、お父さま?」

彼女はかかえていたものを足もとにおくと、帽子のつばに手をかけて、くるくるとつまさきでまわった。

赤と白のフレヤー・スカートが、炎の渦になって波をうつ。

「きれいかしら、わたくし?」

「あ——ああ。とてもきれいだよ、華子」

「よく、似合いまして?」

「とてもよく似合うよ。——でも、そのう……少しばかり、派手すぎやしないかね、その——」

「帽子でしょ。そうなの。でも、そう思って、リボンを白にとりかえてきましたのよ、お父さま。とてもおかしくって?」

「い、いや——そんなことはないよ」

『アリス』の苛められた青うみがめのように、藤原隆道は、つめをかんだ。

「さ、お父さんのスペシァル・コーヒーだよ。お飲みなさい」

「ありがとう、お父さま。うれしいわ」

うたうように、華子は言った。

うたうといえば、すべての彼女の身ぶり、手ぶり、しゃべりかたなどは、ふしぎなくらい、芝居がかって、オペラ歌手が台詞をうたってでもいるようだった。

そのなりをのぞけば、言うことにも、ようすにも、とりたてて異常なことがあるではないのに、何かどうしようもなく狂った感じを与えるのは、まさしくそのせいだったろう。

「その——よく、出してくれたね。お母さんと、春が」

おずおずと父親は言った。

「二人とも、よく眠っていますわ。だから、出てきましたの——起きていると、二人して、わたくしを苛めようとするんですもの。ですから、コーヒーにお薬をいれて、眠らせてやりましたのよ。あの人たちったら、見かけの半分もかしこくないんですの。そのお薬は、わたくしを眠らせようとして、あのひとたちが手に入れてきたものなんですのよ。でも、わたくし、それであの人たちを眠らせてやりましたの。いーい気味！」

「そ、それはまた——」

父親は、どうしたものかとすっかり思案投げ首で、狂った娘を見つめた。

「それで——お前、どこへお出かけなんだい？　よかったら、お父さんと一緒に、ご飯をたべに行こう——ちょうど、お父さんも、ひと仕事おえたところだし……」

「まあッ、なんて素敵なんでしょう。なんて！」

華子は叫び、小娘のように小首をかしげて両手をうちあわせ、そして手をくみあわせた。

「でも、だめなのよ——がっかりさせてごめんなさいね、お父さま。せっかくお誘い下さったけれど、華子、行かなくてはならないところがあるのよ」

隆道はぎょっとした。華子は、それまでにも、何回も、花嫁衣装をつけてもとの婚約者の会社へおしかけたり、うちかけをかけてホテルの結婚式場へ入りこんだりする前科があったのである。

「華子、その、行かなくてはならないところっていうのは、どこなんだい」

できるかぎりやさしい声で、隆道はきいた。

「もしよければ、お父さんが送っていってあげるよ——気兼ねせずと言いなさい。誰のところなんだね?」

「ふふッ」

華子ははしゃいだ声を出し、それがくせのぺろぺろとがった舌でくちびるをなめまわしたので、すっかりオレンジ色の口紅がはげてしまった。

「お父さまが、何をお考えになってるか、わかりますわ——あててみましょうか。華子が、安生さんのところへゆくと思っていらっしゃるんでしょう?」

「い、いや——」

隆道はどぎまぎした。華子の狂気は、妙に正気の混りこんだところがあり、見てもらった友人の医者も、何ともいえない、という診断だったのである。

(まったくの仮病の可能性もある、ということかね、秦《はた》?)

(それさえもじゅうぶん考えられるんだ。しかしだ、藤原、そんなふうにして、にせ気ちがいをよそおう——つまり佯狂《ようきょう》、それもまた、精神病理学的には、ひとつの病的な心理そのものだからね。つまり佯狂を思いつくこと、それ自体がすでにまったく正常人のものではないということだ。——思うに、言いにくいが、お嬢さんは、むろんその失恋、婚約破棄も手ひどいいたでだったろうけれども、それだけでなく、何か家庭や、自分自身にかんして、慢性的なストレスがあるんだね。それだものだから、佯狂になることで、失恋という現実から逃避すると同時に、そのストレスをも解決している。そのどこまでが佯狂で、どの発作がほんとのか、あるいはお嬢さんが正気か正気でないか、このくらい、診断のつけにくいケースはないよ。その、ウエディング・ドレスをきて相手の男の会社へおしかけたって話にしたって、周囲は、気狂いじゃあ責《せ》めたって仕様がない、むしろそこまで思いつめて、あわれな、と思うだろうが、まったくの正気で、振った男にそのぐらいのいやがらせをする女など、そんな珍しいことではないし、それにあいてが正気だろうが、狂気だろうが、男の面子《メンツ》も未来も丸つぶれだろうからね。いったん恥をすてる気になってしまえば、華子さんにとって、こんな痛快で、しかも効率のいい復讐のしかたはないだろう）

（し、しかし、華子が、にせ気ちがいをよそおって、家内や安生君をどうこうしてまわるならともかく、私にまで、そんなふうに……）

華子はほんとうは、正気なのだろうか、それとも、やはり狂っているのだろうか——と怪しむように見つめる父親の目を、知ってか知らずか、

「お生憎様《あいにくさま》、ですのよ。わたくし、安生さんの顔なんて、二度と見たくありませんもの」

得々《とくとく》とした口調で華子は言い、ぺろりとくちびるをなめた。

「あの人は、卑怯未練《ひきょうみれん》——というか、男として、いちばん低劣で、げすなことを華子にした

んですもの。華子は、あんな男にふりまわされて、恋々として、たいせつな若いときを棒にふるなんて、ま・っ・ぴ・ら！　そんなことより、いくらでも、もっとわたくしにふさわしい男の人がいるはずですし、むしろ、結婚して、とりかえしのつかなくなるまえに、あの人が、わたくしにふさわしくない、とわかって、わたくし、ほっとしてますのよ——天の声だったと思ってますわ」

言いかたこそ、いささか芝居がかってはいたけれども、しごくまともで、筋のとおった言い分である。

隆道は、みるみる、その気力のない双の目をうるませた。

娘は、やはり正気なのだ——と、知ったように思ったのである。

「そうとも——そうとも、華子。つらかったろうに、よくぞそこまで、思いきってくれたね。立派だよ——えらいよ。なに、あんな下らぬ男のことを気にかけることなどないよ。必ず、お父さんが、もっともっとおまえにふさわしい、立派で誠実な婿さんを見つけてあげるからね。お父さんは、必ず、華子をしあわせにしてあげると決心しているんだからね」

「ありがとうございます。——でも、華子は、きっと一生誰とも結婚しませんわ」

「ど——どうして？」

「というより、できないんじゃないかと思いますの」

「そんなことを言うものじゃない。おまえはちゃんとした女だよ。そのへんの男では、世が世なら顔もみられないほどの家柄なんだし、それに……」

「わたくしの言うこと、誤解してらっしゃるわ」

とがった舌がチロチロと動いた。

「華子はね——お母さまがいらっしゃるかぎり、結婚はできそうもない、と言ってますのよ」

「そ、そんなことを言うものじゃないよ、華子」

隆道の声は弱々しかった。

「どうしてですの——お父さまは、ご存じないふりをなさるの？　安生さんに、わたくしのこと、あることないこと吹きこんだのは、お母さまなんですのよ」

「そ——そんなことはないよ」

「そんなことがあること、とってもよくご存じのくせに。ねえ、お父さま、あの人は、華子がしあわせになりそうなことのおこるかぎり、ひとつひとつ、ありとあらゆる手をつかって、つぶしてまわる人ですわ。それもただ、純粋に、わたくし憎さからなさることですのよ——わかってるわ。あの人は、わたくしに嫉妬してるんです。わたくしが、若くて、家柄が正しくて——お父さまと大の仲よしで、なくなったお母さまに生きうつしだから。はじめから、憎んでいらしたのですわ……ご自分は下賤《げせん》の出だし、いわば成り上がりの、玉の輿《こし》だ、というのを、とっても、ひがんでいらっしゃるのよ」

「華子——」

「でも安生さんのときは、そればかりでもありませんでしたわね………来たはじめから、あの人、わたくしのボーイフレンドを、自分の方にひきつけては、得意がっていましたわ。憶えてらっしゃるでしょう——わたくしが十五、六のときからずっと、そうでしたのよ。もちろん、はじめはそれはただ、いじわるなお気持ちからなすってることでしたけど——でも、安生さんのときは、そうではありませんでしたわね」

「華子、およしなさい」

「やめやしませんわ。あの人は、安生さんを、ほんとに欲しいと思ったんです。お父さまが、それをご存じなのに、止めることができなかったのも——」

「華子」

　こんどの隆道の声はいくぶん、本当の威厳めいたものがこもっていた。

　華子は口をとがらせ、膝の上で指をくみあわせて黙ってしまった。

「あれのことをあれこれ言うのはよしなさい。——たとえ、本当であったにしたところで、そういう誘いにのる安生君という人間が陋劣《ろうれつ》なのだというのは、まさしくお前の言ったとおりだ。こういう結果になって、よかったのだよ——それに、そんなことを表沙汰にしてほしくないよ、わたしは」

「わかってますわ、お父さま。わたくしだって、コキュの父親をもつよりは、男にすてられた気の毒なオールドミスでいた方が気が楽ですわ。そうじゃなくって？」

「華子、おまえ、やっぱり……」

にせ気狂いにすぎなかったのか——と、父親は生唾《なまつば》をのみこんだ。

「おまえ、やっぱり、安生君のことで雅子を——」

「恨んでやしませんわ。あんな人、恨むほどの値うちもない」

「じゃ……」

なぜ、気ちがいのまねなどして、と言いかけてやめる、隆道の気持など、とっくに見とおしているのだと言いたげに、華子は笑った。

「お父さまも、大変ですわね」

「華——」

「ねえ、お父さま。さっき、何をお話ししてたか、ふいに思い出しましたわ。これからどこへゆくというお話だったでしょう。まだお話ししてませんでしたわね——華子、銀座へゆきますのよ。銀座の画廊へ」

「銀座の画廊？」

隆道はびっくりした。

「絵を、買うのか？」

「いやね、お父さま——そうじゃありませんわ。絵を売りに参りますのよ」

「売るって——うちにあるのを？」

「いやなお父さま、華子の絵をよ——華子、このごろ、絵をはじめましたのよ。けっこう、筋がいいみたいに自分では思いますの。それで、いちど、専門家の批評を仰ぎたいと思ったものですから——いいえ、絵かきさんになりたいなんて、大それたことを考えているんじゃありませんけど、でも、よろしいじゃありません、励みになって?」

「そ、それは、もちろんだが——しかし、おまえが、絵を……」

「はじめてみると、それは楽しいんですのよ。どうして、もっと早くにはじめなかったのか、残念なくらい」

「は……」

「お父さま」

怨ずるように、三十娘は帽子（かぶったままだったのだ）を傾けて言った。

「見せておくれ、とは言って下さいませんの?」

「そ、そうか、そうだね。よし、では、ひとつ、みせてくれないか。その華子の描いた絵というやつを——」

「まだ、はじめてですから、とてもへたなんですけど」

「わたしも、若いころは、少し道楽にかじったものだよ。絵ごころというやつが、どうもなくて諦めてしまったもんだが」

「第一号の作品の、第一号の鑑定家、というわけですわね」

華子ははしゃぎながら言った。その手は、せっせと、四角な平たい大風呂敷包みを、ほどきはじめている。

油紙でつつんだかなり大きなキャンバスがあらわれた。

華子は子供のような声をあげながら、その油紙をほどく。

「さ、いかが、藤原華子画伯の、最初の作品は？」

「あっ――」

隆道は、するどい叫び声をあげた。

それぎり、しばらくは、身じろぎもせず、息をのみ、キャンバスと、それを誇らしげに胸に支えて父親の方へ向けているわが娘とを凝視している。

「こ、これは――」

「どう、お父さま？　遠慮のないところを――忌憚《きたん》ないご意見を伺わせて頂きたいわ。はじめから、おほめいただけるとは、もちろん思っておりませんから、大丈夫よ――それに、これでも、けっこう、おのれを見る目はわりあいきびしいつもりなの」

「華、華子………」

「いやだ、すごい目をしてごらんになりますのね。そんなに、傑作かしら、それとも、そんなにびっくりされるほどひどいのかしら？」

「………」

隆道は、口がきけなくなっていた。

ゆっくりと、なまぬるい恐怖と戦慄に似たものが、彼の身内からつきあげ、全身にひろがってくる。

華子は何も、いぶかしむようすもなく、まじめな、もっともらしいようすをして、両手を気どってキャンバスの端にそえ、小首をかしげている。

その手に支えられたキャンバス、二十号ばかりのキャンバスには――

何ひとつ、絵具をぬったあとも――一点の色彩も、一本の線も描かれてなかったのである。

まっさらの、むくのキャンバス――いくぶん象牙色《ぞうげいろ》をおびた白、ぴんとはりつめた生地の白の色をその上にぬったのでもないことはすぐわかった。

………

隆道は、何か、無限の恐怖と、そして悲哀にみちた目で、一人娘の気取ったポーズをじっとみつめた。

ようやく、しわがれた、作りものめいた声がくちびるをついて出た。

「これは、おどろいた――いいね、華子。とてもいい………はじめてかいたとは、とても思えないよ。じっさい――じっさい、はじめて描いたにしては、とてもいいよ――お前は、きっと天分があるんだね。わたしに似ず………とてもいい。とても、すなおでいいね――もっと、ずっと、つづけるといいよ。それで、おまえの気持が少しでもまぎれたり、よそへ向かうようだったらね……」

「そんなに甘やかされては、困ってしまうわ。もっと、辛く、思ったとおり言って下さらなきゃ」

浮き浮きと華子は言い、せっせとまた、キャンバスを包みこみにかかった。

巨大な、圧倒的な、つきとばされたような悲嘆に胸ふたがれて、隆道は、華子のそのそぶりをじっと見守っていた。

しかし、

「じゃあね、お父さま。お電話もしないでお邪魔して、ごめんなさい」

あいかわらず、同じはしゃいだ調子で華子が言って、立ちあがったとたん、ふいに何かに気づいて愕然《がくぜん》としたように自分も腰をうかせた。

「は——華子。おまえ、それを、銀座の画廊へもっていって批評をあおぐ、といったね——？」

「ええ、言いましたわ。そうするつもりよ。あら、やっぱり、そんなことをするには、あんまり下手すぎるとお思いになる？」

「そんなことはない。そんなことは、決してないが、しかし——今日、行くこともないんじゃないか？　今日は、お父さん、おまえといっしょにいたい気がするんだよ——ごはんを食べて、買物をしよう。それから……」

「ありがと、でも明日にしましょ」

「どうして——そうだ、今日は何だか、外はとても暑いようだよ。おまえのような、デリケートで身体の弱い娘が、一人でそんな人ごみを歩いたりするのは感心できないよ……」

「いやね、お父さまったら、いつまで子供のつもりでいらっしゃるの。——第一、安生さんのところへゆくだろうとご心配なら、そのご心配はいりませんと、申しあげたでしょ」

「そんなことはない。そんな心配などしていない。本当に、おまえのからだのことをね——」

「それに、だめなのよ、今日はもう、アポイントをとってしまってありますの。そろそろもう、ぎりぎりだわ。行かなくちゃ。ごきげんよう、お父さま」

「待ちなさい、華子。それならせめて、わたしが車で送っていってあげる。待ちなさい、華子、華——」

隆道は、話しかけるあいてなどすでにいないこと、彼ひとりが室《へや》にとりのこされていることに気づいて言いやめた。

ドアが、ゆるゆると閉まり、エレベーターのブザーがひびく。

「………」

藤原隆道は、何か、こみあげてくる嗚咽《おえつ》をこらえてでもいるような奇妙なしかめつらをして、しょうしゃにととのえられたマンションの一室に立ちつくしていた。

（あれを、あの何もかいてないキャンバスを、銀座のどこかの画廊へもっていって、これをみて下さいとひろげる気か。あれは、華子は……………)

「ち――」

隆道ののどが、ぐうっと妙な音をたてた。

いよいよ顔がすさまじくひきゆがみ、彼はやにわにクッションをつかみとったかと思うと、何度も床に叩きつけた。

むろん、詰めものをしたクッションは、ふわりとはねあがり、抵抗もなくころがる。

「ちくしょうッ! ちくしょうッ!」

それが――

しかし、この千数百年もの過去につらなる家に、不運にも生まれあわせてしまった、無気力なとろんとした目の男にとっては、精一杯の感情の激発であり、運命への抵抗であったのである。

「お――おれは……おれは――」

彼は窓際へかけよった。

窓をあけ、まるで身を投げようとでもいうかのようにのぞきこみ、ぶるぶるッと身をふるわせて、がくりと窓枠に手をついた。

(おれは先祖ののこしたものを食いべらして生きている、ただのごくつぶしだ。もう五十七で、定職についたこともない――何ひとつ、まともなことをしたこともない。おれのむすめは男に逃げられて気が狂ったオールドミスで、まっ白のキャンバスを画商に売りつけに家のものの監視をぬけ出す——おれの女房は、おれが不能だとばかにしきって、好き放題に若い男をくわえこんでいる。そうとも——おれが、知らないとでも思ったのか。おれが気がつかないとでも、思ったのか……おれははじめから、何もかもわかっていたさ、あの橘《たちばな》の若造——華了をやっと嫁にもらってくれようという殊勝な若造があらわれたとたんに、おまえが別に好みのタイプでもないくせに興味をもって——迷いこませて振る、あのひどい遊びをはじめてやろうと狙っていたことも……華子がそれに気がついたから、気が狂ってしまったんだということも——おまえは、おれには何もできないと思ってるんだ。世間体を気にするインポテンツで、怒ることも、叩き出すこともできないと——そのとおりだともさ！　おれには、たったひとりの娘を女房から守ってやることもできんのだ。おれは五十七で、もうあとは老いさらばえて死ぬばっかりだ——おれの女房は男狂い、おれはコキュで、おれの娘は気狂いの老嬢だ。そうとも、知っているとも——笑うがいい、おれを笑え、世界じゅうが、おれにうしろ指をさすがいい……）

突然、すさまじい勢いで隆道ははね起きて金庫にかけより、開けはじめたが、それはこのあわれな男が、何年に一回もせぬほどに、生気にみちあふれた動きでさえあった。

あまりにも彼は昂奮《こうふん》していたので、ダイヤルをいくども回しそこねるほどだった。ようやく開くと、彼はつかみかかるようにして、さっきその中へしまいこんだ古い書物——

《暗黒祭祀書《ネクロノミコン》》をとり出した。

（これにあったはずだ、これに、これに――）

（もう、たくさんだ、こんなことはたくさんだ！　何もかもおわらせてやる、あのおれを裏切っている女も、気ちがいのおれの娘も、この汚らわしい世界も、老いしなびたおれのからだも――何もかも滅びてしまうがいい。おれにはその力があるのだ。滅びにいたる、禁忌《きんき》の扉を開け――）

（メネ・メネ・テケル・ウパルシン……地を這う者よ、古きものよ、例の者たちよ――とざされた扉より出で、長き眠りよりさめ、わがこの星に来襲せよ……）

（最も恐怖と狂気にみちた破滅をわれわれの上にもたらすがいい。堕落しはてたわれわれを、あとかたもなく消すがいい――古き者よ、古き者たちよ……）

（ここだ。このページだ）

彼は、全身に、べっとりと脂汗をにじませ、激烈な昂奮のあまりにわなわなとふるえつづけていた。

その指が、限りなく古いその呪《のろ》われた本の一ページをひらき、指が、まがまがしい古い活字をたどってゆく。

（見ろ――おれは狂気の扉をあける……）

（コノ門ニ入ル者、全テノ望ミヲ捨テヨ……）

「イ――」

彼は室《へや》の中央に、東南と思われる方向をむいてつっ立った。

左手に本をひろげ、右手をまっすぐに上へさしのべた。

汗がだらだらとしたたりおちる。声がのどにひっかかるのを、せき払いをくりかえしてなおも言いつづける。

「イ――イア！………ク――クトゥルー・フタグン！　フングルイ・ムグルウナフー・ウ・クトゥールー・ル・リエー・ウガ＝ナグル・フタグン！

ツァトゥグァ・フタグン！　ナイアルラート・リエールン・ウガ＝ツァトゥグ・フタグン！

ウ………」

とうとう言ってしまったのだ――その、激しいおそれと戦慄が、かれを床に打ち倒した。

彼は、あえぎ、涙と脂汗にまみれ、あまりの気のたかぶりに真赤に、いまにも卒中をおこさんばかりなほど顔を充血させて、せいせいと呼吸の音だけを荒く室内にひびかせながら――

待った。

何ものかのはるか彼方からの襲来――

時空を切りさき、おしひらいてあらわれる、何かおそるべき異形のもの、そして、荒々しくゆさぶり、すさまじい、おぞましい死と破滅とをもたらす人間でないもの、闇を這うものたちのおとずれを。

ひびきわたるのは、彼の荒々しい息づかいの音ばかりだった。

なおも、彼は待った。

そしてなおも――

それは、訪れては来なかった。

ようやく、それが――それが何であったにせよ――彼の上に、凄惨な滅びと破壊とをもたらす気はまったくなく、彼のその、人の口からは正しく発音することも難しいような呪文にこめた呪詛《じゅそ》と、怨念と、そして憤懣とが、それらの耳に届きもせず、それらの長い長い眠りをさますこともなかったのだ、と納得せざるをえなくなったとき――

彼はのろのろと起きあがり、大切な稀覯本《きこうぼん》を、再び金庫にしまいこみ、カギをかけた。

それから、衣服をきちんと直し、顔をハンカチでぬぐう。

その手が、途中でとまり、彼はそのままその上等の、ネーム入りのハンカチで、老いた顔をおおった。

彼は嗚咽した。力ないその慟哭《どうこく》は、破滅の訪れる気配もなく明るい七月の昼の日ざしがさんさんとふりそそぐ室《へや》の中で、いつまでもいつまでも続いていた。

異形のものが、銀座を歩いていた。
銀座通りは――新宿、原宿ほどではないにしろ――必ずしも、そうした見ものと縁のない通りというわけではない。

ことさら、夜になれば、程度の差こそあれ、そのあたりは、そうしたひと目をそばだてさせる女性など、珍しくもなんともなくなる、といってもよいのである。

しかし、土曜の午後――それも、三時になるかならぬかという、華やいだ時間である。

表通りをしめているのは、ジーンズや、平凡なワンピース、背広の上着を腕にかかえたサラリーマン、制服や制服を着がえたＯＬばかりだったから、それが通りすぎてゆくと、必ずまわりに失笑と、あるいは嘲笑、目ひき袖ひき――こっそり指さきでこめかみの横につくる輪や、気の毒そうな顔、気持わるそうに道をよけるしぐさ、などの波紋をひきおこさずにはいなかった。

「ちょっとォ、やだ」

「なあにィ、あれ」

「気狂いじゃなーい」

「見てえ、あの人、すごォい恰好……」

「やだ、顔みた？　けっこうお婆さんみたいよ。四十くらい」

「気持わるーい」

「やーだ」

そういう声は、華子の耳には、何かバリヤーのようなものにさえぎられて、ひとつとして、届きはせぬもののようだ。

バラ色に光る、フリルの波打つたっぷりした絹のブラウス——何段にも切りかえられ、すそはこれまたレースのフリルがぬいつけられた炎さながらの巨大なスカート……

長い髪はたんねんに結《ゆ》い上げられて、むぎわら帽子の下にかくれていたが、かわりにジョーゼットの、なみのスカーフよりも巨大なリボンが、ゆらゆらと波打ち、背のなかばほどまでも垂れていた。

赤いサンダルにも、白いリボンがついている。籐《とう》のバッグには、クローセ編みの大判ハンカチをかけ、鈴を結びつけ、歩くたびに、リンリンリン……と涼しい音が、いやが上にも人目をひきつける。

胸にゆれるマーガレット、首にまきつけた木の実の、二重のネックレス、手首には、これもマーガレットのブレスレット……

しかし華子は得意そのものだ。少なくとも、そのように見える。

そのなりで、ただ歩いてさえ人目をひくのに、彼女は、踊るようにスカートをゆらめかせ、近くへよると、彼女が、ラララーラララ……としきりに何か唄を、それもかなりの大声で口ずさんでいるのがわかるのだった。

彼女は、それにあわせて、拍子をとり、からだを左右にゆらしながら歩いていたのである。

（これだよ、コレ）

（気の毒にね）

（野放しにしといていいのかね？　このごろよくあるじゃない、野放しの気ちがいが、無差別殺人や通り魔するの）

（しかし、まあ、女だしな――）

（女だからって、刃物をもてばね）

（気狂いに刃物っていうからな――ありうるな）

（お互いに、変なのには、あんまり、近づかないこったね）

さざなみのようなささやきも、視線も、華子の前で二つにわかれ、彼女をよけてとおってゆくかに見える。

さんざん人目をひきながら、彼女は、はじめてゆく道とも思えぬ、勝手をわきまえつくしたようすで、さっさと目的地へむかっていった。

《結城画廊》と、茶色に白字で、看板が出ているまえで立ちどまる。

ちょうどその中から出てきたらしい、白いエプロンをかけて、喫茶店のウェートレスといったかっこうの、ショートカットの娘が、華子をひと目みるなり、感情をストレートに表現する方らしく、にわかにかがみこんで笑いこけた。

それもまた、いっこうに華子は苦にやんだようすもない。

「ごめんあそばせ」

「まあ、いらっしゃい。すぐ、おわかりでした?」

出むかえた結城伽倻子は、さすがに華子のなりをみて目を丸くしたが、失笑することもなく、

「お暑かったでしょ。——わたくしが結城伽倻子……ええと、どう申しあげたらいいのかしら」

「存じあげてますわ。いつも、わたくしに、話しかけて下さったのは、あなたでしょ?」

「ええ、そうなんですの。——まあ、よかった。少なくとも一人だけは、ちゃんとまともに先祖返りをしている人がいるんだわ」

「申しおくれましたけど」

華子は堅苦しく言った。

「藤原華子ですの。よろしく」

「さ、こちらへお入りになって」

画廊には、誰もいなかった。

「わたくしが、さいごかしら?」

「ええ、今日のところはね。みんなもう、奥へいってますわ」

「じゃ、わたくしを待ってて下さったの——まあ、たいへん。あら、これ」

華子は、絵をとり出した。

「おっしゃるとおり、絵、かいてきましたのよ。下手だから、はずかしいの」

「拝見」

伽倻子は、包みをあけてキャンバスをとりだし、びくともせずに見つめた。

「よく、かけてますわ」

平気で言ってほほえむ。

「でも、ちゃんと、誰にでもわかるようにお描きにならなくてはだめよ。だって、これでは、万が一、ふつうの人に見られたとき、あやしまれるかもしれないでしょう。そうお思いにならない？」

「あらそうね。それは、考えてみなかったわ」

「何でもよろしいのよ。かいてさえあればね」

「でも、はずかしいのよ。ほんとうに、何もかけないんですから」

「まあ、気になさることないわ。これだって、とてもすてきですもの。このままで、誰の目にもみえるようになさればいいのよ。——でも、どうしてもはずかしかったら、適当に、色をふきつけたり、ぬりわけたりするだけでもかまいませんのよ。よろしかったら、少し、コツを教えてさしあげるわ」

「あら、ぜひお願いしたいわ——伽倻子さん」

「ええ」

伽倻子はほほえんだ。伽倻子のほうが、いっそ華子より、ずっと年上ででもあるかのようだった。

「さあ、いらして」

帽子をぬいだので、華子はいくぶんふつうに見えるようになった。伽倻子は何がおかしいのか、一人で口もとをゆがめながら、例のドアをあけて華子を招《しょう》じ入れた。

「藤原華子さんがお見えになりました」

「よかろう。全部だね——ようこそ、結城大和です。おかけ下さい。伽倻子、入って、きみもすわりなさい。そろそろ、はじめるから」

「ええ」

何が、どのようにはじめられるというのか——

少なくとも、華子は、少しもいぶかしんだり、あやしんだりしているとはみえなかった。

彼女はすっかりくつろぎ、おちついて、いかにもようやくいるべき場所へかえったというかのようだった。彼女は椅子にかけ、膝の上に手をかさねると、おちつかなげに目をさまよわせていた、隣の椅子の十八、九の少年にほほえみかけた。

「ここよ」

まり子が言った。

まり子は、何でもないようにふるまおうとしきりによそおっていたが、そうでないことは夏姫にはよくわかった。まり子は、もともと、見かけほど現代的な性格をしているわけではなかったからだ。

「ふーん……すてきなお店ね」

「しゃれてるでしょ」

「結城さんっていうの――その人？」

「そう。結城――結城大和っていうの。かわった名前でしょ」

「大和？」

夏姫は目を大きくした。

「わたし突然行って、一体何だろうと思われないかしら」

「そんなこと、気にしなくて平気よ。あんまりそういうふうに細かいことをうるさく言うタイプじゃないから」

「ふーん」

ぜひとも、バイト先の喫茶店の、となりにある画廊のオーナーを夏姫にみせたい――と、そう言い出したのは、まり子のほうだった。

「恋なのよ——何だかこれまでと全然ちがうんだもの。絶対、恋よ。大学の子とかさ、例のタカシ君とかジョーとはまるでちがうの。なんかあの人の前だとあたしすごーくしおらしくなっちゃうのよね………一回、あの人のとこへ、コーヒー運んでったとき、あの人がね、きみはいつでもはつらつとしているから、いいねえって言ってくれたことがあるの。そのとき、本当、胸がきゅーん………となったのよね。本当に、胸がいたくなったのよ——ね、ね、姫、あんたそんなのって、経験ある？」

「いやーね、ないの、知ってるじゃないの………」

夏姫ははずかしそうに言った。

「そうね、あんたって、おくてだからね——それだけの美人なのにさ。あんたのこと想ってるコだって、こうパッと思い出しただけでも何人もあげられるのに」

「よしてよ、まり」

「まあ、そういうところがかわいいんだけどね、あんたは——さあ、行くわよ」

「待ってよ、ねえ、わたし一体どんな顔して、何言ってたらいいの。ねえ、まりったら………」

しかし、まり子が、答えるいとまもなかった。

もう、外の声をききつけたとみえて、階段のつきあたりのドアがあき、すらりとした長身の男のすがたがあらわれたからである。

「おや、まりちゃん……」

サングラスをかけ、長いゆたかな髪を背に垂らした男の、ひびきのいい声が、夏姫の耳をうった。

「にぎやかだね――出前?」

「あ、ええ」

まり子がぱっと赤くなった。

(わ……すてきじゃない)

夏姫がそっとまり子の腰をつつく。

(でしょ。わかるでしょ、私の気持!)

じっさい、それは、日本人ばなれした感じのする青年だった。

目でもわるいのかと思わせるほど濃い色のサングラスと、長い髪が異彩を放っている。黒い、ルパシカめいた長袖のルーズなシャツを着て、グレイの細身のズボン、というだけのなりだが、きわだって、颯爽《さっそう》として見えた。肩が広く、手足が長く、腰の細くしまった、みごとなからだつきのせいなのだろう。

「友達?――どうした、そんなところに立ってないで、お入り」

あかくなりながら夏姫がそのかたわらをすりぬけようとすると、深みのある、ふしぎな匂いが漂った。かいだことのない香水のようだった。

「そこにおいて。——ああ、有難う……お友達？　何というの？」

「あ、あの、白鳥——白鳥夏姫です。夏の姫とかくんです」

「きれいな名前だね。きみによくあうよ」

「みんな、姫って呼んでるわ。そんな感じするでしょ」

とまり子。

しかし、結城大和が何とこたえたか、夏姫はきいていなかった。

（わ……すごい）

（わあ、きれいな絵）

目を丸くして、きょろきょろと、画廊の中を眺めまわすことに気をとられていたからである。

何かしら、いごこちのよい、ふうっとうけとめて包みこんでくれるような空気が、その茶と白とベージュで品よく統一された室内にはただよっていた。むろん、画廊に入るのが、これがはじめてというわけではなかったが、こんな高級な、銀座の、センスのいいそれに足をふみいれたのは、はじめてだったので、夏姫はほどよい配置でかけまわされた絵や、ガラスのテーブルに、ふんだんにいけて飾ってある美しいトルコ桔梗《ききょう》、モダンな椅子に形よくかけて、そのまま絵になっているような画廊のあるじのすがたなぞを、心地よく、ふかぶかと吸《す》いこむように鑑賞していた。

そのうちに、夏姫の目は、ふといくつもの絵の中のひとつに吸いつけられた。

どこがどう、特別にかわっていた、というのではない。それはごく平凡な風景画にすぎなかった。

むしろ陰気な色あいを基調にした、暗い感じの大きくもない絵だ。左側に山があり、右下のほうに谷川がみえる、平凡な風景。――その、どこに、そんなに自分をひきつけるものがあったのか、夏姫にはわからなかった。自分に、絵をみる目があるとも思っていない。

しかしその絵は、ふしぎに、他の絵にくらべてずっと夏姫の目をひきつけてはなさぬ魅力があった。何か、なつかしいような、慕わしいような気持がこみあげてきて、ほとんど、涙がにじみ出るような感じすらした。

「――おや」

画廊のあるじは、目ざとくそうした夏姫に気づいたようである。

「どの絵か、気に入ったのがあったのかな、まりちゃんの友達は」

「あ、ええ――あ、あの絵……」

「どれ？　あの花？」

「いえ、そのとなりですけど――あの、小さい風景画……」

「どれ？　あの暗っぽいのォ？」

まり子が下唇をつき出した。

「やーだ、あんなの、どこがいいのォ。目立たないし、色も汚いじゃない。あたしなら、その反対側のその花束をかかえた女の人とか、小鳥のやつのがずっといいなあ」

「まりちゃんはにぎやかな、きれいな色のが好きなんだね」

大和はやさしく——といっても口もとだけで、目もとは見えなかったが——笑った。

「でも、夏姫さんは、なかなか、目がたかいな。あれは、いい絵なんだよ。ここにあるやつは、わりに模写や複製が多いんだけど、あれはちゃんとした本物だし——たいして名前は知られてないけど、専門家にはかなり高く評価されてる画家でね——もう、死んでしまったけどね」

「何ていう人なんですか」

ふしぎな衝動——どうしても、それをきかなくてはならぬという——につきあげられて、夏姫はきいた。

「葛城繁《かつらぎしげる》というんだけど——知ってる?」

「いいえ……」

「知らないのが当然なんだ。専門家だって、非常にたかく評価する人と、その才能は認めるけれども、評価できかねるという人と二通りにわかれるんだから。つまり、異端なんだね」

「異端?」

とんきょうな声を出したのはまり子だった。

「ごくありふれた絵の手法だと思うけど、どこが異端なのかしら」

「おや、まりちゃん。だんだん、門前の小僧になったんじゃない?」

大和は笑った。夏姫は夢中でその絵を見つめていた。

「そう——手法そのものはまったくオーソドックスだ。ただしこの葛城繁という人は描くものが——画材が、つまり………いささかかわっていたんだね」

「へえ」

「いや、この絵は、彼のものとしてはいちばん初期のものでね。まだ、そういう意味では彼らしさが発揮されはじめるより前のことだ。だからこうして出しておけるがね——他のものはちょっと飾れないよ」

「これ——」

夏姫はゆめみるような声で言った。

「どこですか。この絵は」

「やだ、すっかり気に入っちゃったみたい。——よしなさいよォ、こんな、暗いひきたたない絵」

「こういうけしきを見たことがあるのかな、夏姫さんは」

大和は、まり子をおさえるようにして言った。

「え——そうかもしれないわ。いつ行ったのかしら………全然、おぼえがないけど、何だか無性になつかしい気がしてならないんです。すてき………」

「なに、こんな山が？　何だか、妙に陰気で、お化けでも出そうじゃないのォ」

「まりちゃんもけっこう目がたかいみたいだね。それはね、葛城山《かつらぎさん》――いろいろと、昔から、お化けの伝説がやたらと多いところだからね。たしかにお化けぐらい、出るかもしれないよ。夏姫さん、知ってますか」

「葛城山……」

夏姫は指さきをそっとくみあわせた。

「いいえ――行ったこともないみたい」

「それじゃ、もしかしたら、あなたの中にある種族《しゆぞく》的な残存記憶が、そうしたなつかしさを生むのかもしれない」

「種――わァ、オーナーったら、むずかしいことというのねェ」

「まりちゃんには難しかったかな」

「葛城山――葛城繁とおっしゃいましたけど――?」

「そう、この人は、この山のふもと村で生まれたんです。つまり、これは、この人のふるさとの絵というわけ……ここへ帰りたい、と思いながらかいたんでしょうね。そんなものがにじんでいる。若いうちに東京へ出て、帰らぬうちに死んでしまったから」

「病気――で……?」

「いや」

大和は奇妙なふうに口をゆがめた。どこを見ているのかわからぬサングラスの下で、目が夏姫をじっと観察しているようだった。

「この人は、ふしぎな死に方をしたんですよ。人に言えないような、ね。——妙な、ぞっとするようなものばかり、途中から好きこのんで描くようになって、変人よばわりされていた人だったけど。誰もいない家の中で——それは妙な死に方を、ね」

奇妙な口調だった。

ふいに夏姫はぞくりと身をふるわせた。あたりの空気の中に、一陣の冷気が忍びこんだような気がした。

「やだなあ、もう、オーナーったら、怪談やめてよ」

まり子がキャーッと笑い出し、呪縛は破れた。大和は苦笑いした。

「悪かったね」

「あ………伽倻子さんだ」

まり子が叫ぶ。

夏姫はふりかえり、そして、何か書類を手にして室《へや》に入って来た背の高い女をみた。

（あ………っ）

ことばには、なすすべもなかった。

どうしても——強いて、ことばにうつしかえるのであったら、

（あなたは………）

（ここにいた）

（やっと、会えた）

それであったろう。

その葛城繁の絵をみたときとは、くらべものにならぬほど強烈ななつかしさ、長いこと見失い、探し、探していることすら忘れてしまっていた大切なものに、思いもかけぬとき、探してもおらぬときにひょいと出くわした——やっと、長い喪失を不在のはてに、あるべきものが、あるべきところへおさまったという……

それを歓喜というには、あまりにも静かでおだやかな、はかりしれぬ深い安堵《あんど》。

「ま……」

伽倻子の目が大きくなり、まり子の紹介する声など耳に入れもせずに、ひたすら夏姫を見つめた。

その何もかも——たおやかに高い上背、きつく青みをおびた眸《ひとみ》、きっぱりとしたくちびる、匂やかな黒髪、そのすべてが、ふるいつきたいほどに、好もしかった。美しい、とか、あかぬけた、といった冷静な判断などを、それはとっくにこえていた。ただ、その何もかも——手首にまつわりついている金のブレスレット、そのくちびるから吐かれるかぐわしい息、上質の絹の、手ざわりのありありと想像できるようなゆったりしたブラウスのデザインまでが、その人につながっていると思えば、ほおずりしたいくらいになつかしく、甘く、そして眩暈《めまい》のような陶酔《とうすい》を誘った。

「妹の伽倻子だよ——」

大和の声が遠くすべりおちてゆく。

夏姫の目はぼうっとうるんだ。それは、はかりしれぬ歳月のはてに、ついに孤独を脱《だっ》しえた——ついに、見出したものの、感謝と、敬虔《けいけん》なぬかずく思い以外のものではなかった。伽倻子もまた、同じ気持で自分を見つめていることが、はっきりとわかっていた。夏姫には、その伽倻子のきれいな目の奥で、青い光を放っている二つのひそめられた発光体が、よろこびとおどろきとに激しくおののいているのが、はっきりと見ることができた。

そのとき、それがきこえてきたのである。

(どう——これは、君の一族だよ、伽倻子)

(ええ……私の一族だわ。なんて可愛いの——あの白い翼がみえて?)

(よかったね。最初の一人が、君の一族だというのは)

(あなたが、気をおとすわね)

(なあに——心配してもらわなくてもいいさ。いつだって待つのは馴れているよ、いつだってね)

それが何であったのか、夏姫はわからなかった。

二人が口に出して会話をしあったのでないことは、よくわかっていた。大和はまり子をからかっており、伽倻子は夏姫に世間話をしかけていた。そして、自分がそれにこたえる声すら、彼女の耳にはきこえていたのだ。

が、それは、口に出していったのと同様にはっきりときこえた。夏姫は、自分が、とうとう気でも狂ってしまったのではないかと、心も空の思いですわっていた。彼女の故郷の家は旧家で、地方のそうした土着の家らしく、発狂した先祖やとりつかれたものの気味のわるい話には、ことかかなかったからだ。

それで、そのあと一体どういうふうに話がすすみ、いつのまに、大和が立ちあがってまり子と彼女とをドアから送り出したのか、さっぱり覚えていないしまつだった。

ただひとつのシーンだけが、はっきりと頭にきざみつけられていた。——まり子が盆をもって先におり、伽倻子に心をのこしながら、夏姫もあわててドアを出ようとしたときだ。

「夏姫さん」

大和が、つっと彼女の腕をつかんでひきとめた。

「え」

「そんなに、葛城繁が気に入ったなら、こんどの土曜のひるすぎにでも、また遊びに来ませんか。——誰にでもみせるというわけにいかないので、奥のへやにしまってある分が、だいぶあるんです。彼の、後期の作品が——もっと、彼の絵を、見てみたいんじゃありませんか？」

「ええ。ぜひ」

「じゃ、土曜日だ」

大和はサングラスをとるようなしぐさは少しも見せなかったはずだった。

それなのに、その刹那に、ああッと夏姫は声をあげそうになった。――大和の双眼《そうがん》は、眼球も虹彩もない、眼窩の中をまっ白な光のみたしているふしぎな光の池だった！

「大丈夫ですよ」

まるで、その夏姫の動揺をみてとっているように、ふしぎな目をもつ男はささやいた。

「あなたは、絵に興味があるんですね」

それをきくなり、夏姫は、晴ればれとほほえんだ。

そして、苛々と、いくぶん気をもんだ表情で階段の下からこっちをにらんでいるまり子の方へ、軽やかにかけおりていった。


まり子は、恐しく機嫌がわるかった。

画廊を出てから、急にろくろく口もきかなくなって、「まだ仕事があるからこれで」とそそくさと店へかえっていった。夏姫に、片思いのその画廊主をみせたい、といってつれ出したくせに、どう思ったかときこうともしない。

そのときは、さほど気にとめず、額面どおりにうけとって帰ってきたが、夜になって、バイトをおえて帰ってきたときも、やはりまり子は、ひどくしかめつらをして、ろくろくものを言おうともしなかった。

「ね、まり、あの人さ……」

話しかけてみたが、

「あたし、ちょっと、疲れてんのよね。あんたみたいなお嬢さんとちがって、働かなくちゃなんないんだから」

ぴしゃりとやられた。

「ど――どうしたのよ、まり？　何か、あったの？」

「何かあったのじゃないでしょ。白ばっくれないでよ――あんたが、あんな子だと、思わなかったわよ、夏姫」

「あんな子――って？」

「あんたって意外に、ゆだんも隙もならないのね！」

「ええ？　何のこと？」

「とぼけないでよ。男に興味ありません、キスもまだですってな清純そうな顔をしてさ。よくやってくれるじゃない」

「ねえ、何か誤解してるんじゃない――？」

「誤解？」

きッとなってまり子はふりかえった。

「誤解ですってェ？　よくまあ言えるわね、そういうこと——さっき、帰りがけに、しっかり、デートの約束とりつけてたじゃないの。横取りしたら承知しないなんて、いう必要があると思わなかったわ」

「デートの約束？」

夏姫は目をまん丸くした。

「ちがうわよ、あれ、こんどわたしがあの葛城って画家の絵、とても気にいったようだからもっとみせてあげるから、おいでって………それだけよ………」

「そんなの、手に決まってんじゃないのよ！　知ってて乗るならその気があったってことよ。第一あそこでさ、てんでボーッとしちゃって………」

まり子を納得させるのに、かなりかかってしまった。

しかし、ようやく、嘘ではないようだ、と思いはじめたらしいが、それでまだすっかり気持がほぐれたわけではなく、

「へェ——あんた、あんなすてきな人みて、何も感じないっての………女の子なら誰でもボーッとのぼせあがるわよ。うちの店だってもうすごいさわぎなんだから。あんた、おかしいんじゃないの？」

「だって、私、何も感じなかったんだものォ」

「へえッ………」

まるで、自分が侮辱《ぶじょく》されたような目つきをまり子はした。

が、急に思い出したように、

「じゃなぜ、あんた途中からあんなにボーッとして、赤くなって、フワフワと夢の中みたいな目つきでろくにものも言えなくなっちゃったのよ？　あたしはさ、てっきり……」

「ちがうの。――あのね、笑わない――？」

「――伽倻子さァん「!?」」

大仰に、まり子は両手をうちあわせた。

「きゃあ、知らなかったわあ、不覚！　あんたって、レズだったの？　やだーっ、われらのアイドル、姫がってきいたら、クラスじゅうの男子、再起不能のショックうけるわよお」

「やめてよ、まり、わたし……」

「よしよし――わるかった、わるかった、そんな目つきするんじゃないの。あたし、どうしてこうあんたに弱いのかしらね――ひょっとして、あたしもそのけがあったのかしら――やだ、冗談だってば」

ようやく、まり子はすっかり気持が和んできたようだった。

「よかったわァ、でもほっとした。あんた気がついてないだろうけど、あんたってその気になりさえすりゃ、すごい男殺しの素質あるんだからさあ。そそとして、美少女で、はかなげでさ――あたしも、言ったあとでちょっとばかしまずったかな、あの人にあんた見せるのまずいかなって、思わんでもなかったんだけど……けど、かわいい子みてころころたいどかえる男なら、しょうがないじゃン。それも試してみたい気がしてさ――だけど、あンたの方が本気になるかもってのはあんまし考えてなかったからね。それで、あの人はすごい、ふつうにしてんのに、あんたの方が、と思ったら、あったま来ちゃったのよね。――でもこれでやっとすっとした。ごめんね、当たったりして。むりに頼んだのあたしなのにさ」

「ううん、いいの。あたしすごく感謝してるんだ――あの人……伽倻子さんに会えたのも、あの絵見られたのも、まりのおかげだもん」

「そりゃまあ、あたしも伽倻子さんてすてきだとは思うけど――しかしわかんないわねえ、そういう心理って、あんたくらいかわいけりゃ、どんな男もよりどりみどりなのに、よりによって女になんか――あ、ごめん、わるかったってば。その泣きそうな目やめてよォ、それによわいのよ、あたし」

まり子は手を首のうしろに組んで、床にひっくりかえった。

「まァいいや――とにかく、夏姫があんな切ない目、するとこ、あたし、はじめて見たもんね――それに、あたし、今日、あんたが本気でオーナーのこと好きになっちゃったのかしらって思ったとき、ズキーンってしたのよね……なんか、そのときはじめて自分がどんなにあの人のこと好きなのか、わかったと思ったの。これまでの恋愛ごっことは、何かぜんぜんちがうとは、ずっと思ってたんだけどさ。まさか、こんなに本気で、心の底から惚れきってるなんて、思ってもみなかったのよね――一生に一度だけかもしんない。こんなに人を好きんなるって思わなかった……もし、誰かにとられたら、あたし、気が狂うんじゃないか、あの人のこと、ナイフでさしちまうんじゃないかって思えて、ああ、あたしって、こんなにも激しい人間だったのか、あたしにもこんなとこがあったのかってさ――なんか、いとおしくなっちまって……おかしい？」

「ううん、ちっとも！　すてきよ、まり」

「だからね――だから、あんたがそんなにあの伽倻子さんのこと好きだったらさ、いわば私たちって、同病なわけじゃない？　だから、お互いに、お互いの恋に協力的に――じゃまものは排除し、あいてのことを、それとなくどう思ってるかお互いに――あたし伽倻子さんにきいたげるわよ。だから、ネ、姫、あんた、オーナーにさあ――大好きよ、姫さま！」

それがもう、二日は前のことになる。

そうして結局、言われたとおり、土曜日にまた結城画廊へやってきてしまった。

まり子はあれこれと考えていたらしいが、その朝、

「ね、姫――ひとつだけ、頼みがあるんだけどさ……店に来るとき、ね、あたしあんたに少しつっけんどんにしていい？」

「あら、どうして？」

「んー……つまりさ――あのね。彼って、店のウェートレスほぼ全員が大なり小なりホの字

なんだよね。うちの店だけじゃなくて、近くのＯＬなんかまで——で、わりと、画廊へ出前っていうと、順番争いになったりとか、もしあたしが抜けがけしようなんてしたら、いびり出されかねないわけ。——けどさ、だからっていつまでも、ウェートレスと客のままじゃいたくないし——となりへゆくっていうとみんな白い目するし……」

「……」

「だからさ、姫、あんたが来て、あたしは乗らないのに、むりにひっぱり出して、となりへついて来させる、みたいな形にしてくれるとさ——あたしも出やすいのよね。それにあんた見たら、店のコの半分は、とても太刀打ちできないと思ってあきらめると思うの。あんたがセーショかけるつもりだって知ったら」

「ふーん……じゃ、わたしが店へいって、お願い、一緒にきて、って言えばいいわけね、そうでしょ」

「なの。頼むよ——ほんと参ってんの、同僚どうしが監視しあってるみたいで。早く、やめちゃって、すっきりと攻撃にうつりたいんだけどさ、でも、やめて、何の縁もなくなったら、行きづらくなるかもしれないとも思うしね——これでけっこう、いろいろ考えるのよォ。悩むわあ」

「大変なのねえ、いろいろ」

「注文多くてわるいけどさ、そンとき、私があの人のこと好きだってのは、別にかくさないでね。――いつも、大っぴらに言ってるから、かえってあんたに言ってないとなるとあやしまれるから」

「大変ね。いいわよ――いっそ、まりにシナリオつくってもらおうかな」

夏姫はくすくす笑った。それへ、まり子は注意ぶかい目を注いだ。

「そういえば――」

彼女は小首をかしげて呟いた。

「あんたこのごろ、夢みてうなされるの――止まったね」

「あら、そう言えば……」

「画廊に行ってから一回もないわね。――何にせよよかったけどさ……もしかして、恋をしたんで、頭がそっちへ切りかわったのかな。かもね」

「いやだわ」

夏姫はあかくなり、そしてまた、伽倻子の美しい知的な顔を思いうかべた。

じっさい、どうしてこれほど慕わしい感じがするのかわからない。しかし、伽倻子のことを思うと、心がやすらぎ、何か親鳥の大きな翼にあたたかくつつみこまれている心持になってくる。

本当の母親、肉親よりも、はるかに一度会っただけの彼女のほうに心ひかれる自分は、やはり異常なのだろうか――と少し夏姫は苦にしたが、それも、再び彼女に会える、という、どうしようもないあつい ときめきの前には、何の力もなかった。

ひるすぎ、といわれたが、銀座についたのが一時半ごろで、いったんまり子の店へゆき、同《どう》僚《りょう》ウェートレスたちの、刺すような品定めと嫉妬の入りまじった目をあびて、早々に店を二人で出た。

「あれで当分きくわね。イクコの顔ったら見た？」

まり子はひとりでけらけらと笑っている。

「けど、ああ言ったてまえ、そう長くはぬけてらんなくなっちゃった。ま、いいや、とにかく、一日一回お顔見れるだけでもしあわせだからさ」

「まりったら――」

夏姫はふうっと吐息《といき》をついた。

「ほんとに、そんなに大和さんのこと好きなのねえ……」

「そうよ。人にわたすくらいなら、コレよ」

冗談にまぎらして、まり子はナイフをつきさすそぶりをしてみせた。

「さ、入った入った。――こんにちわあ」

「おや、まりちゃん。今日は、何も頼んでないと思うけど」

「ちがうのよ、お客さん。ほら、姫、早く入って！　もじもじすんじゃないの」

「ああ」

大和が立ちあがった。

見覚えのある室内にいたのは、大和ひとりではなかった。あまりひと目をひかぬ、容姿もなりもごくあたりまえの同年輩くらいの男の子が、小さく声をあげて、椅子から腰をうかせたが、しかし、夏姫は、大和も、その客も、まったく目に入ってはいなかった。

「あ。——夏姫さん、いらっしゃい」

涼しい声、そしてすらりとした姿。——知らぬうちに、

「お姉さま……」

という呼びかけが、夏姫の唇からもれていた。

まり子がキャーッとはしゃいだ声を立てたが、夏姫はそんなことに気づきもしなかった。伽倻子もまた、いささかもふしぎに思ったようすさえなかった。

「暑くなかった？ すてきね、あなた、白がとてもよく似合うわ——本当に白鳥ね。わたしはだめ。わたしはほら、黒よ」

「すてきだわ」

うっとりと夏姫は言い、黒い伽倻子のセーターとタイトスカート、彼女のスタイルをいちだんとひきたてている黒ずくめのなりに見とれた。

「姫ったら、伽倻子さんのこと、すごく好きになっちゃったんですって——憧れてるのよ」

まり子が目を大きくして言う。

「光栄よ」

かるく、伽倻子がうける。

「こんなかわいい、すてきな少女に憧れてもらえるなんて、夢みたい――わたしも、夏姫さん、とっても好きよ。あなたのこと、わたしもまりちゃんみたいに、姫って呼んでもいいかしら?」

「え――ええ!」

夏姫は嬉しさに頰を染めた。

伽倻子のかたわらによりそっているだけで、何ともいえぬうっとりした、夢見心地の忘我《ぼうが》にさそわれた。伽倻子からは、ふしぎな、古風で、しかもどことなくモダンな、これまでかいだこともない印象的な香りが漂ってくることに、夏姫は気づき、陶然《とうぜん》とした。その知的で、しかも逸楽《いつらく》的な香りくらい、彼女にふさわしいものはないように思われた。

どれほどの時間がたったのか、夏姫は憶えていなかった。

気がつくと、いつのまにか、まり子は帰ったらしい。

大和と、さっきの男の子もいなかった。

「あら――」

「二人は、先に行ったのよ。あなたもゆきましょ」

「どこへ?」

「奥へよ。葛城繁の絵、みせてあげるんだったでしょ」

「あ」

夏姫は小さく叫んだ。

「どうしたの。——姫」

「あ、あの——わたし、いま」

「どうかして?」

ふしぎな光を放つ目が、夏姫を吸いこんでしまいそうだった。

「そうおっしゃったとたん——これ、たしか全部どこかでいっぺんあったことみたいな……」

「既視現象《デジャ・ヴュー》でしょ。よくあることよ」

「ちがいます。それは、わたし、知ってるんですけど、でもそうじゃなくて——あの、わたし夢をみたんです。そうだわ——いま、思い出したわ、夢……」

ふいに、夏姫は、ぶるぶるとからだをふるわせた。瞳の中に、恐怖にみちた光が生まれ、伽倻子の存在さえ、一瞬彼女は忘れてしまったかのようだった。

「こわい夢だったのね?」

「あ……」

夏姫の目が、ぼうっとかすんでいる。

その目が、何か、ふつうでは見ることのできぬものを凝視しているように、空中をさまよった。

「いつも——いつもそうだったんだわ。わたし、誰かにつれられて、奥のへやへいって——誰かの絵を見るの。そうすると、その絵は——それは恐しい、気味のわるい絵で……するともっと恐しいことが——キャーッ！」

「姫！」

伽倻子は、いきなり、ぐいと彼女の細い両肩を力をこめてつかんだ。

「姫、こわがらなくていいのよ！　それはまだ現実じゃないのよ。あなたのみた恐しいことは——それは……それはわたしがあなたに送りこんだメッセージの映像なのよ。だから——こわがらないで。ほんとにおそろしいことは、これから——このあとから来るんだわ。姫、きいているの？」

「いや——」

夏姫は半狂乱になっていた。

伽倻子さえもう目に入らない。その手のいましめをふりほどこうとし、髪をふり乱し、悲鳴をあげながら、外へとび出そうと身もだえる。

「イヤよ、イヤよ！　こ、怖い！　見たくない、あたし、何も見たくない、いまのままでいたい——」

そして、いつのまにか、彼女のくちびるは、かってに奇怪なことばを口走りはじめていたのだった。

「イヤよ——ねえ、起こさないで、このまま眠らせておいて……あたしはもう長いこと眠ってきた。もう何も見たくない、ききたくない——そっとしておいて！　戦うのは、あなたたちだけでおやりなさい。わたしはいや——わたしはあまりにも年老いている。眠りたい、もっと、もう何もかも忘れて眠りたい、起きるのは、イヤ、イヤ、イヤ……」

「姫！」

伽倻子の目が青く燃えあがった。

「何というざまです。あなたは、私たち一族の姫でいらっしゃるのに——何という、だらしのないことを……《這《は》う者》たちにおくれをとって、それで、わが一族の姫なのですか！」

「イヤよ……」

夏姫はよわよわしく呟いて、耳をふさぎそうにした。

「いやよ、カルラ……眠らせて。もとの世界へかえして。人間たちの世界へ帰らせてえ！」

「もとの世界ですって！」

伽倻子の目が妖《あや》しく光を放つ。

何か——

微妙な異質さが、彼女と——そして夏姫の上に、生じはじめていた。

どこでどうというのではない。姿も、顔かたちも、同じ伽倻子であり、夏姫であるのに、そうでありながら、どこかが違っている、奇怪な変貌が――

「姫！　手をどけなさい。おききなさいッ！」

伽倻子は叫んだ。

そして、夏姫の手を耳からひきはがし、いやいやをする頭をかかえこみ――

その耳にあつい息もろともささやいた。

(目覚めよ――古き者、わが女王《ひめみこ》よ………目覚めよ、いまここに、立ち帰り来よ――今こそ目覚めの時――今こそ………)

「ああッ！」

夏姫は両手で髪をつかみ、身もだえをしてつっ伏《ぷ》した。

そのまま、じっとうごかない。

伽倻子は青く光る、眼球も白眼もない目で、じっとそのようすを見おろしたまま立ちつくしていた。

ガタガタガタ――ふいに、家が揺れはじめた。

「――――！」

きっとなって、伽倻子がふりむく。

壁で、すべての絵が、左右に踊りくるっていた。

「お黙り！」

伽倻子が叫んで指をつきつけると、一瞬、その揺れはとまるが、たちまちまた、あざわらうように、壁を這い、ガタガタとはねはじめる。

「ええい、うるさい！　いますぐ、いくらでもお前たちのあいてぐらいしてやるよ。だから、このわたしをこけおどしでおどかそうなんていう、姑息なまねはやめるがいい。この、下っ端《ぱ》の使い魔ども！」

伽倻子が叫ぶ。

まるで、それに立ちむかうかのように、いっそう荒々しく、ガタガタと荒れ狂っていたその騒霊《ポルターガイスト》は、体面を保とうとしているとでもいったあんばいに、なおしばらく、ガタガタとあばれまわってから、ふいにぴたりとやんだ。

「――ふん」

小さく、伽倻子は、さげすみきったように吐《は》きすてる。

「つまらぬ真似を――」

それから、夏姫に向き直り、その肩に手をかけようとした。

「姫――」

ぴくっ、と夏姫が身じろぎする。

「姫！」

「触れるな、カルラ」

別人のような声だった。

はっと伽倻子が手をひっこめる。

ゆっくりと、夏姫は、身をおこした。

「とうとう、私を呼び戻したのね」

ふしぎないんいんとしたひびきを帯びた声だった。

その声も、声の調子そのものも、おとなしくて古風な女子大生、白鳥夏姫のものではなかった。

「姫がいて下されば、百人力ですわ」

カルラと呼ばれた伽倻子は、満足そうに言った。

「私たちの一族は、すべて姫のもとに結集いたします」

「なんという長い眠り――」

夏姫はのどをふるわせて笑った。解放されたことを、よろこぶかのようだ。

「姫――」

「あなたとは、いつも、こうしてまた会うさだめかしら、カルラ」

「はい。――姫は、さっき、もとの世界と言われましたね。………姫には、ほんとうの、もとの世界とは、いまここからかえって参りましょう」

「さっき、もう、かれらの尖兵《せんぺい》が来ていたようね?」

「ただの騒霊《ポルターガイスト》――」

伽倻子は言った。

「何ひとつ害もできませんわ」

「では行こう」

「はい」

夏姫は身をおこし、スカートのすそを、何となく古めかしいしぐさでさばいた。

そして、伽倻子をふりかえる。

伽倻子は、わが意を得たと言いたげににっこりとほほえんだ。

夏姫の双眼は、あざやかなターコイズ・ブルーに染めあげられていた。

「今日は――?」

「まだほんの手はじめ……伊吹という若者と、それから藤氏《とうし》の女がまもなく来るはずですわ」

「火の民と、《地這《じば》い》、昔はよく、かれらと戦ったり、和平を結んだり、共に手をたずさえて戦ったものだわ」

「ええ――でも、《火》の若者に、どうも妙なところがあるのです」

「妙なところ――?」

「ええ。目覚めません。あるいは、記憶を、喪失しているのではないかと思っています」

かれらは、口をつかい、人間のことばをつかって話しあっているのではなかった。

といって、厳密にいえば、心と心とで――精神感応で意志を通じあっていたというのでもない。

しいて言えば、異なる次元のレベルで、人のものとは異なることばをかわしあっていたのである。

「行きましょう。《眼》がじりじりしているわ」

「姫――その目」

「あら。忘れていたわ」

夏姫は指を目にもってゆき、ひょいとおさえると、それはもとの、ぬれたような黒いひとみに戻っていた。

「みんな、すぐ、それを忘れますから――はじめのうちはことに気をつけないと」

伽倻子が笑った。また、伽倻子と夏姫は、もとの、ごくふつうの娘ふたりにもどりつつあるかのようだった。それに従って、伽倻子と夏姫との間ももとのとおりのそれにもどってゆくかに思われた。

「行きましょう、姫」

「ええ、伽倻子さん。――あら、あの絵、はずしてしまったの？」

「そう。ちょっと、刺激的だから」

「つまらないわ。いい絵だったのに」

「また出すわよ。折をみて」

「そうね。──できたらずっと手元におきたいくらい」

「よっぽど気にいったのね」

奥のドアをあけようとしながら、伽倻子はふとその手をとめて、夏姫の頰を両手でかこみ、いかにもいとおしいというように見つめた。

「きれいね──あなた、ほんとにきれいだわ、姫……白くて、清らかで、小さくて……」

「いやだ──私なんかより、伽倻子さんの方がずっと……」

「ねえ──姫」

伽倻子は、どきりとするくらい、なまめかしいしぐさで、髪をかきあげ、夏姫の耳に口をよせた。

「覚えておいてね──あなたとわたしは、同じ一族なのよ……同じ血が、流れているのよ。切ろうにも切れない絆──これまであなたを育ててくれたどこかの人間よりも、ずっとかたく、深い絆……」

「わかっているわ。カルラ」

「かわいい姫」

伽倻子はつと夏姫のあごをしなやかな指でもちあげた。

夏姫はさからわなかった。伽倻子のくちびるが、夏姫のくちびるにかさなった。

「――あなたはまだ、目ざめたばかりだから、わたしがいろいろなことを教えてあげる」

ようやくくちびるをはなすと、伽倻子は含み声でささやいた。

「まず、人間に気をゆるさないようになさい。――同じ一族のもの以外、決して本性をみせてはいけないわ。

それから、これは、いずれムリなことかもしれないけれど、できうる限り、人間どもと絆を――つながり、しがらみ、そういったものをつくらないことね………それに足をとられるわ。好意、憎しみ、いずれもよくない結果を生むことよ」

「ええ」

「あ――そろそろいいだろうと言っているわ。ふふ………焦っているわね、あの人」

「あなた、行かないの？」

「もう一人来るはずだから。――藤氏が………」

伽倻子と夏姫は目をみかわした。

夏姫は、すっかり安心し、ゆだねきったような目を。――伽倻子は、いとおしくてならぬような、包みこむ目を。

それから、夏姫は、教えられもせぬのに、カムフラージュされた扉をあけて奥の室《へや》に入ってゆき、伽倻子は、藤原華子の訪れをひとり残って待った。

奥の室《へや》は、ありふれた事務室ふうのつくりになっていたが、その中へつかつかと歩み入って、本棚からひとつの本をとりあげ、そのうしろにかくれていたスイッチに手をふれる。

大きな事務机と椅子にかくされていたうしろの床に、パクリと四角い穴があき、地下室へ通じる階段があらわれた。

夏姫はひょいと足をふみ出した。——階段にではなく、その四角く切られた空間に、両足をのせて、宙に浮いたのである。

それから、彼女は、手も足も、指ひとつうごかさぬまま、目にみえぬエレベーターがしつらえられている、とでもいったあんばいで、すいと穴の中へ消えた。

(荒っぽいね、姫)

大和の《声》が出むかえる。

(あら——だってそこにいるのは仲間だけでしょう?)

(いや、まだ、彼は目ざめてない)

(あら、そう——じゃ鍵をあけて下さいな、大和にいさま)

(はいはい、お姫さま)

それは、例の——何重にも防御壁をはりめぐらし、椅子をいくつかと机をひとつおいただけの、大和の秘密室だった。

さっきの若者が椅子のひとつにかけて、ひどくおちつかなげな表情で、じっと待っている。

夏姫をみると、腰をうかせて、ほっとしたような、何かたずねたいような、何ともいえぬ表情をした。

（ばかに厳重だこと——栄光ある《眼》も、たかがあんな連中を、こんなに怖れるくらい、力を失ってしまったの……私が眠りについているうちに？）

（おっしゃいますな——姫君。あなたはともかく、何百年と眠りつづけてきたし、こちらはその間ずっと監視者として目ざめてきたのだからね……私のほうが、やつらの力については、ずっとよく認識していると思うがね）

（もちろん、いま目ざめたばかりだということぐらい、よくこころえているつもりよ——でも、この不細工な代物！　人間どものつくりものね。こんなものが、一体何かの役に立って？）

（あなたたちは、もちろん必要ないでしょうね。しかし、私たちにとってはね）

（そう——）

思わず、夏姫はくすくす笑い、それから、となりの男の子がおどろいて見つめたのに気づいて、あわてて笑いをひっこめた。彼には、いまのやりとりが、まったくきこえておらぬことに気づいたのである。

（面倒ね——早く、目ざめさせておしまいなさい！）

（そうはいかない。こういうことは、ゆっくり、慎重にやらなくては）

（《眼》の言いそうなことだこと！）

もういちど、ドアがあいた。

入ってきたのは、伽倻子と、そして赤地に白の花柄スカートにピンクの光るブラウス、マーガレットのコサージ、というはでないでたちをした中年の女だった。少年がびっくりして、目を丸くして見つめているのを夏姫はみた。その少年は、彼女の興味をひかなかった――平凡で、あまりにも人間的に見えた。

「今日、来てくれるだけの人は、これで全員そろったわけだ」

おもむろに、むきなおり、他の四人が彼をとりかこんだ半円形に腰をおろすのを待って結城大和は口をきった。

「われわれには、最終的な局面の幕が切っておとされるまでに、それほどの時間があるわけではない。――いくらたくさんあってもありすぎるということはない、なすべきことが多すぎるからだ。

そこで、早速、はじめさせてもらう。――その前にまず、諸君に見て頂きたいものがあるのだ」

第二章

徴《きざし》

1

（おれは………）

何か、奇妙な威圧的なものが、四方の壁から圧《お》しつけてくるように思われてならなかった。

（おれは、いったいなんで、こんなところに来てしまったのだろう………）

伊吹涼は、さっきから、ひどくおちつかない、不安な思いにとらわれていた。

それも、尋常一様の不安ではない。——たとえば、うっかりして、狂信者………あるいはもっとわるい、正真正銘の気狂いの集まりへでも迷いこんでしまった、ということなら、それなりに度胸を決めて対処することもできるだろう。

いかに凶暴性、いかに狂信的な気狂いであろうとも、そうそうむやみやたらとわめき出し、人を殺したりおそいかかったりはすまい。

とりあえず、この場だけは何とか調子をあわせて取りつくろい、外へ出たがさいご三十六計を決めこんで、二度とこの妙な連中にかかわりあいをもたぬようにすれば、それでもうすんでしまうことだ。

成績も運動神経も性格も、すべて平凡で、並の並だったとはいえ、またそれはそれで、人なみはずれて勇敢ないのち知らずだとも思えぬかわり、人よりことさら臆病だ、こわがりだとも思えなかった。

電車の中で若い娘にからんでいる悪漢をみたら、というよくある設問に、村松と答えていて、①娘が美人なら助ける、②悪人が自分よりよわそうなら助ける——と答えて、

「おまえ、女がブスで男が強そうなら逃げんの？　じゃ女がすげえ美人で男がえらく強そうだったらどうする？」

と追及され、

「しょうがねえな。ナイフや猟銃もってなさそうなら、殴られるつもりで助けてやるよ。怪我しても、カタワになるほどひどい怪我でなけりゃ、シャンに感謝された方がとくだからね」

そう答えて、おまえは阿呆なのかやけくそか、勇気があるのかわからん、と呆れられたことがある。

別に、とりたてて結城大和が凶暴そうにも見えなかったし、さいごに入ってきたおかしな恰

好の中年女はともかく、伽倻子も、白服の少女も、めったに見られないいい女だ。そのそばにいるというだけで、本当なら、かれらがなにをたくらんでいるのか、ほんものの気狂いかそれとも過激派ゲリラの新手の人あつめか、そんなことも、とりあえずはどうでもよくなってしまうはずである。好奇心と女に弱い程度だけは、人並を少しオーバーしているのではないかと、かねがね疑っている涼である。

しかし、にもかかわらず、この室《へや》に入ってからというもの、その好奇心と、美人にかこまれている気分よりももっとつよい何か――不安、不快、おびえ――あるいはむしろ、自己防衛本能とでもいったものが、彼のうちで、ちぢこまり、小さく身を丸めながら、金属的な、きしるような悲鳴をあげて、いますぐこの場から逃げ出せ――遠ざかれるったけ、遠ざかれと、警戒の叫びをあげていて、どうしてもなだめられないのだった。

美人たちの存在も助けにはならなかった――というより、もっとわるくさえあった。というのも、はじめはたしかに、あれほど美少女――伽倻子がなつきと呼《よ》んでいる――も、伽倻子も、向こうの室《へや》でみたときには、べっぴんであると思い、そのそばで見ているだけでも眼福《がんぷく》だと思ったのだが、しかし、この妙な地下室へ、見せるものがある、などといわれてつれこまれ、そこへあとから入ってきたとき、彼女たちのようすは、二人とも、著しく変わってしまっていたのである。

といって、どこがどうかわったと、説明できるわけではない。そんなに急に、短時間で人格がかわったりするわけもないのだが、それでいて、あきらかに――ことに少女の方は――上にいたときと下とでは、別人といってよかった。

一目見かけただけだが、となりの喫茶店でみたとき、その少女は、みるからにはかなげな、きゃしゃな、いまどき珍しい優婉《ゆうえん》な感じで、涼の目をひきつけたはずである。

しかし、大和と涼のあとから入ってきて、となりにすわった彼女をみたとき、涼はそれが何か自分の下らぬ思いちがいか、思いこみにでも、すぎなかったという気がしてきた。

同じ、おとなしやかな外見、容姿なのだが、しかしその底に何か妙に迫力のあるもの――ぶきみな力のようなものが感じられるのだ。

(出てくるとき、ヒュードロドロドロ………って太鼓が鳴りそうじゃんか。――何てこった)

涼はわけもなく失望をおぼえた。

伽倻子もそうだった。奇妙ないでたちの女の方は、もとよりいささか妖怪じみている。

そう――妖怪じみた、という言いかたがいちばんふさわしいかもしれなかった。

何かしら、中央に結城大和を核として、それに半円を描いてドアに近い方から、結城伽倻子、赤いスカートの女、白衣の美少女、涼と椅子にかけた――その、室《へや》の全体に、妙に妖怪めいた、妖気、というのか、鬼気《きき》、というべきか、異形の者の群れめいたものがただよっているのである。

その中にいると、窓のひとつもない室《へや》のつくりも手伝って、この外が、ごくふつうの趣味のいい画廊であり、それが銀座の一等地の、小さからぬ通りに面しており、そして、世界には、明るくさわやかな七月の午後の光がみちあふれているのだ、ということが、しだいに信じられなくなり、見馴れ、安心しきっていた、たしかなはずの彼の世界そのものがどろどろと溶けて変貌してゆく、という恐怖にとらわれるのだった。

（溶けて——？）

ふいに、何かしら涼がぎくりとなったときである。

「見てもらいたいものとはこれです。——諸君は、これに見覚えがあるはずだ」

結城大和が静かに言い、机《つくえ》の下から、一枚の絵をとりだした。

「葛城繁ね」

夏姫がふくみ声でつぶやき、涼はびくんとした。

それは、あの、夏姫がこの上なく心ひかれた——そうとは、涼の知るよしもなかったが——葛城山を描いた一枚だった。

（葛城繁——？）

きいたことのない画家だ、と涼は思う。とくに絵に造詣がふかいことはないにせよ、常識として知っていてもいい日本の画家の名まえぐらいは頭にある。

（青木《あおき》繁《しげる》ってのがいたけど……）

しかし少女が、すらすらと言ったところをみると、よほど有名な画家なのだろうかと思う。

だがそのわりには、いっこうに魅力のない絵だと涼は思った。黒っぽい緑を基調にしたやたらと暗い画面。――構図も、描線《びょうせん》もすべて平凡で、少しも涼はひきつけられなかった。

「あなたは伊吹だから、ちがうところで生まれているからよ」

突然、少女が涼をふりむいて、はっきりした声でいった。

(え――?)

(こ、この娘……おれの心を読んだのか?――まさか、テレパシー……ばかな)

「姫」

「ああ、ごめんなさい」

伽倻子と少女が、いなずまのように顔をみかわした。

たしかに、どこかの姫君といってもおかしくない容姿ではあるのだが――涼のまどいは、いよいよ深くなるばかりだった。

(姫――?)

「葛城山だ。――では、これは?」

静かな――嵐の前ぶれとでも、いった口調で大和がささやき、椅子のうしろにいまの絵をたてかけて、もう一枚をとり出した。

しん……と室《へや》の中は静まりかえっていた。

外の物音はむろんのことときこえてこない。そればかりでなく、室内の物音すら、何か重たくよどむ綿のような静寂に吸われてしまった。

その、誰も身じろぎひとつしようとせぬ沈黙の中で、結城大和は、ゆっくりと絵をひろいあげ、おもむろに、四人のほうへ向けていった。

「ア――」

利那！

涼の口から、悲鳴のような叫びがほとばしっていた！

「ワアアッ！」

涼は手で口をおさえた。

他の三人の女たちは、まるで世にもわかりきったものを見ているとでもいうようすで、眉ひとつうごかさない。いかにもおとなしやかな夏姫でさえそうだ。

女でさえ、びくともしないのに、金切り声をたててしまった――と、涼はおのれを恥じた。

そして、何とか、平静をとりもどすと、もう二度とは見たくない、としりごみする心を鞭打《むちう》つようにして、むりやり、その絵にもういちど目を向けた。
（ウッ）
二度目でも、はじめて、いきなりそれを目のまえにつきつけられたときの恐怖とショック――そしてむしろ生理的な嫌悪は、少しもうすらいではいなかった。

（な、な――なんだ、こ、この絵は！）

こんなにも、おぞましく、いとわしい、不快な――見るもいやなほど、いまわしい、きみのわるい絵は、生まれてはじめてみた――そう、涼はひそかに考えていた。

いったい、そこに描《えが》かれていたものを、何といったらよかったのだろう――？

少しでもそれに似たものを、涼は見たことがなかった。おそらくは生きもの――それも下等な生きものなのだろうが、ジャイアント・スパイダーでも、大章魚《おおだこ》、大烏賊《おおいか》でも、あるいはもっとも忌みきらわれるアナコンダ、スクリジューのような妖蛇《ようだ》でさえも、この絵にみるも生々しく、毒々しく、ぞっとするほどいきいきと描《えが》き出されたこの化けものよりは、ずっと親しみがもてたろうし、ほとんど人間的であるとさえ、いうことができただろう。

それは、何か触手《しょくしゅ》らしいぬらぬらしたものと、丸坊主の頭とをもっていたが、といって章魚《たこ》には似もつかなかった。からだの、よじれて奇怪なかたちにねじくれた、何の器官だかよくわからぬものの上に、巨大な悪意にみちた一つ眼《め》がある。

丸いその眼にこのしたたるような、ぞっとするほどねじけて、残忍な、いまわしい悪意の毒を描きこんだのが、もしこの絵を描いた画家の創意であったのなら、その画家は、おどろくべき天才であり、悪のレオナルド・ダ・ヴィンチ――地獄のレンブラントとでも、いう他はない技倆《ぎりょう》のもちぬしであったといわねばならぬだろう。

なにか、この怪物には、言うに言えぬほどいやな、いとわしい非人間的な感じが漲《みなぎ》っており、それに長いこと目をむけておれば、見るものの目も、心も、この、この世ならぬ化け物のために犯され、そのぞっとするような非人間性の恐怖の中にひきずりこまれていってしまいそうな戦慄を誘った。

「ツァ——」

しわがれた声がもれた。

その絵の怪物がおぞましい生命力でもって、とじこめられていたその絵のなかより復活し、この世にあらわれ出ようとしているのかと、涼はとびあがった。

しかし、その声を発したのは、夏姫にすぎなかった。

「ツァトゥグァ……」

「そうだ」

大和の手がひらめくように動き、その、いとわしい絵をうしろへおくと、次の一枚をとり出した。

それは、奇妙なぞっとするような石像《せきぞう》のある風景を描いていた。大きく口をあけ、丸い目を恐怖に見ひらき——

頭に一本の毛もなく、手も足も、ぴったりとからだにつけてちぢめた、胎児《たいじ》とも、こびととももつかぬ石像。

涼は、大和から、たまたま一番近い位置にいたので、そのぴったりと体側につけた、棒のような手の手指が三本しかなく、そしてその指のあいだにカエルのような水かきがあるのを、はっきりとみてとることができた。

そのいやらしい石像は、草原のようなところにおかれていた。あたりは石がごろごろとし、やせこけた灰色の木々が立ち並び、全体として、うすずみ色のたそがれの光の中で描《えが》かれたというように、世にも淋しく荒涼としてみえた。

結城大和はその絵をしまった。かわってとり出されたのは、何か異形の人物の像だった――魚とも、人ともつかぬやつで、頭は黄色くはげており、まぶたはなく、どろりとした目をして、手には水かきがあり、そのくせ、ごくふつうの男の衣服をまとっているのが、なんともいえぬほどこっけいで、いとわしくグロテスクだった。

「そして、これが――」

結城大和はゆっくりと、さいごの一枚をとりだした。それは、一番大きく、ほとんど三十号ばかりもある油絵だった。

「これが葛城繁のさいごの仕事になった。――いまからもう、四十年も前のことだ。葛城繁はこれをかいている途中に、『やつらが来る』という絶叫をのこして、奇怪な死をとげた。わずか、二十五歳だった」

（あっ――）

伊吹涼は、叫び声をまた辛うじてのみくだした。

そのキャンバスは、何かするどいもので、切りさかれたように、X形に破れていた。それも、ナイフや、パレットナイフのようなものではなく、あきらかに、するどいけだもののツメようのものがベリベリとキャンバスをひきさいたのだ。

それを、たぶん大和か誰かが、うしろからガムテープをあてがって修理してあった。しかし、そのまだ未完成の絵に与えられたいたでは、それだけではなかった。

そのキャンバスの、X字形にひきさかれた傷の中心部——二つの傷の、交差するあたりに、べっとりと、古い黒ずんだ血のりらしいものがとびちって、しみになっていたのである。

何かぞっとするものが、涼の心をとらえた。いつのまにか、彼は、はじめどうしてもなくすことのできなかったあの異和感、自分がなぜここにいるのかわからないという思いを、すっかり忘れ、自分がいまや、何か容易ならぬ秘密に立ちあうことをゆるされているというときめきにとらえられ——

そして、つぎつぎにとり出されるその奇怪な絵のあやしい、妙になまなましい現実感のある内容に、いつのまにか、すっかり心をひきつけられて、大和の手もとを見つめるだけになっていたのだ。

その——葛城繁がそれを描きながら死んだという大作の中身は、むろんまだ未完成で、しかも損傷《そんしょう》されていたので、他の絵のようにはっきりとではなかったが、しかし何をかいてあるか——あるいは、かこうとしていたものかぐらいは、じゅうぶんに見てとることができた。

それは、それまでの、異形のものを描いた絵にくらべれば、むしろずっとおとなしいとさえいっていい、風景画だった。

葛城繁というその昔の画家は、おそらく、よくよく、たそがれの、くらい、暮れるでもなく明るいでもなく、あいまいな、ぼやけた、陰鬱《いんうつ》な色調に、心をうばわれ、魅せられていたのにちがいない。

それもまた、草原と、まがりくねった黒い木々と、ごろごろところがる大きな石、といった、さきの石像を描いたものとよく似た場所がとりあげられていた。それらの石は、さながらモアイででもあるかのように、ごろごろと並んでおり、ちょうど、絵のまんなかをとりかこんでいるようにみえた。

そして、その絵のちょうど中央のところに、画面を二つに切りさくようにして、黒い、つやつやと光る石か何かでできた、細長いオベリスクがたっていた。

もっともそれがほんとうにオベリスクがたっていた、またはオベリスクなのか、それともただ単に、そういうかたちをしたすべすべする黒い石であったのか、それはさだかではない。

しかも、血痕《けっこん》は、その塔のちょうど尖端《せんたん》のあたりに、まさにべったりとひろがっていたから、そのてっぺんが、どうなっているのかを見わけることはできなかった。

「これが例の――《黒い石》だ」

大和が重々しく言った。

「ということは、葛城繁は、それを見たのだ。彼は、イマジネーションによって絵をかく、と評され、とかく、理解されなかったが、それはあまりにも絵について知らぬ人間のいうことだ。彼はすぐれた画家ではあったが、彼の手法、他の画材、着想、そのすべては、彼がきわめて写実的な手法しかとれぬ画家であったこと——まったく、空想にふけってそうしたイメージをでっちあげるという能力に欠けていたこと、むしろその本領は、面白味《み》にかけるくらいオーソドックスに、見たとおりのものを画布にうつしとる能力にあったことを教えてくれる。

つまり、彼は、すべて、見たものを、見たとおりに描《えが》いただけなのだ……」

(ばかな)

またも、涼は、叫びそうになった。

(そんな——それでは、こんな……石像や風景はともかくとして、あの、いやらしい、うずくまっていた不快な化け物だの、妙ちきりんな魚人間だのが、現実に、存在していたとでもいうのか？　そんなばかなことはない。あんなもの、見たこともきいたこともない。あれは——あれはこの地球上で知られているどんな生き物にも似てはいなかった……)

「ことに重要と思われるのは、このさいごの一枚だ」

大和はおだやかにことばをついだ。

「なぜなら、これは例の、そのまわりに《かれら》を信じる連中があつまって、いとわしい儀式をくりひろげるという『黒い石』だと思われるが、《かれら》は、他のもっと直接的な絵のときでさえそうしようとはしなかったこと——つまり、この絵を、葛城繁が描きはじめたときに、かれを攻撃し、そしてついにそれに成功して、かれをなきものにし、この絵の完成されるのをふせいだからだ。葛城繁が死の前日までつけていた日記帳が、葛城宗家《そうけ》に秘蔵されているが、死の十日ばかりまえの部分には――『昨今例の者共の襲来いよいよ著し。彼らも必死ならんか。わが近来の画業に彼らをして興奮せしむるものありと見ゆ。昨日来雨戸をひれ、或は前《ぜん》肢《し》様のものにて打ちたたき、破らんとする音止《や》まず、母屋の大家一家をして恐怖せしむ』とある」

誰も、口をひらくものはなかった。

大和はおもむろに、葛城繁のさいごの絵を指さした。

「おそらく、かれらをそれほど必死にさせたというのは、この絵の描いているものにかかわりがあるにちがいない。それがただの儀式や、あるいはかれらの象徴、偶像、といったものを示しているのならば、この――と石像の絵をさししめして――アーカムの『叫ぶ石像』と同じようなものにすぎないのならば、なるべく人目にふれぬよう、人の注意をひかぬようにとつとめていたかれらが、わざわざ葛城繁を殺し、その存在の痕跡《こんせき》をのこす危険をあえて犯してまで、この絵の完成をはばもうとするわけがない。

すなわち、私の考えでは、この絵――ここに描かれた風景こそが、かれらにとってのある重大な……」

そこまで彼が言い進んだときだった。

ふいに、頑丈《がんじょう》な、鉄に守られたはずの地下室が、ガタ、ガタ、と激しい音をたててゆれうごきはじめたのである。

「その重大なこととは、私が思うに――」

ガタ、ガタ、ガタ――巨大な手が、室《へや》をゆさぶっていた。

(こ、これは!)

思わず、話の内容が内容だっただけに、涼は蒼白《そうはく》になって腰をうかせる。

が、

「大丈夫よ。おちつきなさい」

伽倻子のするどい声がひびいた。

「どうせいつもの下っ端のやつらよ。私たちに、何もできやしない………」

「気がついて?」

言ったのは夏姫だった。

その、白い顔が、奇妙なあざけるような笑みをたたえている。

「かれらが動かしているのは、このへやの外だけよ――このへやの中には、手もふれることができないのよ……ましてこのへやには、私たちがこんなにいるんですものね」

「心配しなくていい。すぐおさまるし、おさまらなくてもどうということはない」

大和も言った。よほど、涼が仰天《ぎょうてん》した顔をしていたのにちがいない。

「かけなさい。つづきを話そう。——で、私の考えたところ、かれらがそうまでして、われわれの目にかくしておきたい、かれらの秘密とは、すなわち——」

「この絵の中に、かれらがやってくる扉——あるいは通路——が描《えが》かれているのにちがいないわ」

夏姫が、おちついて言った。

「そのとおり」

ガタン、ガタン——という音はひときわ猛烈にあれくるい——

そして、ふいに、そんなことなどなかったとでもいうかのように、ピタリとやんでしまった。

「この絵の中に、かれらの世界と、われわれの世界とを結ぶ通路がある。——したがって、いま、われわれのなすべき最初のことは、葛城繁がこの絵で描いたのと同じ風景をみつけ——そして、その通路を、ふさいでしまうことだ！」

「わけもないこと」

夏姫が言い、

「ふさぐことはないわ。戦いよ！　こちらから、その通路をとおって、やつらの世界へ攻めのぼってやるのよ！」

赤いスカートの女——藤原華子が、ふいに大声で叫んだ。

大和たちはおどろいたらしい。

ややあって、

「これは、これは――藤氏の姫のまたいさましい。………さすが《地這い》の統領だけのことはある」

苦笑まじりに大和が言った。

「いつでも、守るよりは、攻めるのがかしこい戦法――わが一族に号令をかけて、世界のすみずみまでも調べさせれば、たかがそんな扉など……」

「待って、《扉》はそこだけではないかもしれないわ」

と夏姫。

「もっと、人数のあつまらぬことには――」

「待って下さい」

昂揚した、戦いをひかえた空気がたちまち室《へや》にみなぎり、それに、涼もつい、巻きこまれてしまったのかもしれなかった。

涼は、さっき味わっていたあの奇妙なおののき――妖怪たちの集会に、さまよいこんでしまったかのような居心地のわるさを、すっかり忘れてしまっていた。

かれは、夢中になって立ちあがり、叫ぶように言った。

「待って下さい。教えて下さい。かれらとは、一体何ものなんです？　あの化けものは本当にいるんですか――かれらの世界とはどこにあるんです――異次元？　かれらはいったい、どんな姿をして、どんな能力をもってるんです？　それは——地球侵略を、たくらんでいるんですか？」

とたんに——

あたりは、しんとした。

何か、一瞬、白けたような空気が漂ったようだった。が、それから、結城大和が、しいてとりつくろうように口もとに微笑をうかべた。

「そうか、すまん。——きみにはまだ、何も説明してあげてないのだったね」

「何よ」

ずけずけと華子が言った。

「その子——まだ、目ざめてないの？　目ざめてないものを、こんなところへつれてきて、どうしようというのよ、ええ？」

「《ヒ》一族の若長《わかおさ》が？」

夏姫も眉をひそめた。

「目ざめてない——？」

「まあ、まあ、そう言うものではないでしょう」

大和だけが——少なくとも外見は——悠然とかまえている。

「人によって、個人差がありますからね。ことに、伊吹の若者は、少しはなれたところにいたのです。私の声を、はっきりとは、きかなかったかもしれない。――それに、あなたかたは姫で、彼は男だ。それもたぶんかかわりがあるかもしれない」

「それなら、それでいいわ。でも、さっさとすませて。いまここで目ざめさせてしまうがいいわ」

「目ざめて――とは？」

たまりかねて、涼はきいた。

大和はほほえんだ。

「何ひとつ、心配することはないよ、伊吹の。――きみは夢をみたし、ここに呼び出されてやってきた。ただ、きみは、少しばかりこのひめみこたちより、発育がおそいだけだからね――伽倻子、話しておあげ」

「ダメよ、大和。私、このあいだ、この人を目ざめさせようとしたわ」

膨れっ面で伽倻子が言った。

「それでもききめがなかったのを、わたしの力のたりないせいだといわれては、たまらないわ。――こんどは、あなたがやってみたら、大和？」

「そうか――」

大和は困ったように言った。

「火の者は、他の民と少しちがう。――本当は、同族の長が儀式を行なうのがいちばんいいんだが――そうも言っておられないな。やってみようか。

しかし、そのまえに、では、これだけはきみもたしかに夢のなかで私の声をきいているにちがいない。これは、決して消えぬよう、忘れぬように、私がメッセージの中にきざみつけておいたのだから。

むろん、覚えているだろうね――われわれは人間ではない。地球は人間だけのものではない。そしていま、われわれは戻って来んと欲する――われわれ、その名は……」

《待て！》

はっ――と、全員が凍りついた。

それは涼にもはっきりときこえた――たぶん、頭の中で。

〈テ――〉

涼はもはや、おどろきの連続に、いまさら少しばかりのことでおどろく気にさえなれなかった。

（テレパシー？……人間ではないだって？――ではかれらは、新人類――超人類なのだろうか、超能力をほんとうに、もっている――そして、このぼくも、その一員だったのか――）

《待つのだ》

なおも、はっきりと、ひどくつよいひびきをもつその声はきこえてきた。

「《眼》――？」

夏姫が眉をひそめて、結城人和を見やる。

「これは、これは」

大和は呟くように言った。あまり、愉快そうな表情ともみえなかった。

「山の民の長のお出ましだ」

涼は、三たび、わが目を疑った。

大和をとりかこむ、四つの椅子でできた半円――

その半円の中央のあたりに、もやもやと、黒いものがかたちをとりかけようとしている。

「ああっ………」

涼がまじまじと見守るうち、そのもやは、こりかたまり、漠然と、人のすがたとなりはじめ
――。

そして、そこに、忽然《こつぜん》と、一人の魁偉《かいい》な老人が立っていた。

そのすがたをひと目みるなり、涼は、思わず、口の中でわっと叫んだ。

(天狗だ)

彼の内心の叫びを、しかしその怪物は、口に出されたと同様にききとったらしい。

じろりと、火のように赤い双眼が、涼をねめつけた。

その目は、さながら、不吉な赤い星をふたつ、とってきてこのごつごつとした面貌《めんぼう》にはめこんだかとさえ思われた。

（天狗――）

そういうのが、たぶん、いちばんよく、この奇怪な新来者にあてはまっていたといえるだろう。

見るからに、魁偉な、そして雄渾《ゆうこん》な外貌だった。黒い、地厚《じあつ》の布子《ぬのこ》のようなものを着、筒《つつ》袴《ばかま》のようなものをはいている。

白髪《はくはつ》は蓬々《ほうほう》とさかだち、肩へ垂れ、ひげも眉毛もまたもじゃもじゃと白かった。くちびるはぶあつく赤い。くちびるだけでない。顔全体がてらてら光るほど、赤い。ひどく年とっているようだったが、その目のらんらんとした輝きも、巨大なからだ全体から発散する精気も、ありきたりの若者などはるかにしのいでいた。

とりたてて天狗のような鼻というのではなかったが、目をひくほどのわし鼻で、長年を風雨にさらされつづけた岩山のように、ごつごつとけわしい顔をしている。

背が結城大和と同じほど、重さはそれより倍近くもあっただろう。彼がそこに、袖に手をがっしと組んで、ごつごつの素足をふんばって立っているだけで、決してせまくはないこの地下室が、ひどくせまく見えた。

「許斐《このみ》老人、こんどは、どこから飛んで参られた？」

おかしな、時代がかったことばつきで、大和が言った。天狗のような老人は、じろりと彼を赤くもえる目でねめつけた。

「どこからでも、人のことは、放っておいてもらおう。おい、《眼》の」

さっきのテレパシーではない。ごくふつうに、口をつかって話しているのだが、その声は、さながら高山の頂上をわたる颪に似《に》て、りょうりょうとひびきわたる。

「《眼》としたことがうかつだな。仲間寄せをするときには、慎重の上にも慎重にはからうことだと言うたはずだが。——このわしの言うことを、いいかげんにきいたのか？」

「決して、《山》の」

大和が言い、濃い色のサングラスをゆっくりとはずした。

「私は決してご老人の言われることを、粗末《そまつ》にはきかぬ」

涼は、サングラスをはずした大和の目をみて、ぎくっと息をすりこんだ。

大和の目には、眼球も、虹彩もなかった。

ただ、眼窩のかたちにあいたふたつの穴に、ギラギラと異様な、まぶしい白い光がみちているだけだ。

（——っ！）

涼は思わず室内を見まわし、そして、心臓が凍るかと思った。

手をとりあって、じっとこの怪人《かいじん》を見つめている、白いドレスの美少女と、結城伽椰子の目が、青く——ぶきみな、トルコ玉のような青に発光しているのだ。

赤いドレスの女は、と涼はみた。華子の眼は、金色に輝いていた。

そして、天狗の許斐老人の目は、らんらんと赤い光を放っている。

(化け物だ――)

涼はぺたりと椅子にへたりこんだきり、叫ぶことも、立ちあがることもできなかった。

(化け物の巣だ……)

「ならばなぜ、そこの小僧を仲間寄せにつれこみおった?」

「なぜとは、山の長とも思われぬ」

大和は応酬した。

「この若者は火の民の長だ。伊吹一族の、直系なのだ――まだ、目ざめるのに、手間がかかってはいるが、火の民はわれわれ古き民にとって最大の戦力のひとつ――いや、むろん山の民の力だけでは心もとないというのではない。しかし火の民は火の民だ。ぜひにも、このたびの旗上げには、火の民に一枚かんでもらわぬわけにはゆかぬ。ご老人らしくもないな」

「《眼》よ」

あわれむように許斐老人は言った。

「こやつ、われわれの仲間ではないぞ」

「何をばかな――」

「お前の《眼》もだいぶん古びて、狂いが生じたようだ。もっと若いものにでも、その役目、ゆずったらどうだな。こやつは、火の民の若長などではないわ。見ろ、こやつのうしろに、浄《きよ》めの火が見えるか？」

老人は、両袖から、松の根っこのような腕をおもむろにぬくと、たくましい手で、奇妙な印を結んだ。

「お山からとってくる、天国《アマクニ》、天ノ座《アマザ》の火が？――どうだ、《眼》、見えるか？」

「いや――」

大和があえぐように言った。彼の顔は、蒼白になって、ただその光の目だけがいよいよあやしい光を放っていた。

「いや、見えぬ――」

「こやつ、仲間でも、古き民でもない」

「だ、だが、何故、そんなことが――」

「小僧」

ふいに、老人に、いんいんとひびきわたる声で呼ばれて、びくんと涼はとびあがった。

「お前の名は？」

「い、いぶき――伊吹涼………」

「父は何という。母は――父かたの祖父の名は？」

「伊吹国雄《くにお》――鶴子《つるこ》――お……おじいさんは、伊吹正二郎《しょうじろう》………」

「どうだな、《眼》」

老人は勝ち誇ったように大和をふりかえった。

「伊吹一族は火の民、火に水は忌《い》みものゆえ、一族のものはさんずいのつく名をさける。――ましていずれ頭領になるものに、水ときわめてゆかりのふかい、『涼』の字をつかおうか？――小僧、おまえは長男か。兄弟がおろうが。何という」

「ふ――風太……」

「風に、太と書くな？」

老人は大和に指さきをつきつけた。

「わかったか。――こやつ、貰い子にちがいあるまい。風は火の最も好むもの……伊吹風太というその子が、おまえのもとめていた、伊吹一族のまことの長さ」

「迂闊《うかつ》……」

呻《うめ》くように大和がいった。

「山の長――この制裁は、甘《あま》んじてお受けしましょう。が……」

（貰いっ子？）

涼はしかし、すでに、大和のことばすら、耳に入ってはいなかった。

（おれが、貰い子？　父さんと母さんと風太――おれの両親は、おれと血のつながってない、あかの他人だったのか？　そうなのか、父さん、母さん――おれの家は、何だかわからないその超人類の家系なのに……おれだけが、貰い子のおれだけが、その血がつながっていないのか？）

まっこうから、ばかな、と否定できぬ、苦いものが、あとからあとから舌の奥にこみあげてくる。

（お兄ちゃまは、お父さん、お母さん、どっちにも似てらっしゃらないのね。おじいさま似かしら？）

（風太ちゃんは、見るからにご両親そっくりなのにね）

（おい、伊吹——おまえの成績じゃK大はまあムリだ。言いにくいけど、あきらめろよ——しかし、おかしいな。お前のおやじさんは、T大出のエリートだそうだし、おふくろさんも見るからに頭よさそうな美人だろ。それに——な、今度中等部に入ったおまえの弟——全新入生のトップだったっていうぞ）

（あら、おかしいのね。弟なのに、風太くんていうの？　ふつう、太って字、太郎とか、長男につかうんじゃない？　次男なら、風二とか、風次とかつけるんじゃない——涼ちゃんは、涼太っていわないのにね）

（風太は、あたまもスポーツも人気もトップクラスなのにな——おまえ誰に似たんだ、、、、、？）

（**黙れ！**）

涼は両手でがしっと頭をつかんだ。化け物どものことさえも、念頭を去っていた。

（ちがう！　そうじゃない。ちがうんだ、おれは父さんと母さんの子だ——風太はおれの弟だ……おれはどこの馬の骨かしれないもらいっ子なんかじゃない。おれは伊吹涼だ、伊吹涼だ——伊吹家の長男なんだ……）

「しかし、ご老人」

頭の上で、なおも、大和と許斐老人とがやりあっていた。

「私の迂闊はどのようなお叱りをもうけましょうが、しかし、われわれは戸籍もたしかめました。たしかに、養子ではないという——」

「何か、わけがあるのだろう。わけがな」

老人はかるくあしらった。

「女房が不義をはたらいたか、ゆえあってあずかり、実子として育てるように工作したか——な」

「しかしそれは……」

「まことの子ではないゆえ、水にゆかりの名を与え、そのことを示したのだと思うが。それに見るがいい、その小僧——とりたてて、名のことがなくとも、浄めの火を背負うておらなんでも、人相、骨柄《こつがら》、ひと目みたところ、こう凡庸《ぼんよう》、俗骨《ぞっこつ》、とうていのことに、火の民たる伊吹一族の頭に立つ人品をしておらぬわ。それのみでも、わかってよさそうなものだがの」

伽倻子と夏姫の青く発光する目、華子の金色の目、がおもしろそうに見つめている。

しだいにその光が大きくなって、顔の上部をほとんどのみこんでしまうほどだった。

その目に囲まれて、涼は、いたたまれぬような思いにいっそこのまま地の底へ消え去ってしまいたいほどだった。

自分は拒《こば》まれているのだ、という思いが、痛切に胸をさした。ひそかにずっと抱きつづけてきた弟の風太へのぬきがたい劣等感が、肉体の苦痛となって身を灼《や》いた。選ばれていたのはここでさえ、風太のほうだったのだ。

何もかも衆《しゅう》にすぐれ、父母に愛され、祖父には溺愛《できあい》されている弟。——自分は、伊吹涼は、平凡でとりえのないだめな兄のほうは、やっぱりさいごのさいごまで、何のとりえもない平凡な人間でしかなかったのだ。

(団地とラッシュの電車と係長どまりの人生——それしかないのか。おれには、冒険の可能性さえ、ゆるされてないのか。何もかも持っているというのに、その上、未知の、心おどるあやしい世界さえも、やっぱり風太のような選ばれた存在のためのものでしかないのか！

そこに誰もいなければ、いや化け物たちの光る眼にかこまれていてさえ、失望のあまりくずおれて、大声をあげて泣きたかった。

(ひどい。それでは、あまりにひどい——おれなどいてもいなくても同じことなのだ。何ひとつこの世界に、おれのための場所はない。何ひとつ……)

涼は、あつい、煮えるような悲嘆の中に沈《しず》みこみ、まわりの怪異な生物たちのことさえ忘れていた。彼の耳には、あいかわらず、大和と老人とがかわしている奇怪なことばも、まったくきこえなかった。

「それはそうかもしれません。しかし、ご老人——それのみでは、説明のつかぬこともございます」

「ほう——?」

「これは、わが失態をとりつくろってこのように申すのではございません。——この少年は、三日つづけておくりこんだ私の夢知らせを、きいた、とはっきり申しました。つづけて夢にうなされた——と。一族のものでなくては、私の夢をうけとることはできませぬ。それに——その夢の中身までは覚えておりませなんだが、このように、呼び声を与えましたところ、ためらいもせずにここへやって参った、それもまた、仲間でなくてはできぬことかと……」

「甘いな、《眼》」

冷ややかに老人は言った。

「どうして、この小わっぱが、弟——まことの伊吹の若長から、その夢の話を、きかされたのでないとわかる？　ここへ来るのもまた、そうだ。若長にかわって行ってくれるよう、頼まれたかもしれん——この小わっぱの弟だとあれば、いまの若長のうつし身は、おそらくまだ年端もゆかぬ子どものはずだぞ」

「それはちがいます」

話にわりこんだのは、伽倻子だった。

「なんだ、《翼《つばさ》》の」

「わたくしは、夢のあとをたどり、夢から出ている糸をたぐって、夢をみた当人をさがしあて、そして呼び声をあたえましたわ。それは、たとえご老人の前であっても、ここにはわれわれ飛ぶ民の女王《ひめみこ》もいらっしゃること、わたくしの一族としての名誉にかけて誓えます。――夢は、この《火》の若者の中に入りましたわ」

「ではもっとわるいかもしれぬ」

「え――？」

「まことにこやつが夢を吸ったのなら、こやつ、邪鬼かもしれん。――やつらが、間諜《かんちょう》として、伊吹一族の宗家におくりこんだものかもしれん」

「そ、そんな……」

「いや――」

さえぎったのは大和だった。

「それは――ありうるかもしれぬ」

「どうするのです――老人？」

「知れたことだ」

ゆらり――と、許斐老人の巨軀《きょく》が動いた。

「《眼》は何はさておき、伊吹の若長にいまいちど呼びかけ、ただちに参集するよう働きかけるがよい。おぬしの言うとおり、この大事のときに、われらの最もつよい武器たる火の民なしではどうもならぬ」

「では——」

伽倻子が唾をのみこむ。

「では、この若者は？」

「かわいそうだが——」

ひっ……と、涼ののどが鳴った。

自分の悲嘆に、すっかり気をとられていた涼であったが、伽倻子の声に再び注意をひきもどされ、何やら雲行きのおかしさに、息をつめて、なりゆきを見守っていたのである。

「かわいそうじゃがやむを得ぬ——大事の前の小事、たかが虫けら一匹だ。このような手ぬかりから、やつらにことの次第をさとらせてしまうわけにはゆかぬ」

「その男——片付けるのかえ？」

華子が妖しく嬉しそうに笑った。

「ああ。藤氏の女王じゃな——これはまたなんと、派手ないでたちをして」

「おけ、山の。——どうじゃ、そやつの始末、この《地這い》にまかせぬか？」

「いや、それはいかん」

老人は苦笑した。《地這い》はいきり立った。

「なぜじゃ。なぜいかぬ——山の者といわばわが民とはあさからぬえにしもあるに、何故そのようにつれなくする？」

「つれなくしたのではないわ。おぬしが出ると、ことが大袈裟になっていかん——それに、人間どもに無用のさわぎをさせぬためには、さして目に立たぬ消え方をさせんといかぬ」

「われらがしようか？　その役目——」

夏姫の青い目があやしくゆらめく。

「それには及ばぬ。こうした仕事にはわしらが一番じゃ。——こうした血なまぐさいこととなると、どの民も、目の色をかえるゆえ、わしらは人間どもから妖怪よ、化け物よ、魔の物よといわるるのじゃぞ」

「ハッ、埒《らち》もないことを！」

老人は、もう、三人の妖女《サイレン》には目もくれず、ゆらゆらと涼に近づいてきた。

赤く鬼の目ともいうべき炎を放つ、巨大なその目の内に、まぎれもない、殺意があった。

「あ………」

涼は何かさけぼうとした。

しかし、声は出なかった。

夜ごとの悪夢は、にわかに、うつつのものになっていた。

悪鬼が、もえる目をして迫ってくる。

そのたくましい両手がおもむろにさしのばされ、涼ののどをつかむ。

身動きひとつ、抵抗をこころみるいとますらなかった。

赤くもえる鬼の目が、涼を呪縛し、叫ぶことも、抗《あらが》うこともできなくさせていた。

「見るがいい」

老人のぶきみな笑いを含んだ声を、遠く涼はきいた。

「こやつ、やはり、ただの人間よ——邪鬼《じゃき》ですらない。何かのはずみに、迷いこんだ、ただの無力な人の子じゃ……見るがいい、《眼》よ、《地這い》の女王よ、《翼》の姫たちよ——この、なさけない、あわれなありさまを。——虫けらのように、ひねりつぶされてくたばっても、泣き声ひとつ出せんのじゃわ。……かようのみじめな虫けらどもが、なんとまあ、あるじの留守をよいことに、好き放題にはびこり、のさばり、威張りかえり——おのが身のあわれさをかえり見もせず、万物の霊長《れいちょう》よとほたえられたものじゃわ。ねずみどもにも劣るやからが——みじめなとるに足らぬごくつぶしどもが。……」

（違う）

涼は、叫ぼうとした。

（違う、化け物どもめ——きさまらがどんな力をもっているか知らないが、人間はみじめな虫けらじゃない。あるじの留守をねらうねずみなんかじゃない……とるに足らぬごくつぶしじゃない。人間は、人間は、人間は………）

老人は、のどをしめる手に力を入れているともみえぬ。

ただ指をかるくそえているだけだ。しかし涼ののどには、もはや、空気が流れ入っては来ぬ。

がんがんと肺がふくれあがり、脳が、酸素を求めて金切り声をあげた。目の前が赤くもえる炎につつまれ、その中に、ひときわ赤い、老人の双のまなこがあった。

（や——山の神………）

ここで死ぬのだ——かすかな絶望があった。

まっ赤な炎がすうっと遠ざかり、かわって安らかな暗黒がひろがろうとする………

そのとき！

異変がおこった！

「あ——ああッ！」

「老人！　あれを！」

「こ、これは！」

妖怪たちの叫びを涼はかすかにきいた。

おお、見よ——

壁——鋼鉄の壁から、ズボリと何かの頭部が生え出ようとしている。

ぬらぬらと耐えがたい悪臭を発する、ふた目とみられぬおぞましい怪物の頭が！

（ツァトゥグァ、ツァトゥグァ！）

誰かが絶叫した。

めりめりめり……と次元の壁がひきさかれる。

異形の怪物がそこにうずくまっていた！

徴　2

「――これらのいくつかの事実を、つなぎあわせてみる。すると、どのような結論がうかびあがってくるだろうか。

子殺し、子捨てが嘆かれたのはすでに十年の昔であった。子の親殺し、家庭内暴力ですら、いまやすでに現象として定着してしまったかの感がある。

そして、そのあとに、当然のなりゆきとしてもたらされたものは――すなわち、通り魔殺人、行きずりの、無差別殺人、いたいけな幼児、乳呑み児、無辜《むこ》の隣人にまでふりおろされる恐怖の刃であり、さしたるわけもないのに見知らぬ他人に向けられる、唐突で抑制のきかない殺意の、いまわしい時代病なのである……」

ここまで、すらすらと書きすすめてきた手が、はたと止まった。

頭をがりがりかきむしり、くわえていたタバコをぎゅっと灰皿にねじりこむ。いままで書いたところにざっと目を走らせ、それからもう一度、ていねいに読みかえして、

「ダメだ」

安西雄介《あんざいゆうすけ》は呻いた。

「こんな、ブッ固い書き方じゃ。――ちくしょう、はじめのうちは、ずいぶんやわらかく書いてるつもりでいるんだがなあ」

どこから直せばよいのか調べようと、じっと目を、自分のぐしゃぐしゃの字にくぎづけにしているうちに、ふいに、雄介はかッと怒りの発作につきあげられた。

「くそッ、勝手にしやがれ」

大声でわめいて、ぐしゃぐしゃと原稿用紙をまるめ、屑箱《くずかご》がわりの紙袋に放りこんでしまう。

手の甲でぐいと汗をぬぐい、曇った眼鏡をはずして机の上におく。

「何だよう、うっせえな。でけえ声、出すなよ」

突然、本の山の向こうから、不平そうな、あくびまじりの声がきこえてきた。

「寝られねえよ」

「黙れ、このくそガキ」

安西雄介は怒鳴り、本をひとつ、その本の山のむこうに敷かれた万年床めがけて放りつけた。

銀ぶちめがね――時に応じて、凄みをきかす必要のあるときはレイバンにかわる――と長い

前髪、細おもての顔立ち、細身の、活動的なからだつき——ひとつひとつをみれば、やさ男といってもふしぎはないわりに、全体の印象は、妙にタフな、とっぽい感じのする男である。今年、三十五歳になったところだ。

「いてえ。何すんだよう」

万年床から、むくりと起きあがってきた安西竜二《りゅうじ》は、これはまた、途方もない巨漢だった。一メートル九十はありそうな上背、体重は百キロちかくある。頭を丸刈りにし、度のつよい眼鏡をかけ、応援団ふうといったところで、女の子などは、向こうから彼がきたらあわてて道をよけるだろう。三流私大とはいえ、スポーツではなかなか有名な大学の、柔道部のキャプテンをつとめるほどであった。

竜二が本の山をまたぎこえてこようとすると、その大きな足がふれて、がらがらと本がくずれおちた。

「もうちっと、静かに動けねえのかよ、このゴリラ。——お前がいるだけで暑苦しいのに、そうあちこち、めちゃくちゃにされちゃ、たまったもんじゃねえよ」

「けッ、この貧乏トップ屋、暑苦しけりゃ、クーラーぐらい買いやがれ。——うへえ、すげえ、汗だ」

竜二が半袖のシャツをぬぎすて、台所のタオルでからだをふいているのを、雄介はうんざりしたように見つめた。せまい2LDKで、夏だからどこもかしこもあけっぱなしになっている。

「何度見ても、家ん中に熊がいるとしか思えねえぞ」

彼はペンと原稿用紙をしまい、首のうしろに手をくんで、ごろりとひっくりかえりながら怒鳴った。

「首からけつまで毛がつながってやがる。一体、誰に似たんだ。俺はこんなにスマートなのによ——このせまい家にこんなゴリラを飼ってちゃ、クーラーも何もムダだよ。しめたらかえって汗くさくなるのが落ちだ」

「おい、それが兄の言うことかよ」

竜二はパンツひとつで、のそのそと、顔を洗いおえてもどってきた。

「いくら何でもひでえじゃねえか」

「イヤなら早く家へ戻ったらどうだ。クーラーもあるし、女手もあるぜ」

「冗談じゃねえよ。あんなけったくその悪いとこ——よう、兄貴。あと五日だからよう。五日で、柔道部の合宿がはじまるからよ——それともお前、おれがいるから、女、連れこめなくて、弱ってんのか」

「阿呆。——女どころじゃねえよ。〆切《しめきり》が目の前なんだ」

「いつも、下らねえこと書くのにそんなに目、血走らせて、わかんねえな」

「ゴリラは黙ってな」

そっけなく雄介は言った。

竜二は少し好奇心をそそられたようすで、どすどすと近づいてきてとっちらかった机の上をのぞきこんだ。

「何やってんだよ。またエロか？」

「うるせえ、もっと真面目な話よ」

「ははあ、だから、書けなくて弱ってやがんだな。あれ——勿体ねえ、捨てちまったのォ」

「あ、ばか、拾うな」

竜二は、ことさら粗暴に、ゴリラ然とふるまってはいるが、決して見かけ同様単純なスポーツ人間ではないことは、雄介がいちばんよく知っている。度の強い眼鏡の奥で、目がおもしろそうに光った。

「ヘッ——お前、まだ、ゲバ棒の名残りがぬけねえな」

「わかってら、そのぐらいのこと」

雄介は情けなさそうに言った。

「やさしく書け、かみくだいて書け、漢字をへらせ、理屈をこねるな——何回、頭で言いきかせても、ダメなんだよな。書いてるうちに、理屈こねちまう」

「我々はぁ、人民の共闘のためにぃ」

竜二がひやかした。

「投げとばすぞ——この態」

「あんた、ルポライターなんざにゃ向かねえよ」

弟は鼻で笑った。

「頭が根っから固《かて》えんだからよ——左翼の評論家になりな。それでもって、マルクスがどう、毛沢東がどう、言ってることったね」

「イヤだよ」

「といって小説家になれるほどの玉でもねえしな」

「いいネタだと思ったんだがな」

雄介は吐息をついた。

「ただの時事モノじゃねえ、ちょっと面白いものになると思ったんだが」

「大阪の通り魔に東京の無差別殺人、赤ん坊殺しに留学生事件か」

竜二は、無造作に原稿を袋におとした。

「あんちゃんは、時事モノをやらねえ方がいいぜ。やるとどうしても、政治が悪いになっからよ——こないだのエロものルポは、けっこうよかったよ」

「いつもいつも、ノーパン喫茶にソープランド探訪をやりたくねえよ。だんだん、頭がおかしくなってくらあ。——何か、いいネタ、ねえかなあ。おまえの大学、学長選で不正がどうこう言ってたが、ありゃ、何か、おもしろくなりそうなことねえのか」

「ダメだね、これでも柔道部キャプテンともなりゃあ、体制側のイヌだからよ」

あっさりと竜二は言って、ニヤリと笑った。

「花の第三革命戦線のリーダー安西雄介の弟ともあろうものが何てこった」

「時代が違うよ、時代が――おらあね、あんちゃん、団結の力なんざ信じねえのよ。人間なんざそもそも汚えもんだからね。一人一人の理想がどんなにたかくとも、大勢集まれば、集まるほど不純になる、汚れる、程度が低くなる――こいつがおいらの持論でね。おらあ、だから、おれひとりが強けりゃいいのよ。どんな奴《やつ》ともサシでやりゃ勝てるって自信がありゃ、世の中間違ってても、いっこうに気にしないのよ」

「今どきの若い者は――」

雄介は窓をめがけて、ピッとマッチの軸をはじきとばした。

「話にならねえ」

「ひとまわり違や、別の種類の動物みてえなもんよ、あんちゃん。――けどな、そう言や……」

「え？」

「ネタね――あるかもよ。面白くなるかどうかは知らねえけど、夏だろ――お化け話なんざどうだい」

「お化け？　スペースシャトルのご時世にかよ？　ぞっとしねえな」

「いまだに七〇年の尻尾ひきずってるアナクロが、ご時世もねえだろ。人が、親切で言ってやってんのによ」

「悪かったよ。話せよ」

「いやさ——おれの大学の後輩で、村松ってのがいるんだけどよ。いや、そいつは柔道部じゃねえんだけどさ、さっぱりして、なかなか気持のいいやつなんで付き合ってんのさ。そいつがついこないだ、話してたんだけどさ。そいつの親友《マブダチ》が、一人、半気狂いになっちまった、というんだ」

「半気狂い？」

「ああ。——もともと、あんまりパッとしねえやつで、気も小せえし、頭も面《つら》もスポーツも、ま、何やらせても並ってとこで、目立たねえやつだったたんだってさ。それが、一体どういう目にあったんだか知らねえけど、二週間ばかし前に、五日ばかし、学校休んでさ——で夏休みになって、一緒にどこそこ行くって約束があったのに何の音沙汰もねえ。そこで家へたずねてって見たら、そいつが気が狂っちまった、といって、家のもんがもてあましてるんだってよ」

「下らねえ、受験勉強づかれのノイローゼか、トルエンでもやりすぎたんだろ」

「そうでもねえらしい。おれんとこは、そんな、ノイローゼになるほど勉強せにゃ入れねえ学校じゃねえし、そいつはしごくまともで、別にシンナーやることもなかったそうだ。それに、その気ちがいになりかたってのがただごとじゃねえ——お化けが出る、ってわめき散らすんだ。お化けが、空中から生まれてくる、ってさ」

「お化けが、空中から生まれてくる？」

呆れて、雄介はききかえした。

「そいつ、気はたしかなのか」

「気が狂ったんだから、気がたしかなわきゃねえだろう」

「そりゃそうだな」

「しかしもともと気のよわいやつではあったらしいが、そうまでとっちらかった奴じゃねえ。だから、どうもただごとじゃねえ、とそのダチが言うのさ。まさかに、お化けにやられたとは思えねえが、たしかに何かにやられたことはやられたんだろうってな」

「リンチか？」

「リンチで、化けものごっこをするとも思えねえが——それに、そいつが言うには、その気が狂ったやつがいろんなことを脈絡もなくわめきちらす中で、こんなことを言った、あんなことを言った、という、その中でひとつだけおれ、ひっかかることがあってさ」

「…………」

「葛城繁の絵が生き返る——そいつは、そう言ったんだそうだ」

竜二は、ずるそうに、じろりと兄を見た。

「何だと」

「そらよ——やっと、面白くなっただろう」

「この野郎、勿体をつけやがって、そいつをなぜ先に言わねえ」

「ヘッ、目の色かえやがって――その目つきをみると、いまでも、あんちゃん、あの女にとっつかれてんな。まさか、まだ切れてねえってこた、ねえにしろさ……」

「おかしなことをいうのはよせ」

じろっと雄介がにらみつけた。

凄い目つきである。――その目つきをすると、日ごろはそれでも一応柔和にみえる彼に、凄いようなぶっそうなものがあらわれた。下手をすれば、九十五キロの巨漢の弟よりも、このやせた、三十すぎの男のほうがよほど危険にみえてしまう、そんな目の光だった。

「おれは、あのひとと、切れるの切れないのって関係はねえんだ」

「わかったよ。プラトニックってやつかい」

「竜二！」

「わかったから、凄むなってのに。――けど、親切に、教えてやってんだからよ」

「むやみに恩にきせやがって」

「けどそうだろ。葛城繁って、例の画家だろ。あの女――葛城夫人のさ……」

「ああ、そうだ」

雄介は目をほそくした。何か、見はてぬものを追うようにみえた。

「おれは、見たよ――おっそろしく、気味のわるい――異常な絵を描く画家だった。手法も、色のつかいかたも、少し古い——あの当時でさえな——くらいで、おそろしく、オーソドックスな、かわりばえのしない画家なんだが、そのくせ——何というのかな、妙に忘れられん絵だった。ただの陰気な風景画なのに、みているると、その中に自分がしだいにひきこまれていっちまい、その絵の中に入ると、そこはもうふつうの人間のよく知ってる世界じゃなく、化け物どもや異形のもの、とでもいうか、そういうやつらがうろつきまわってる、世にも異常な世界なんだ……そんなことを考えさせる絵だった。しかもおれは決して日ごろ、夢とか幻想とかに縁《えん》のある方じゃないのにだ。あの画家が、当時の画壇から、あれほどオーソドックスなのにもかかわらず異端視され、きらわれて、ほとんど抹殺同然のうきめをみた、ってのも、わかるような気がする」

「その抹殺され、忘れられたはずの葛城繁の絵が生きかえって自分をおそう、とそいつ、言ったんだそうだ」

ずるそうに、竜二は兄をよこ目で見た。

「そいつ——どこで、葛城繁を知ったんだと思う？」

「あのひとに会ったんだろうか？」

いいい、

雄介はささやくように言った。

「あのひとは東京にいるのか？」

「知らねえよ。おらあ聞いたのはそこまでだ」

「竜二」

雄介はいきなり立ちあがった。

「その学生に会いたい。そのお前のダチの電話を教えてくれ」

「そう言うだろうと思ってな」

また、にんまりと大男が笑い、丸刈りの大きな頭をがりがりひっかいた。

「こないだその村松に、その学生の連絡先をきいといた。もう、誰とも連絡したがらねえし、親ともほとんど口もきかねえで、このくそ暑いのにへやの窓をしめきってこもってるんだってよ。電話で呼び出すより、じかに行った方が早《はえ》えかもしれねえな」

「手が早え奴だ」

「兄貴ゆずりだよ。――そいつぁね、伊吹涼ってんだ、あんちゃん」

「伊吹涼――」

雄介は、しっかりと心にきざみつけるようにくりかえした。

「伊吹涼」


「伊吹涼――ええ」

初老の女の、うろんそうなまなざしが、じろりと雄介のふうていを走りぬけた。

「うちの、上の子ですけれど――それが何か?」

「村松弘君からご紹介いただきました安西ですが」

「ああ——でも、あの子はいま、どなたともお会いしたくないって……それにたしかに、ひとさまとお話しできる状態じゃないんですよ」

「それはもう、よくうかがってはいるんですけれども」

はじめから、ガードが固かろうとは想像していた。これまで平凡な大学生で、そんな奇行のきざしもなかったというから、さぞかし親たちのショックも大きいだろうし、それにやはり、頭がおかしくなったらしい、などと噂を立てられては将来にもさしつかえるところへ、ルポライターなどという名刺をもつ、いかにもあやしげなふうていの雄介が行っては、警戒せぬ方がふしぎである。

しかし、そのていどの抵抗は、どんな取材でも必ずつきまとうものだし、それでひいてしまうようでは、とうていこんな商売はやっておられない。雄介は、懸命に食いさがった。

しかし、伊吹涼の母親は、気持をとかぬようである。

ここはいったんだめか、と、また別の手を考えようと雄介がひきさがりかけたまさにそのときである。

「ま——」

母親が、するどい声をあげた。

「いけませんよ、風《ふう》ちゃん、あっちへ行ってらっしゃい」

（弟――？）

目を細めて、安西雄介は、戸口に立っている少年を観察した。

中学生、というところだろう。ちかごろの子供は大柄だが、この少年は、とりたてて目立つほどでもなく、年相応にほっそりして、未成熟なからだつきをしている。ジーンズとトレーナー、長めのおとなしい髪――

どこといって、目をひく理由はないのだが、しかし、ひと目で雄介はこの少年にひきつけられた。

このほっそりした、きゃしゃな感じの中学生のどこが、こんなに人をひきつけるのか、彼にはわからなかった。

だが妙に、おとなの彼をもとらえる魅力を感じさせる少年だ。ひとつには、その顔立ちのととのっていることもあるかもしれない。まだ子供子供しているけれども、ものの二、三年もすると、相当ひとめをひく美しい若者といっておかしくない容姿になるだろう。品のよい、かしこそうなぱっちりした目、ひきしまった口もと、すらりとのびた首――こんな少年に、そんなことを感じるのは、彼としてはまったくおかしな話だったのだが、にもかかわらず、彼はその少年が、『ただ者ではない』という――いまに必ず、この少年は何かになる、という、きわめてはっきりとした予感を、感じずにはいられなかった。

「風太《ふうた》、あっちへいらっしゃい」

苛立たしげに母親がくりかえす——しかし、その声や、目の中に、これまではなかった、何か誇らしげな輝き、この世でいちばんかわいがり、大切に思い、誇りにしているものをみる、おさえきれぬ光があらわれていた。

(これは、これは)

安西雄介とてもルポライターのはしくれである。そうした人びとの心のうごきや、かくされたものを見てとる目くらいは持っている。

この家の他の人——父親はどうかわからないが、少なくともこの母親は、この弟の少年をひどくかわいがり自慢に思っているらしい。

(兄きのほうは、ごく平凡な学生で、どこもとりたてて人と目立ったところがない、何もかもみんな平均点だというのが最大の特徴なくらいだ、と村松って学生が言ってたっけが)

この、たったひと目、何のかかわりもない雄介がただ見ただけでさえ、何やらただものでなく思われ、いずれ必ずひとかどのものになるだろう、なぞと子どものうちから思わせる——この少年があいてでは、そうでなくてさえたいていの男は、愚兄賢弟《ぐけいけんてい》の苦い汁を味わわされずにはいられぬだろう。

(まだ何もわからんが——そいつの言ってることがどのていどあてになるのか、何か役に立つのかさえ——しかしもし、そいつに口をひらかせるのが大事になってきたら、たぶん、このあたりから攻めこめばいけるだろうな)

雄介はすでに攻略法を考えている。

安西雄介は、さまで粘ることもなく、彼にしてはごくあっさりと伊吹家を辞した。

母親は何があっても、頭のおかしくなったのかもしれぬむすこを、ルポライターなどに会わせるつもりはなさそうだったし、そこをあまりしつこく突っこんでは、これからあとがやりにくくなる。

(まあ、いいさ)

急ぎの仕事、日限を切られているというわけではなし——と、ひきあげて、おもてのバス停までもどっていったときである。

「おじさん」

ふいに声がかけられた。

「え?」

ふりかえるさきに、あの少年——弟が立っていた。

「やあ、きみか」

何となく、そんな気がしたのも事実である。

母親とのやりとりを、じっと見つめている少年の黒い目の中には、何かしら、もどかしがるようなきらめきがかくれていたからだ。

「兄さんに用?」

「ああ、会いたかったんだが、おふくろさんに断わられちまったよ」

「兄さんが、お化けをみた話をききたいわけ?」

人なつこい小僧だ——何となしに胸の中のふっとあたたかくなるのを感じながら、彼はその澄んだ、賢そうな目をのぞきこんだ。

「うん、それもあるが——それと、その、きみの兄さんが、おれの知ってるやつの名まえをいってた、と村松くんからきいてな……それがちょうど、おれのさがしてる人間かもしれないってこともあって——」

「ふーん」

少年は、考えこむように下くちびるをひっぱった。

「兄さん、呼び出してあげようか」

「ええッ?」

「駅前に喫茶店があるから、そこに待ってる人がいるから、こっそり行くように言ってあげようか」

「そ、そりゃありがたいけど」

むしろ何か、愕然《がくぜん》とした気持になって、雄介は言った。

「しかし、どうして、その——そんな……」

「別に——ただ、あのまんま、じっととじこもって頭をかきむしってると、兄さん、ほんものの自閉症になっちまいそうな気がするしさ。兄さんのためにも誰かに何もかもぶちまけたほうが良いと思うよ……それに、おじさんなら、兄さんの話、きいても、そんなに頭からばかにしたり、信じないってことなさそうだし。——兄さん、ぼくには、何も言いたくないらしいんだ。どうしてか、よくわかんないんだけど」

「そりゃありがたいがね」

雄介は、笑って少年の肩を叩いた。見かけよりはがっちりしているようだ。

「ただ、その——すまんがその、おじさんっての、やめてもらえんかね……ま、それにゃ、ちがいないかもしれないんだが、本人はけっこう若いつもりで——おれは、安西雄介ってんだ。よろしくな」

「ぼく、伊吹風太」

『余はこの国の王である』とでもいうかのような、おそろしく堂々とした名乗りかただった。

雄介はますますこの少年に心ひかれるのを感じたが、他にも気になることがあった。

「きみは、次男なんだろ。だのに、太って字がつくのかい。兄さんと、逆だな」

少年は笑って答えなかった。

「じゃ、駅のまえに、『シカゴ』って喫茶店があるから、そこにいて。きっと兄さん説得して行かせるからさ。——ぼくのいうことなら、何とかきいてくれると思うしね」

「すまんな」

そこまでしてもらって――と雄介は言おうとした。

しかし、そうではなくこれは兄のためを考えてのことなのかもしれない、と思い直して、

「兄さん思いなんだね」

とだけ言った。

少年は肩をすくめた。

「じゃ、あとで」

言ったと思うと、もう、ひらりといいたい身のかるさで家のほうへ走りもどってゆく。

何か、ふしぎな慕わしさにうたれて、雄介はぼんやりとそのうしろすがたを見つめた。どこがどうとはうまく言えないけれども、何という印象的な、魅力をもった少年であろうと思い、たかが中学やそこいらの子どもにそんな感情をもつ自分がふしぎだった。

ほこりっぽい道は今日も暑い日ざしにかわき、砂ぼこりにまみれた樹上《じゅじょう》で、うるさくジージーとまたセミが鳴きはじめた。

徴 3

「あのう……」

まるで、幽霊かと思うような声だった。

「安西――さん……」

「あ、どうも。伊吹涼さんですね？」

風太の説得は、意外にあっさりと功を奏したらしい。

さして長時間待たされたというほどでもなく、くだんの喫茶店のドアがあいた。

中肉中背でおとなしそうな、きわめて平凡なタイプの大学生――とくりかえし、村松弘に言われて、それなりにたてていた予測は、しかし完全にはずれた。

おそらく、まったく目立たぬ、ありふれたふうていで、見わけるのに苦労するかもしれぬ――と、ひそかに危惧していたのだが……

ドアをあけて入ってきたのは、異様なぎらぎら光る目つき、何日も着がえていない、まわりに臭気の漂いそうなTシャツとジーンズ、髪はぼさぼさ、ひげはのびほうだい――そのせいで、まるで昔懐しいヒッピーのキリスト、とでもいったふうていに、おどおど、きょときょととおちつかなげにたえずあたりを見まわす逃亡者じみたようす――

入ってきたとたんに、ウェートレスは眉をしかめ、客たちはひそひそと指さすほど、ひと目をひく、憔悴《しょうすい》した顔色と目の下のくまだけはこれは予想にたがわぬ、山に逃げこんだ狂人といったありさまの若者だったのである。

どす黒い顔、ぎらつく目――安西雄介には、しかし、それは、はじめて見るものではなかった。

かつて、過激な学生運動のリーダーとして、内ゲバから、警察に追われての逃亡生活まで体験している。その顔や、死人のようなどろりとして、そのくせぎらつく濁った目、それは彼がかつて、追われ、追いつめられたゲバルトの闘士の上に見たのと同じものだった。

(恐怖だ。それも、めったにないくらい、純粋無比の、すごい恐怖——)

(しかし、何故だ? 当節、ここまでふるえあがって性根をなくしたやつにお目にかかるなんざあ珍しいと言わなきゃならんだろうぜ——一体、何がこいつをこうまで怯《おび》えさせちまったんだ?)

(お化けだと——ばかを言うな。いまどき、そんなものに、マジでこうまでおびえあがる奴がいるもんだろうか)

化けものが空中から生まれてくる——そう言うのだ、と村松は言ったが……

「弟から——弟からききました」

異様の思いにとらわれて安西雄介が一瞬ことばを失っている間に、まるで、決心がにぶるのをおそれるように、伊吹涼はことばをついだ。

「あ——あ……あなたがぼ——僕に、何か教えて下さると——」

「何か教える?」

びっくりして雄介は言ったが、すぐ気がついて、

「あ——ああ、まあ、どのぐらい、参考になるかどうかわかりませんがね……その、きみの言ってたことで、ぼくが何か知ってることじゃないかということがあって——ああ、ともかく、すわりませんか？」

「あの……いえ」

涼は、ほとんど、放っておけばガタガタと全身がふるえだしてとまらないのを、たえず何か意志の力をふりしぼっておさえつけている、といったように見えた。

「すみませんが——僕……」

「——？」

「す——すわりたくないんです。あの——壁の、、、、、、壁の絵がこわいんです。壁の絵……あのう、出ませんか」

「壁の絵がこわい？」

また呆れてききかえしかけたが、そこは老練なルポライター稼業のことで、

「いいですよ。じゃ、ちょっと待って」

いそいで勘定をすませて外へ出た。

伊吹涼は、先に通りへ出て待っていた。よほど、建物の中にいるのが恐しいのだとしか思えない。

「この先に公園がありましたね。そこへゆきましょう」

あまり、込みいったり、奇妙な話だと、どのみち人の耳のある喫茶店ではしづらいからと、前もって、あるていどの目やすはつけてあったのである。

「ところでと——ぼくは、安西雄介というものです」

ともかくまず、このおびえきった若者を、なだめ、この人は信頼できるのだ、という心理状態にまでもちこんでやるのが先決だった。

野良犬をよびよせ、手なずけるのと同じ要領だ。焦《あせ》ることだけは、禁物だろう。

雄介は、どのように口をきるのがいちばんよいか、考えながら、しばらく青年と肩を並べて歩いた。

が、待つほどもなかった。

「あ——あなたは」

伊吹涼のほうから、ギラギラとねばつく目を彼にすえ、まるですがりつくように口をひらいたのである。

「何をご存じなんです。どうして、ぼくを信じるんです? みんなが、母親までが信じちゃくれないのに——あまりとほうもなくて……ぼく自身だって、とうてい信じられやしない——一体、何がどうなっているっていうのか——」

「信じますよ。どんなことでも」

即座に雄介は応じた。

疑いもなく、涼がいちばん必要としていたのは、誰でもよいから、まさしくそう言ってもらうことであったにちがいない。

とたんに、涼の肩から力がぬけ、歩きかたまでが、少しおちついた。

「なぜです……」

呟くように彼は言った。

「なぜ――」

「葛城繁」

思いきって、雄介は言い――そして、案にたがわず、びくっと涼がとびあがるのをみた。

「やはり――そうですね。葛城繁の絵……見たんでしょう?」

「な――なぜ、それを……」

「ぼくは」

雄介はつぶやくように言った。述懐《じゅつかい》のことばを考える必要はなかった。それは、まったく、彼の心底からの叫びにほかならなかったからだ。

「もう長いこと――そうだ、十年ちかくも、葛城繁のことを調べていたからですよ」

「ど、どうして……」

涼は激しいおどろきにうたれているようだった。

ずっと彼をしばりつけてきた純粋な恐怖のための麻痺《まひ》が、少しずつとけ流れてゆき、頭のはたらきが回復しはじめ――それでかえって、わが身におこったあやしいできごと、信じかねることをも、ともかく客観的に思いかえすだけの自制心が働きはじめた、というように見える。

そのようすを見ていて、安西雄介は、このおびえきった学生が、もともとは決して、さほど頭がにぶくも、感受性がにぶくもなさそうだ――むしろ、本来さほど凡庸《ぼんよう》に属するという方ではなさそうだ、ということを見てとった。

あの弟があまりにもできすぎているので、まわりもそう思い、本人も言われつけているので平凡だ、凡庸だ、と思いこみすぎて、そのためにかえって自分にワクをつくってしまっているのではあるまいか――というような、いまの場合にはいささかのんきにすぎる想念が頭をちらとかすめる。

「調べて――そ、それじゃ」

しかし――

つぎに涼の口にしたことばというのは、よほどとっぴょうしもないことをきく覚悟でおらぬかぎり、その彼のせっかくの好意的な見解を、またしても裏切ってしまうようなものだった。

「それじゃあなたもあの――い、い、光る目の化け物の一人なのか？　ぼ――ぼくを見張りに、つかまえに来たのか？」

「おい、おい、きみ」

また自制心を失いかけようとするのを、見てとって、いそいで雄介は語気をつよめて言った。

「バカなことを言うんじゃない。そいつらの仲間だというなら、そんなふうに、名乗ったり、そんなことを口に出したりしやしないだろう。そうだろう？　考えてみろよ……おれは、ただの、生身の、正真正銘の人間だよ、きみと同じにな——だから、こうして、いろいろときいてまわってるんじゃないか」

「あ——ああ」

雄介がほっとしたことには、その彼のことばは、たしかに正しいところをついていたらしく、それをきくなり、また、とりみだしかけていた涼の目の中に、正気の光がもどってきた。

「ぼくを、ひどいいくじなし、弱虫の臆病者と思うでしょうね」

涼は両こぶしをにぎりしめ、うめくように言った。

「そう思われてもしかたがありませんけど——ぼくと同じものを目のまえで見、同じめにあった人間でないかぎり、ぼくの気持なんか、決して理解してはもらえないでしょう。ぼくじしん、一体どうして、あんなおそろしい、ありえないものをみて、あんなことを知ってしまって、その場で即座に気が狂わなかったのか、こうしてまだふつうにしゃべったり歩いたりすることができるのか、いぶかしんでいるくらいです——ぼくは、みんなは臆病者、男らしくないいくじなしというかもしれないが、もしかしたら、かなり勇敢な人間なんではないかと、考えはじめたところなんですよ」

涼は、苦しげな笑い声をたてた。いかにもそれは苦しげに、いたいたしくひびいた。

かれらは駅前の雑踏を少しはなれた、静かなひとけのない公園へさしかかっていた。夏休みではあるけれども、近くに山や、大きな遊園地や、市営プールなぞもあるこのあたりの子供らには、こんなただの公園など、珍しくもありがたくもないのであるとみえて、あまりあたりに人影も見あたらない。それに、いまや、暑い夏の日も最高潮の日ざかりである。

「すわるかね」

「ええ」

「タバコ――?」

「いえ……」

涼は両拳《りょうこぶし》を膝の上でぎゅっとにぎりしめた。

「誰に話していいのか、一体誰を信じればいいか、誰に信じてもらえるのか……ぼくはこのしばらくのあいだ、それを思い、どんなひどい状態だったか――」

涼はその拳をにらみつけるようにしながら呟いた。

「いまだって、とうていわかったとは言えませんが、葛城繁のことを調べていると言ってくれただけでも、少なくとも、あなたは何かあのことにかかわりをもっているわけです。そうでなくてはとうてい信じられないようなことだし、ひょっとして、話すことで、そのあいてにもまきぞえをくわせてしまうかもしれないのだし……そう思えば、親友にも、話すわけにゆかない。そうじゃありませんか? ぼくは――」

「ご家族は？」

ごくことばの調子に気をつけながら、さりげなく雄介は水をむけてみた。

だが、反応はすばやく、そして彼の予期していた何倍もすさまじかった。

「家族ですって？　あなたは、知らないんですか？」

叫ぶなり、涼はとびあがった。

が、すぐ愕然《がくぜん》としたようにうなだれた。

「そうだ。知るわけがありゃしない……誰も、知るわけがないんだ——ぼくの家族は……安西さんでしたね。安西さん、いいですか——化け物は、ぼくの家族なんですよ」

雄介はぎゅっとタバコの端をかみしめ、何も言わず、先を待った。

「ぼくを気狂いだと思うでしょう？　どんな人だって思うでしょうね。なんということを言うやつだ、と——しかしそうなんだからしかたがない……誰よりも信じられないのがぼく自身なんだから。ぼくはこの数日というもの、うちにとじこもって、外界をおそれている——とはた目には見えたかもしれません。しかし、そうじゃなかった。ぼくは実をいえば、自分の家族から、身を守っていたんです。ぼくが知ってしまったということを、やつらに気づかれないように……気が狂った、と思わせておけるように。——こうして出てきてしまったから、もうぼくはもどらぬつもりなんです。化け物の巣窟《そうくつ》へなんか、もどれませんよ、そうでしょう——ただ、そう言ったところで、行きさきがないし、おかしなところへ行って、つれもどされでもしたら、それこそ、秘密をカンづいたということがバレて、ぼくはこっそり抹殺《まっさつ》されてしまうんだ。そうなんですよ——だからぼくはチャンスを待っていたんです。こういうチャンスを……」

「葛城繁はどうしたんだ？」

雄介は少しじれったくなって言った。

涼はびくっとして彼をみた。

それから、少し考えていたが、

「お話ししますよ——もうこうなったら同じことだ。何もかも、あらいざらい、しゃべっちまってやる……その結果あなたがぼくをほんものの気狂いだと思ったところで、あなたは他人なわけですからね。ぼくをつかまえて、精神病院へぶちこむ権利などはないわけでしょう」

「そのつもりもないさ。それどころか、いまおれは、もしきみの話というのがあてど納得のいくものだったら、きみのそのゆくさきってやつを、おれのアパートにいったん決めちゃどうかと提案しようと思ってたんだ。きみが気狂いかどうかはおれにはどうでもいいことだからね」

それは、まさしく安西雄介という男を特徴づけている、一瞬のひらめき、直感にまかせた、強烈な決断力のたまものだった。

「……」

涼がびくっとして彼を見る。

「おれは実はもと過激派くずれでね。いまじゃ大人《おとな》しいもんだが——そのころの名残りで、アパートにゃ、少しぐらい籠城《ろうじょう》できる設備も、身を守る道具もある」

「銃か何か？——そんなものの通用する化け物じゃなかった」

何か、ぞっとするようなことを思い出したらしく、涼が目をぎゅっとつぶった。

「そんなもんじゃないよ。生身の武器さ。——何のこたあない、おれ自身と、おれの弟の竜二さ、おれはこれで、太極拳《たいきょくけん》の名手でね。弟のほうはあんたの大学の柔道部のキャプテンで五段だがね、柔道より、十三か四のときからプロレスのジムに出入りして、スカウトされたが大学を出るまではと断わりつづけてるって化けものだ。ちっとやそっとの怪物は、片手でサバ折りにかけちまうよ。いますぐプロレスラーで通るとジムから太鼓判をおされてるモンスターだからさ」

「…………」

涼は、なかなか、そんなことばぐらいでは安心するわけにもゆかぬていだったが、

「——お話しします。でもその前に…………なぜ、あなたは、葛城繁をそんな調べたりしていたんですか…………？」

「うん、まあ、きみにだけぶっちゃけさせて、こっちは口をつぐんでるってわけにもゆかねえな。じゃおれから言うから、それで納得がいったら話してくれよ。

——葛城烑子《あきこ》、ときいて、心あたりはあるかね？」

「葛城烑子……」

涼は真剣に考えた。

「いえ——」

「だろうな。おれだって、こんなことで妙なひっかかりができなけりゃ、一生知るわけもない人だったよ——こう言っちゃ何だが、おれやきみの暮らしとは、とんと縁のない、別世界の貴婦人ってやつでさ」

「貴婦人——？」

「ああ、葛城財閥ってのがあってな。他のよく知られてるやつにくらべりゃ、あまり一般にゃ知られてねえが——それは、そのコンツェルンの中心が東京にねえし、れいれいしく葛城って名を頭にのっけず、いろんなちがう会社名にわけて、おもてむきカモフラージュしてるからなんだ。しかし、知る人ぞ知るってやつで、そのぶん、ウラの力はすごいようだ。葛城コンツェルンの総帥ってやつがいてな——葛城烑子は、そのフィクサーの孫娘なのさ」

「………」

「あんたの知りたいことと何の関係があるかと思うだろうね。実は葛城繁——この絵かきのことをどのぐらい知ってるかね」

「ほとんど……」

「そうか、そうだろうな。この葛城繁ってのは、もう、今から四十何年も前に死んじまった。これもいろいろとおかしな話があって——おれはもともと根っから合理主義の人間なんだがね、それがいくらかは、怪奇とか、あやしげなことを信じる……信じるというよりゃ、そういうことも、世の中にあるかもしれないと思えるようになったのは、この男のことを調べたせいさ。一体なぜ、この男を調べることになったか、くわしい話はいずれ折をみてするがね……ともかく、この男の死に方ってのが、ただごとじゃなかった。

この画家は、むろん、その葛城コンツェルンとかかわりがあった——どころか、なぜおれがその名を知ったかというと……早い話が、おれはその葛城烌子若夫人に、ぞっこん、めろめろ恋してるんだが——むろん、身のほど知らずの片思いだよな——葛城繁ってのぁ、この烌子夫人のおじ……ってことは、夫人のおやじの末弟にあたる人物だったんだな」

「…………」

涼は目をみはってきいていた。

「つまり葛城コンツェルンの大立物《おおだてもの》、葛城天道《てんどう》にとっちゃ、末のせがれにあたる御曹子ってことさ。ところがどんな一族にもできそこないはいるんで、この繁ってのは、おやじのどの事業をつぐのもうんと言わず、絵かきになりたいといって、イギリス、アメリカ、フランス、絵筆ひとつかかえてフラフラと放浪生活をつづけるようなタイプのやつだったんだな。

あんたは、やっこさんの絵をみたんだろ。おれもみたよ——だからお互いわかると思うが、やっこさんにゃ、たしかに、たいへんな才能があったと思うよ。ただし不吉な、ね……あんたが、やつの絵がうごき出す、生きかえって人をおそう、といったところで、何もふしぎのないような——いかにもそうだろうと思えるような、まがまがしい——ま、まがまがしいなんて文学的な表現は柄じゃねえけどな……

ともかく、葛城繁は、ただのごくつぶしむすこじゃあなかった。現実に、何か霊媒《れいばい》めいた素質をもってたのだ、とおれは思うよ。たしかに、放浪するあいだに、やつは、いろいろとふしぎな、ぞっとするようなことにぶつかり——そして、それを、そのまま絵にのこしていったのさ。それに、日本へかえってからは、妙な稀覯本《きこうぼん》や古いがらくたの収集もはじめ、古本屋のカモになって、その他の誰ともつきあわず、アトリエにとじこもって絵を、気味のわるい絵をかいてた。ドンも諦めて放っておくしね。おじののこした日記がどこかにあるはずです、と炑子夫人は言ってたよ——しかし、そんなものは、読まない方がいいと思います、ともね。

それはともかく、その変人画家葛城繁の死にかたというのが、そのくらしぶり同様、それよりもっともっと奇怪きわまりないものだった——繁のアトリエは、葛城コンツェルンのもつ広大な土地のうちの一角にたてられ、繁が人をよせつけたがらんので、週いっぺん、ばあやが通って身のまわりのめんどうをみていた。

その日、行ってみると、もうひるすぎというのに雨戸がすべてしまっている。

もともとそういうへんくつのわりに、くらしぶりなぞはまともに朝早く起き、夜はちゃんとねる、というふうだったんで、おかしいと思い、人を呼んであけさせると――中で、繁が死んでいた」

雄介はブルッと身をふるわせた。

「どういう死にざまだったかは、『知らない方がいい』としか言いようがないだろうな……それをきいてからというもの、このおれでさえ、ときどき夢でうなされるよ。おれにそれを話してくれたのは炑子夫人で、あのひとは、あんな美しい顔をして、声もふるわせずにたんたんとしゃべっていたがね。ひとつだけ言っておくならね――

何か人間でないものが彼を惨殺したんだ。たしかにきいてみるとそいつは人間にはできねえ殺し方だ……あんたのように、絵が生きかえってきて、やつを殺した、といったほうが、まだ納得がいくほどさ……

そして、どうにも解せないことにはな――

雨戸はぜんぶしまったままなのに、雨戸のうちがわの戸は、すべて外から破られていたんだよ。葛城繁を殺したやつは、それが何ものであれ、雨戸と戸のあいだからわいて出た、としか思えんあんばいにな」

「――!!」

涼は声にならぬ叫びをあげようとした。

が、雄介の話もそろそろおわりに近いとみて思いとどまり、先を待った。

「むろんそいつはもみけされちまった。末っ子でも、葛城財閥のむすこだし——第一ポリなんてものはさ、まして戦前だ。賊《ぞく》が戸を破り侵入凶行後、外から雨戸をしめて逃走、でかたづけちまう。かたづかなくたってさ——しかし、おれはきいたがね。その雨戸は、外からじゃしめられねえ奴だったんだよ！」

雄介はおもしろくもないといった笑い声をたてた。

「ま、こんなもんかな——おれの話は。ともかくおれにとっちゃ、それで葛城繁ってのは惚れた女の身内なわけだよ。その㛃子夫人のことで少しよう、わけがあって……」

ふいと彼は口をつぐんだ。

「こんなもんで納得してもらえるかね——いまのところは」

「ええ……」

涼はつぶやくように言った。

彼の目には、みちがえるように、光がもどり、たいどにさえ、いくらかのゆとりらしいものがあらわれはじめていた。

「わかりました——そういうことなら、何もかもお話ししても、きっと信じてくれますね。お話ししましょう。ぼくはごく平凡な学生でした——あの日、あの女がぼくに声をかけるまでは……そして——」

第三章

襲来

1

「おい、涼くん」

安西雄介はサングラスをはずして、だらだらと流れる汗をぐいと手の甲でぬぐい、連れをふりかえった。

「え——ええ」

「このへんだ——とそう言わんかったかね、きみは」

「たしか——」

伊吹涼は、不安そうな、きょときょととした目の色になりながら、まわりをしきりに見まわしていた。

「たしかこのへんだったと——思うんですけども……」

そこは、銀座の裏通り——涼と雄介とは、涼が怪奇現象にあった、結城画廊をさがして雄介の車でそこまで、わざわざやって来たのである。

「——よしわかった。じゃ、これから、その銀座の画廊ってやつへ行ってみるとしようぜ！」

S市駅前の公園で、涼のうちあけた、いかにも奇妙な、信じかねるような物語——しかし、それを、ききおえるなり、雄介は、一瞬とためらわなかった。

むしろ、涼のほうがあっけにとられた。

「あの——あのう、あなたは……」

「何だい。はっきり言えよ。大体、きみははきはきしないからいかん」

「あの——安西さんは、ぼくのいうことを……こんな、突拍子もない話を、信じると——？」

「ああ。はなから、そういったじゃねえか。どんなとんでもねえ話でも信じるよ、とさ」

「人間の目が青く光り出したり、壁から人間や化け物がわいて出たり——また壁の中へ消えていってしまう、なんて話でもですか？　言ってるぼくじしんだって、信じられないくらいなんですよ？」

「たぶん——そりゃあ」

雄介はあごを指さきでぼりぼりかいた。

「なんかからくりがあるんだろうたあ思うよ——化け物だの何だのってことは、どうもね……しかし、それにからくりがあるかどうかってことと、あんたが見たとおりのものを——少なくとも、見たと思ったものをそのとおりしゃべってくれたかどうかってことは、まるで別だろ？　おれは、あんたがウソをついちゃいねえ——と思うよ」

「安——安西さん！」

涼の目に、涙がうかんで来た。

「ばかやろう、大の男が、泣くな」

「え、ええ——でも、ぼく、何だかもう無性にほっとして——嬉しくって……」

「第一、あんたが、見ず知らずのおれに、そんなややくたいもねえ作り話をして、いったい何の役に立つよ？　まるで、意味がねえじゃねえか」

「え、ええ……」

「第一、あんまりその話はバカげてるし、空想的だし、そのう——姫さまだのご老人だのってやつらのしゃべり方をきいてると、えらく古風な感じがするだろ？　時代劇かなんかみたいにさ。だから、その——何てのかな。あんたが、そういう作り話をするってのが、ピンと来ねえわけよ。……作り話にだって、それなりに作者のキャラクターってものは反映するんでね。あんたのキャラクターにゃ、失礼ながら、そういうユニークさというか、大時代の本格派みたいなところは、見あたんねえからさ——」

「そ、そうですか。そうかもしれませんね……」

「だから、何かからくりがあるにしたところで、そいつはあンたがしくんだことじゃなく、あンたは乗せられておろおろした方だと思うわけさ。——だから、どこのどいつが何のためにそんなことを、そんなややこしいことを、失礼だけどあンたみたいなふつうのやつ相手にたくらんだのか——そんな手のこんだことして、あんたは別に金にもならねェし、何も得しねェだろ、あンたをそんなめにあわせたってさ……しかしそのからくりをききゃあ、どうも、よほど何かないかぎり、そんな大がかりな仕掛けをしたら採算がとれねえんじゃねェの——少なくともあんた一人をからかうにゃ、いささかさ……」

「ええ。そう言われてみると——はじめはぼくも、おこったことのふしぎさにとらわれて、まるで他のことを考えるゆとりがなかったんだけど……考えてみると、たしかにいろいろ妙で……」

「妙なんてもんじゃないぜ。こんなおかしな話、きいたこともない」

安西雄介は笑って涼の肩を叩いた。

「だから、おれは、信じようってわけさ。——あんたはそんな、想像力たくましいって方じゃ、どう見てもなさそうだし、どう考えても、あんたをだまして何か得があるとも考えられないからね。だから、きっとこのことにゃ、何かウラがある。何か、見かけよりずっと深いウラが——おれは、それに興味がでてきたよ。ひとつ、あんたの話に乗って、とことんつきあってみようじゃないかってわけ」

「しかしそんな——」

「それにさ」

かれらは、いったん東京へもどり、雄介の車を出してきて、車の中で話をつづけながら、結城画廊へむかったのだった。

「それに、こういうと、わらわれるかもしれないがね。実はおれ——」

「………」

「笑うなよ」

雄介は念をおした。

「おれ、自分で、少し超能力があるんじゃないか——と、そう思ってるんだよね」

「超能力?」

涼が、目を丸くし、スカイラインGTの助手席で、気味わるそうにしりごみしたので、雄介は気づいてニヤニヤ笑った。

「ってほど、大げさなもんじゃないし——もちろん、あんたの見たって化けもんどもみたいなもんじゃねえだろうよ。そんな大層なもんじゃなく、ただささ——おれ、ときどき一種の未来予知みたいなものが、働くような気がしてんだ」

「予知能力——」

「そう……別に、ピーター・フルコスみたいなちゃんとしたもんじゃないけど、ただ、人よりも、カンはたしかに発達してる方だと思うし——それに、虫の知らせってやつ、あれが、とても、つよいんだよ、おれは。——おれは、昔は、ちょいと昔なつかしい学生運動なんてことに首をつっこんでたんだけどさ。今日は絶対ヤバイってときには、ちりちりと首のうしろがそそけ立つような気がしてね。そういう日は、なるべくデモのうしろにいたり、するといつもおれのいるはずの場所にたまたまいたやつが機動隊の車にひかれたり、催涙《さいるい》ガスの直撃くらって目をやられたり——おかげで、ひょっとして〝S〟じゃねェのか、なんて、あらぬ疑いもかけられたりしたけどな」

「へえ……」

「まあ、そう、疑い深い顔をしなさんな。おれは、こう、あんたを信じると言ったんだからさ。——ともかく、そういうのがあるから、少しはおれは、超常《ちょうじょう》現象ってものに対する考えが人とちがうかもしれない。というか、おれは、自分がフッと感じたこと、第六感や、ちょっとしたイヤな感じ、あるいは人と会って、そいつが気に入ったか、気にくわないか、そういうことを、人よりもかなり大切だと思うようになってきてるんだな。

それに、あんたにこれはひとつ、ききたいと思ってたんだけど——」

雄介は、赤信号をさいわい、身をのりだして、涼の顔をのぞきこんだ。

「あんた、いまの世の中——狂ってると思わねえか？」

「えッ？」

びっくりして、涼は口ごもる。

それほど、それは思ってもいなかったことばだったし、また、いまの場合、妙に場ちがいに思われた。

「べ――別に……」

「そうかい。なら、かまわねえんだが――どういうもんか、おれは……ああ、だからおれはたぶん、他のやつよりも、動物的なんだと思うよ。動物としての本能が死んでねえんだというか――ほら、よくいうだろう、ネズミが船火事の前にさわいだり、逃げ出す話」

「え、ええ」

「あれよ。おれはね、どうも、このところずーっと、世の中がやべえ、このままじゃ、本当にとにかくやばいんだという、そういうつよい気分がして、どうにもたまらねえんだよ。狂ってるよ――グランドクロス、天中殺《てんちゅうさつ》、通り魔に無差別殺人に、小中学生の自殺や殺人だ――何かこう、邪悪《じゃあく》な周波みてえなものを、発散してるものがあって、それに人間がおかされ、毒されて、生物そのものとしてゆっくり狂いはじめてるというか――こいつは、革命ぐらいじゃ直せねえんじゃねえか。何か、とんでもない、ほんとにとんでもねえことがいまにも起こってもふしぎはない、むしろ、起こらないことがふしぎみたいな……イヤな世相とか、そんななまやさしいもんじゃなく――」

「そんなふうに考えたこと——」

「なかったか。こう言っちゃ何だが、お前さん、わりと、ものを考えないタイプの人みたいだね」

「すみません。ぼく——」

「何も、あやまられるようなすじあいじゃねえけどさ」

かれらは有料駐車場に車を入れ、それから涼の心おぼえのままに、結城画廊のあるはずの場所へむかって歩いていった。

しかし——

十分ばかりあとに、かれらは途方にくれ、当惑して、立ちすくんでいたのである。

たしかに結城画廊という茶色のしゃれたかざり文字の看板が出ていた、その場所には、何もなかった。

ごくふつうの貸しビル——その二階には、何かの事務所の看板が出ているだけであったのである。

「おい、たしかにここなのか。通り、一本まちがえてやしねえか」

「いいえ。たしかに、ほんとにここなんです。おぼえてます——だって……ああ、そうだ、ほら、あの喫茶店……」

涼の目が輝いた。

『アンダンテ』という看板を指さして、かれは、そこのウェートレスや、そこへなつきと呼ばれていた青い目の美少女がやってきたことを、雄介に説明した。

「ふん、じゃまちがいねェな――じゃ、もしかしたら――」

「ええ?」

「とんずらしやがったかな」

ひょいとくわえたホープに火をつけ、雄介は眉をしかめて、画廊のあったはずの細長い建物を見上げた。

「面白えや。そのくらい、動きをみせてくれた方が、こっちにとっちゃやり甲斐があらあ。そいつは、何かあるぞって、証拠みてえなもんだからな。おい、その画廊の電話わかるか」

涼がポケットからさがし出した結城伽倻子の名刺をみながら、ビルの目のまえの公衆電話で、ダイヤルしてみたが、

「この番号はただいま使われておりません。番号をお確かめの上……」

という、かわいらしい女性の声が、機械的に流れてくるばかりだった。

「ふん、そこにぬかりはないか。よっしゃ、伊吹くん、その画廊のあったところへ、のりこんでみようぜ」

「え?」

「どうした」

「だってあの、窓に——別の名まえが書いてあって」

「ただのぞく分にゃ——第一、そいつらだってグルかもしれねえよ」

「でも、あの——」

涼はぶるぶるっと身ぶるいした。目をとじると、ありありと、あの悪夢のような日に、壁の中からふいにめりめりと涌き出してきた、ぞっとするような怪物のすがたが目にうかんできて、悲鳴をあげてしまいそうになる。

決して何も通っては来られぬはずの、つぎめひとつない鋼鉄の壁から、ぬっと生えた、悪臭を発する醜怪《しゅうかい》な怪物——

それがべたりと床の上に落ち、それがあらわれてきた壁をみて、そこに破れ目はおろか、毛でつついたほどのキズもないのをはっきりと見たとき、涼はわが目とわが正気とを疑った。

しかし………

「おお！」

「出たな、ツァトゥグァ！」

「姫——気をつけて」

そこにむれつどうていた、異形の者たちは、おどろくどころか、その化け物を、おそれるけぶりすら見えなかった。

「結界《けっかい》を張れ！」

許斐老人――《山の長》のと覚しい叫びが、かすかにきこえた、と思ったとき、ふいにあたりが、青白く輝きはじめ――

涼は、おのれのからだが、たかだかと何か目にみえぬ巨大なものにつかまれ、つりあげられるのを感じて悲鳴をあげた。

「ああ――ッ!」

たちまち、彼の意識は暗黒の底へとすべりおちてゆく――

そのとき、彼は、うすれかけてゆく意識のなかで、ぬっと目前にせまるあの醜怪きわまりない妖怪の、赤くもえるおぞましいふたつの目を、たしかに見たのである。

その目は、かれがかつて想像したこともないような、筆舌《ひつぜつ》につくしがたい悪意――一片の救いすらもとどめぬ、非人間性のきわみともいうべき、残忍さと凶暴さ、したたるようなにくしみと悪意とに、毒々しくくるめいていた。

涼の全身を、あの怪物の首が壁から生え出してきた、おぞましい瞬間にさえ知らなかった、どうすることもできぬ恐怖と戦慄がつきぬける――

ツァトゥグァがその口をカッとひらく。

そのとき――幸いにも、彼の意識はついにまったく失われてしまった。

気がついたとき、かれは、どこかの駅のベンチによこたわり、もう、そろそろ終電だ、といってしきりと駅員にゆりおこされていたのだった。

「あまり飲んだくれるもんじゃねえってよ。まだ、学生だろ」

田舎なまりの、人のよさそうな駅員に説教されても、ろくろく返事をすることもできず、よろめきながら終電におしこまれ、駅でタクシーをひろい――

どうやって団地までかえりつき、どうやって、自分の家へかえり、家のものに弁解をして、へやにとじこもり、ベッドにもぐりこんだのか……

それきり、しばらくの記憶は、まったくあいまいになっている。

「人間、あんまりおっかなかったことってな、自己防衛本能で、忘れっちまうものなのさ」

雄介は評した。

「でなきゃ、ずいぶんと気の狂うやつがいるこったろうよ――しかし、わざわざ、あんたを駅のベンチに運ぶような手間をかけるあたり――そのあとからわいて出た《山の老人》だか何だかは、あんたのことを、秘密を知られたから、消しちまえ、といったんだろ」

「ええ――あの化け物のおかげで、そっちへ注意がそれて、ぼくは見のがしてもらえたんでしょうか？」

「おれにきいたって、わかんねえよ。そうだろう」

雄介は、その話を思い出すように、涼のしりごみする顔をじろじろ眺めていたが、

「よっしゃ——そんなに、おっかなけりゃ、おれがひとりで上っていって、前ここにあった画廊はどうしたときいてみるよ。それまで、ここで待っててくれ。まっぴるまだし、人どおりも多い。大丈夫だろう」

「ええ………は、早く、戻ってきて下さい、安西さん」

まるで、すがりつくような目つきで、涼は雄介を見た。

(まるで、女みてえななさけない目つきをしやがるな。こんな胆っ玉でどうするんだろう、近ごろのガキは。ま——竜のやつが、特別なんだろうが)

雄介はこっそりと考えたが、むろん口には出さず、

「大丈夫だってよ。待ってな、すぐもどるから」

安心させるように涼の肩に両手をおき、二、三回叩いて、それからタバコをすて、豪胆に、すたすた、ためらわずにその建物の中へ入っていった。

(二階に入口がある、といってたな)

なるほど、間取り、壁やドアのようす、などは、涼の話と寸分違わない。

(妄想じゃここまで手のこんだつくりはできねえ、なるほど。——それに、ふん、画廊ってやつは、絵の他にゃたいした家具もいらねえし、絵はとっ払っちまやただの壁だ。ちょっとしたカモフラージュをしたいときにゃ、なかなか、便利な手段かもしれねえな。——ふん)

階段を上って、つきあたりのドアには、いかにも応急らしいお粗末な手書きの看板がかけて

ある。

（伊馬《いま》商務事務所）

何をいとなむものか、よくわからない、その事務所の名を、雄介はすばやくメモにかきとめた。

それから、ドアをノックする。

「どうぞ」

中から、いくぶんくぐもったような声がきこえてくる。

「ごめん下さい」

サングラスをはずすか、と一瞬迷ったが、その方が押しがきくだろうと、そのままにして、おもむろに雄介はその伊馬事務所の中へ入っていった。

「すみませんが、ここにたしか、少し前まで、結城――」

一歩中にふみこんで、言いかけて――

ウッと雄介は声をのみこんだ。

（く、くさい）

まるで、くさった魚でもつめこんだ冷蔵庫とでもいうような――

えもいわれぬ、イヤな匂いが、むうっと鼻をついたのである。

（な、なんだ、この匂い）

「何か、ご用ですか」

中はごくありふれた、事務机を二列において、白シャツの事務員数人がいそがしげに立ちはたらく手をとめて、めんどうくさそうに入来者の方をかえりみる………

「ワァッ！」

「う――うわーッ！」

雄介は叫んでいた。

「どんなご用でしょうか？――どなたさまで？」

机をはなれ、ゆっくりと近づいてくる一人の男――

その目！

おお、その目には、まぶたがない！

まん丸く、どろりと見ひらかれた………

まさしく、それは、魚の――青灰色《せいかいしょく》ににぶく光る、魚の眼球が、人間の顔にはめこまれているのだ。

人間の顔？

もし、この、のっぺりとした、いやらしい、魚のようにぱくぱくと横にひらく口、鼻のあるべきところについた二つの小さな穴、そしてきみのわるい、ほとんど毛のない丸い頭をもつそれを、人間と呼びうるものならば！

（こ、こ――こいつは――何だ、こいつは！）

雄介はぎゅっと両拳《りょうこぶし》をにぎりしめ、ひと思いにとび出したい衝動を必死にこらえる。

「う……わ……」

きょろきょろと見まわす――そのうしろも、その右も、いま室《へや》の奥でゆっくりと身をおこしたやつも――

この室《へや》にいるのは、ひとりのこらず、魚の目と魚の顔をもち、ひれのような手をした、青黒い、異臭をはなつ怪物だった。

（ば――化け物の巣だ！）

雄介は、あとも見ずに、ドアをあけ、ころがるようにとび出そうとした。

「わッ！」

とたんに――

彼のからだは、やわらかい、ゴムの壁《かべ》ようのものにぶつかって、勢いよく、事務所の中へ、はじき戻されたのである。

「あうッ……」

尻もちをついたまま、雄介は、呆然と見つめた。

ついたったいま、彼の入ってきたはずのその同じドア――

そのドアを、何かえたいのしれぬ、灰色のゴム状の弾力のあるものが、ぴったりとふさいでしまっている。

(罠だ!)

とじこめられた——この気味のわるい、どろりとした目の魚人間どもと——そう思ったせつな、雄介は、逆上した。

「出せえ! こ、この化け物ども!」

もう一度、全身の力をこめて、出入口をふさいでいるゴムの壁に体当たりする。

力の入っていた分、激しく、雄介のからだははじきかえされた。

「わあっ——くそーッ!」

パッとネコのようにとびあがった彼は、やにわに、いつも何とかかぶりおおせている、まっとうな、善良な市民のはしくれの仮面を文字どおりかなぐりすて、その下にひそんでいた本性をすべてあらわにみせていた。

学生運動の中でもつねにえたいが知れないといわれ、その中でも、ある種特殊視されていた『第三革命戦線』、その精鋭百人あまりをひきい、まったく他のセクトとかかわらぬ、独自の、つかみどころのない、それでいてあとで見ると恐しく的確なゲリラ活動をつづけて、ひそかにおそれられていた活動家、そして中国拳法の名手——

その、ぶっそうな、いまのおもてむき平和な日本には、ほとんど見られなくなってしまった、実戦の経験をつみ、それによってきたえあげられてきた戦士の、野放しのオオカミにも似た凶器のするどさがよみがえり、彼は、もはや、我を失ってはいなかった。

その目はサングラスのうしろで細められ、足は、片足をつまさき立て、片足をそのうしろにひいて、手は胸もとで、ただちにくりだせるようかまえられる。

一分の隙もない、戦いになれた構えであった。

「さあ、来い、こん畜生——化け物どもが！」

「——もしもし」

魚の口が、ぱくぱくと動く。おぞましさに、雄介の首のうしろの短い毛が逆立った。

「もしもし——どうか、されましたか」

「どうかしただと？」

わめこうとして——

雄介の眉がふいにぎゅっとよせられる。

彼は、ゆだんなく身がまえながら、そろそろと手をあげ、パッとサングラスをとった。

「あっ」

とたんに、するどい声がもれる。

目のまえで、いぶかしげな、少し気味のわるそうな顔つきで、彼を見つめている、数人の男女——

それは、どれも、平べったい顔をした、ごくあたりまえの人間にしかすぎなかった。

「――！」

雄介はいきなりふりかえる。

ドアをふさいでいた、えたいのしれぬ、何かの巨大な怪物の腹だとでもいうような青灰色のゴム状の壁も、あとかたもなく消えうせていた。

（やりやがったな）

低く、雄介はうめく。それへ、

「あのう、失礼ですが、どうかなさいましたか。ご気分でも――？」

さっきの魚人間が、丁寧にきいた。

雄介は、あいまいにもごもご言いながら、はずしたサングラスを、おそるおそる、もういっぺんかけてみた。

世界がさあっとまた目の中で暗くなる。しかし、もう、レンズをとおして見ても、そこにいるのはごくふつうの、ありふれた、何のへんてつもない人間たちであり――そして、その室《へや》もまた、安っぽいありふれた、どうということもない事務所のそれでしかなかった。

雄介はそっと汗をぬぐい、口の中で呪いことばを吐いた。彼の心臓――めったなことではびくつかない――は、まだ、ドキドキと激しく打っていた。

襲来　2

「お――遅かったですね。安西さん」

「ああ。くそ、とんだ歓迎をうけちまったよ」

雄介は、荒々しく、唾を吐いた。

裏通りとはいえ銀座のまん中である。びっくりして、道ゆくものがふりかえり、ひんしゅくの目をむけてゆく――が、そんなことなど、気づきさえしなかった。

もとの画廊の中でおこった、異様なできごとを、話してきかせると、涼は目を見ひらき、息をのんだ。

「魚人間と、ゴムの壁………」

「ああ。おい、涼くん、こいつはどうも、もしかしたら、とんでもねえことにわれわれは首をつっこもうとしてるのかもしれねえぞ。こんなバカげた話って、きいたこともねえ。――しかし、こいつは断じて、幻覚なんかじゃなかったよ。くそッ、おりゃ、君を信じるぞ。信じるとも――妖怪大戦争がおころうとしてる、といわれたって信じるとも。あんなイヤらしいやつらが人間であってたまるかよ」

「………」

涼は、何といってよいか、わからぬもののように、ただ小さくふるえている。

「おい、涼くん、しっかりしろ」

舌打ちして、その肩を、安西雄介はつよくどやしつけた。

「ともかくいまんとこは、やつらも、いますぐおれを、あれを見られたから片づけようっていった気がなかったんだろうな――それとも、きみが外で待ってるのがわかったからかな。ともかく、こうして、無事に出て来られたんだから、いいじゃねえか。――しかし」

いくぶん、さすがにふるえる手で、タバコをつまみ出して火をつけながら、雄介は弱音を吐いた。

「さすがにどうも、あいてが人間じゃねェなんてことは、想像もしてなかったから、勝手が違って――どういうあんばいでやっつけてゆけばいいのか、よくわかんねえな。それに、やつらがああして、日ごろふつうの人間らしく、擬装する術をこころえてるとすると――どいつが本当の敵だとか、そういうことが、えれえ見わけにくいこったろうな。ええ、おい」

「あの――結城大和とか、いろんな化け物たちも、その一味だったんでしょうか?」

「わからんな。かもしれないし、そうではなく――そいつらは、誰か、あるいは何かとたたかうようなことを言ってたんだろ。それがあの魚人間なら……」

「奇形だったんじゃ――」

言いかけて、涼はやめた。

雄介は、鼻でわらった。

「あるときは魚の頭と魚の目をもつ奇形、またあるときは、ただの人間になれる奇形かね？　たいがいにしなよ」

「でもいったい――」

「ともかく、こんなとほうもないことに、われわれふつうの人間が、あれや、これやと当て推量したってムダだし、それどころか、あれこれ筋のとおったことを考えようとして、かえってまちがった結論にとびつきかねないよ。それより、事実だよ、涼くん――少しでも、事実がほしい。結城画廊なんかまったく知らんし、この事務所は、六、七年まえからここにある、とそのお魚さんたちは、口をそろえて言っておいでだったよ。その、結城画廊の線てやつは、このさい、もうたぐれそうもない。あのお魚どもと戦って敗けて、やられちまったのかもしれないぞ。となると――われわれは、どうすべきかな。というより、どうする手が、のこされているのかな。どう思う、涼くん」

「ぼ、ぼく――」

「ふうむ……」

涼のことばなど、もともとたいしてあてにしてはおらぬようすで、雄介は、自分の思いに沈みこむ。

それを、不安そうに見ながら、

「あのう——安西さん。安西さんは、まだ……」

おずおずと、涼は言った。

「このイヤらしい事件——か何か知らないが、それにこれ以上、首をつっこんでゆくつもりか、というんだね？」

雄介はわらった。どことなく、狼《おおかみ》めいて、獰猛《どうもう》な笑いだった。

「きみとしちゃ、もう沢山、さわらぬ神にたたりなしの心境かもしれんがね。あいにく、このきみの相棒は、どうも、根っから物好きの野次馬に生まれついててさ……こんな、あやしげな、おかしげなことは、生まれてこの方見たことも、きいたこともねえ。これを千載一遇といわずして、何といおうか、ってもんでさ……おまけに、こう見えておれもトップ屋のはしくれで——」

「………」

「こんな妙ちきりんなネタに目のまえをチラチラされて、どんな阿呆だって、こいつは何かあるぐらい思うだろうよ。おまけに、おれにゃ、ちょっとした予知能力がある——とさっき、言ったただろ？　もしかしたら、こいつにおれがまきこまれるのは、おれが、あんたに会いにゆこうって酔狂《すいきょう》をおこしたときから、もう決まってた、前世の因縁てやつかもしれねえぜ。……そしてな、涼くん」

雄介は、ふいに、何かをたしかに感じとった、とでもいうように、声をひそめた。

「もしかしたら――こいつは、たいへんな……前代未聞ってえほどの、たいへんなことが起こりかけようという、そのきざしかもしれないぜ……妖怪どもが、ふた手にわかれて、大戦争でもおっぱじめようってのか、それともこの人間界を、生意気にも侵略でもしようってのかは知らないがね。ともかく、もしかしたら、これはただの局地的なことじゃすまないのかもしれない」

「安――安西さん、おかしなこと、いわないで下さいよ」

「だがそうじゃないか。きみは、そう思わないか？――こんな話って、これまでに、少しでも、きいたことがあるか。そんな、あやしげなこと――超常現象も、妖怪伝説も、たしかにいくらでもあったかもしれんよ。研究者もいる、本も出てる……ずっと昔からあることで、そして、全部がぜんぶつくりごとだというには、あまりにも、その例証が、多すぎる。そしてその中には、どうにも否定しきれぬようなものもある。妖怪は実在するし――超常現象の世界、その領域というものが、たしかに存在するのだと、信じないわけにはゆかぬようなことも……現にそして、きみもぼくも、まさしくそのあかしを目のまえで見たんだよ。しかも、きみもおれも、じっさい決してことさら迷信ぶかいとか、霊媒の素質がもともとあったというわけじゃない。

これは、どういうことなんだか、おれは知りたい。――これから一体、何がはじまろうとしてるのか……おれたち人間の目のとどかないところで、あるいはそれどころか、すでにもう、そいつははじまっちまってるのか？

おれにとっちゃ、それを知るのはたしかに恐しいし……それに、ただの人間にしかすぎないおれでは、そんなことになまじ首をつっこんで、恐しい非業《ひごう》のさいごをとげることにならんとも限らん、という恐怖もたしかにあるし――しかし、涼くん。おれは、おれの知らんところで、おれには見ることのできぬところで、何かがおこっており、そしていつかある日、ふいにそれがこの、われわれの世界へ、どっとおそいかかってくると思うほうが、ずっと、ずっと――いたたまれぬくらいおそろしいことなんだ。そう思わないか……どんなわるいことでも、恐しいことでも、ありえないことでも――おこってからそうと知らされるよりはまだ、知ってそれに、無力だろうと少しはあがいてみたい、とさ？」

それは――

あるいは、自ら予知能力のあると称する安西雄介、この学生活動家くずれのやくざなルポライターが、自らそうと意識せずに、何かを予感していた一瞬であったのかもしれなかった。涼は、目をみはり、何といってよいかもわからずにいた。何か、異様な恐怖と、そして戦慄をその底にかくしながら――

ゆるやかに、彼のよく知り、馴染んできた、しかし心の底のどこかでいつも、(何かがちがう――)そう、思いつづけてきた世界が、いまや、表面の、とりつくろった仮面を剝落《はくらく》させ、何かおそるべき、戦慄すべきその真の相をあらわにしはじめようとする、そのおどろくべきはざまの一瞬、そこに彼は立っていた。

ちょっと目をあげてあたりを見まわすならば、そこは、見なれた銀座の町角である。いくつものはなやかなビル、時計台、車の渦、信号、クラクション――

いっせいに歩道をわたりはじめる人びとは、軽快な夏服に身をよそおい、楽しい夏休みの計画に胸をはずませ――

そして、今日はきのうのつづきであり、明日は今日のつづきであること、そしてその同じ平和が、十年まえも、十年後にも、かわらずにつづいていたし、つづいているであろうことを、無意識のうちに確信しながら、それをもとにして、かれらのささやかな、しかし重大な夢をくみたて、生活をきずき、つくりあげてきたものを守ろうと、おこってくることどもに、一喜一憂し、右往左往し………

十億の人びとが、十億の異なる生にしっかりとしがみつき、《日常性》という水面に、びっしりとむらがっては、息を吸おうと他人をおしのけあい………

(ああっ――まただ。またあの吐きけが………)

ひどくうつろに、まるで他人《ひと》ごとのように、涼はおもった。

世界は奇妙な水底のような静寂にとざされ、世界じゅうが、息さえもひそめてかれらの動静を見守っているような気がかれはした。

世界とかれらのあいだには、えたいのしれぬ薄膜がはりつめ、そして時間はとまってしまい、もはや、ここより出でて、二度とふたたびもとの、何ごともない、平凡な日常は訪れては来ないのだという——そんな、たしかな予感があった。

それは訣別《わかれ》のときだった。何ごともない日々、（何か）ちがうという、ひそかな異和感に、くるしめられつつも、表面おだやかに、あまりにも平凡につづいてきた、それまでの日々、それまでの伊吹涼と、安西雄介への。

それがいったい、かれらをどこへいざなってゆこうというのか、いまだ知るすべもないままに、かれらはそのはざまにただ二人立っていた。

かれらは——かれらだけはそのことを知り、感じとっていた。かれらのまわりを、楽しげに笑いさざめく娘たち、サラリーマンたちは、何ひとつ、一瞬前とかわったこともないかのように、すりぬけてゆくのだったが。

好むと好まざるとにかかわらず、かれらは二人、これから何かにまきこまれてゆこうとすることがわかっていた。そしてその何かが、かつて知らぬ、えたいのしれぬ、おそるべきものであるということも。——のがれるすべはない。かれらはすでに、何かを見てしまったのである。

「安西さん……」

かすれたような声を、ようやく、涼は、しぼり出していた。

「ぼくは——」

「涼くん。——」

安西雄介も、われにもあらず、押しつぶしたような、いつもの彼とは似もつかぬ声になっていた。

「これからが、どうやら、しんどい——かもな……」

冗談めかして言おうとしたのだが、彼の目には、さっきのあの、ぶきみな魚人間どもの、どろりとしたまぶたのない目、異様な鼻をつく悪臭、そしてその化け物どもの、とりすました、普通人をよそおった顔つきなどが、なまなましくやきついていた。

(これからは——畜生、これからは、どんな人間をみても、それが見たとおりのものだとは、すなおに信じられなくなるかもしれねえな。化け物が化けてるんじゃねえかと疑うことなしには、女も抱けねえかもしれねえ)

えらいこった——そう呪詛を吐き出そうとして、ふと、いまさら気づいたように、涼を見た。

(考えてみりゃ、こいつぁとんだいくじなしを相棒にしょいこんだもんだとうんざりしていたが、そいつもムリはねえかもしれん)

口の中で、はじめて思いあたった、というふうにつぶやく。

(こいつは、その画廊で、自分が貰いっ子だってことを知らされた。——ってこたあ、こいつが、これまで、自分の生みの親だと信じてきた人々、弟、肉親、それがぜんぶ、赤の他人——どころか、もっとわるい、化けものどもの巣窟に、気がつかねえで十九年間くらしてたんだと思い知らされたんだ。もともとたいして土性《どしょう》っ骨《ぼね》のなさそうなこいつが、発狂したってあたりまえのとこだ——何もかも信じられなくなったにしちゃ、よくもっている方かもしれんな)

くちびるをかみしめて、何か思いをめぐらすふうだったが、すぐ、彼は、決心をつけたらしかった。

「よし、涼くん、行こうぜ」

にわかに、大声をあげて、どしんと涼の背中を叩く。

水底の魔法は破れた。涼は、仰天したように、彼を見た。

「ど——どこへ?」

「こうなったからにゃ、一刻もおしい。こうしてる間にも、やつら——誰さまだか、よくは知らんが——は、どんどん、そいつらのいたって痕跡《こんせき》を、消しにかかってるかもしれん。いますぐ、やつらをおっかけてみようじゃないか。手がかりは、他に何か——ないのか? そのとき、いたときみがいったのは、その長髪の、画廊のオーナーと……」

「結城大和、という名まえでした。ひどく、かわった名だと思ったから、はっきり覚えています」

「それと、その妹だな?」

「この名刺をくれた——ええ、結城伽椰子です」

「それで二人。あとは——」

「許斐老人。とうしの姫、とかいう変なかっこうをした女のひと、それからそのなつきという娘——」

「なつきね——夏の姫かな。夏生？」

「たしか、夏の姫とかく、といってたような——あの『アンダンテ』のウェートレスの子が、姫、と……」

「そうか。ともかく、その中のどの一人でもいいから、話をきけないかどうか——やってみるだけのことはあるだろう。その、そこのウェートレスが、その子をつれてきた、といってたね」

「ええ」

「まず、それをあたるか」

かれらは、あわただしく、『アンダンテ』の中に入っていった。

店内はすいていた。もう、あちこちの会社が、夏休みに入ったり、お盆休みをとっているためだろう。ウェートレスも、二人ばかりがひまそうにしているだけで、そこにはあのショートカットの娘もいなかった。

コーヒーをたのみ、安西雄介が、ウェートレスのひとりにさりげなく、あれこれとき出しにかかっているのを、涼は感心して見つめた。

さすがにそこは商売で、堂に入ったものである。涼からきいてあった、そのウェートレスの人相ふうていや、近くに画廊があっただろう、といった話を、さりげなく、導きだしてゆくのが、いかにも、訊問《じんもん》の感じを相手に与えない。

「まりちゃんかしら――イクヨかな……ショートカットの娘《こ》二人くらいいるけど」

「あ」

涼は叫んだ。

「思い出した。安西さん、まりっていってた」

「まりちゃんだってさ」

涼がここへ通っていて、たまたまその娘を見そめて――といったすじがきを、雄介はたてているらしい。

「まりちゃんなら、おとといから、夏休みとってますけど」

「電話番号、わかるかなあ」

本人のいないのに――としぶっているのを、しかしどうやら雄介はたくみにまるめこんで、手品のように、その娘の電話番号をきき出してしまった。

「何まりちゃん？――麻生まり子……ああそう。これ、彼女のうち？　自分ひとりで住んでんの？」

「いいえェ」

「あのねエ、ルーム・メイトがいたんだわァ」

「夏休みも、一緒に旅行するっていってました。すっごい、きれいな子」

「へえ」

雄介は、少しも、手ごたえのあったようなようすをしない。

もともと、女の子をひきつける方法には、いささかの自信もあるとみえる。

「ぼくがそれじゃ、そっちのルーム・メイトを受けもってやるかな——ひがむといけないし」

「キャーッ、やだあ」

二人のウェートレスが、顔を見あわせて、笑いくずれる。

「何ての、その子」

「ええと——」

ウェートレスたちは、また顔を見あわせた。

「何かちょっと、かわった名まえだったよね」

「うん、何子とか何江とかいうんじゃないの」

「夏枝——だったかな」

「ちがうよほら——なつき、うん、そうだ、夏の姫ってかいて、夏姫って読むんだって」

「………」

「名字は?」

「ええと、たしか——」

名字までは、さしものウェートレスたちも、覚えていなかった。

しかし、それよりもなお、涼がひそかにショックをうけたのは、彼女たちが、毎日、出入りのたびに見ていたし、当然出前にも行っていたであろうはずなのに、すぐとなりのビルに、結城画廊などという画廊のあったことを、まるで覚えていなかったことである。

「やつらが、人間の記憶にまで、自在に影響力を与えられるんだとすると……」

外へ出てから、雄介が吐きすてるように言った。

「………」

「われわれも、よほど用心してかからないと、やられるぞ。——くそ、いっそのこと、お祓《はら》いの札でももらって来たいぐらいだな、ええ？」

すぐに、かれらは、麻生まり子の電話番号にかけてみた。しかし、何十回鳴らしても、むなしく呼び出し音が鳴りつづけるばかりで、誰も出てくるようすはない。

「一緒に旅行するとかいってたから——」

雄介は、ついに諦めて電話ボックスの外に出ながらいった。

「おおかたもう、出かけたんだろう。しかし、番号がわかってりゃ、それからそれへとたぐっていって、住所や、親もと、身の上もつきとめられるだろうし、それに、その問題の、夏姫って子が、その麻生まり子のルーム・メイトだってところまで、わかったんだから、もう半分まではつきとめたのと同じことってもんだよ。上出来、上出来」

「でも、すぐに手をうたないと、そのう……」

「うつともね。まあ、別に、このからだを使うだけが手じゃないってことで——まあ待ってな。

いろいろと、おれの長年かかって築きあげた、自慢の情報網をつかって、あっという間に、ちゃんと調べるほどのことは調べてあげてやるからさ。――それと、もうひとつ、そのとうしの姫とかいう女のことだが、そいつは、おれにまかせとけ、心あたりがある――というより、そいつもたぶん、どういうルートで調べればいいのかは、かんたんにわかると思うね。

それはともかく、今日のところは、他に何か、することはあるかね――何か、思いつくことや、しのこしたことは？」

「わかりません――たぶん、ないんじゃないかな……というより、とにかく頭が混乱しちゃって、もう、何が何だか――少し、考えてみたくって……」

「そいつは、おれもご同様だが」

雄介は肩をすくめた。

「よしわかった。じゃ、おれも、このあとは少し自分の家で、あちこち電話をかけたいんだ。行こう」

「あ、あの……」

「さっき言ったろう。きみは、しばらく、おれのアパートにいるんだな。むろん、きみがイヤでなければだが――しかし、その方がたぶん安全だろうし、それに、ま、妙なゴリラ――弟のこったがね――がいて、せま苦しいし、暑苦しいが、何しろおれももと闘士だから、いつでも籠城して二、三日はもつくらいのそなえはしてあるし――気がねはいらんぜ。どうする？」

「ええ――あのう、ご迷惑でしょうけど、そうしていただければ……ぼく、もう、あのうちには、帰れないし……」

「ああ。それから、とにかく、しばらくは、おれときみは、決して別々にならんよう、いつでも二人ひと組で行動した方がいいと思うんだな。なにしろ、あいてがどんなやつで、どういう力をもっていて、何をたくらんでいるとか、われわれはいまだにほとんど見当がついてないわけだし――やつらがいっぺんは、きみを消そうとしたことも、たしかなんだからな」

かれらは、再び、もはやかれらには安らかな信じきった眠りも、おだやかな安心も、おとずれては来ないかもしれないのだ――という思いをかみしめた。

何ひとつ、通りすぎる人びとも、大東京の町々も、ようやく暮れそめる夏空のいろも、きのうとかわりもないのだったが――

「ま、いい。――あまりおそくならんうちにアパートにおちつこうぜ。どうも、その――暗い方が、化け物ってやつは得手《えて》のようだし……」

何となく、まわりを見まわして安西雄介が言い、自分でも、自分の言ったことがばかばかしくなりでもしたかのように照れ笑いをした。彼は口の端《はし》をつりあげた。

「とにかくポリ公や内ゲバやヤの字あいてとわけがちがって、勝手がわからねえんでさ……戻ったらひとつ、妖怪の本でも調べてみることにするよ」

襲来　3

「おい、涼くん、わかったよ」

へやに入ってきた安西雄介は、あからさまに得意顔を、かくそうともしなかった。

「え――？　何か……」

あわてて、涼がおきあがる。

自分の家で、数日間、ろくろく眠れずにとじこもっていたため雄介のアパートにおちついて、ほっとすると同時にどっと疲れが出たのだろう。ほとんど丸一日彼は眠りつづけ、その間、雄介があれこれと電話しまくっているのさえ、ほとんど耳に入らなかった。

次の日の夕方になって、ようやく目をさまし、まだこのままいくらでも眠れそうな感じで、ごろごろしていたのである。

「例のやつさ。藤氏の姫――」

「えっ？　わかったんですか？」

「ああ」

雄介は、得意満面で、

「藤原華子、三十五歳。父は藤原隆道、戦前は伯爵《はくしゃく》。由緒正しい例の、藤原家の末裔だよ……もっとも、傍流は傍流だがね。家は、麻布に近い高級住宅地にある、お邸だよ」

「へえっ」

涼に、すなおな感嘆の目で見られて、雄介は、内心ひどく気をよくした。

「すごいんだなあ、ルポライターって——いったい、どうやって、そんな何もかもわかったんですか?」

「そりゃ、もう」

雄介は、メモを手にしてどっかと枕もとにあぐらをかいた。

「こう見えても、商売柄ってやつでしてね。とうしの姫ときいて、そいつは、『藤氏』じゃないかとピンと来たってわけさ。それに、その妙な連中はその女のことを、《地這い》とかツタとか呼んでいたというだろう。藤はたしかにツルを這わせるものだからね。それに、いまどき姫なんて呼ばれるのがさ——華族さまふうじゃないか。

藤原氏について、何か知ってるかね」

「あの、平安時代のですか——まあ、日本史で習ったぐらいの感じしか………」

「おれも、ご同様だ」

雄介はくすりと笑った。弟の竜二は、柔道部のコンパにゆくといって出かけたきり、まだ帰らない。

「せいぜい徳川さんくらいならともかく、一千年もたったいまの世の中に、いまだに平安時代しの家がどうこう、道長《みちなが》だ、時平《ときひら》だ、といわれたって、こっちはおよそピンと来ないやね——しかし、その方面にくわしい、姓氏学をやってる友人にきいたんだが、藤原氏ってのは——ここから先は、その友人の受け売りだがね、ふつうわれわれは、藤原氏というと、平安時代とすぐ結びつけて考え、そのあとどうしたか、といわれると、何となくそのうち消えちまったんだろう、とかそのていどの認識しかないわな」

「あ。——そう言われれば、本当にそんな感じです」

「しかし、それがそうじゃないんだね。いいかい、藤原氏の発祥は、大化改新の藤原鎌足《かまたり》だ。鎌足はもともと、朝廷の神官、中臣《なかとみ》氏の直系だが、大化改新で示した功績によって、藤原の姓をたまわり、藤原氏が誕生する……そのいわれは、居住地であった、大和国《やまとのくに》——いいか、結城大和の大和だよ——高市《たかいち》郡藤原にちなんで、とある。きっと、そのあたりに藤の木が多かったのかもしれん。

その鎌足の子が不比等《ふひと》、不比等に四人のむすこがいて、これがいわゆる藤原四家のもとになる。武智麻呂《むちまろ》が南家《なんけ》、房前《ふささき》が北家《ほつけ》、宇合《うまかい》が式家《しきけ》、そして、麻呂が京家《きようけ》だ——と書いてある」

メモをのぞいて、ニヤリと雄介は笑った。

「ああ——そういえば、たしかに、そんなことを、高校の日本史でやりましたよ……その中で、えーと——たしか北家が他の三家より勢力をのばして、基経《もとつね》とか、道長が、関白太政大臣になるんでしょう」

「よく知ってるな。おれは、知らなかったよ……おりゃいつも劣等生だったし、机の下でマルクス、エンゲルスばかし読んでたからな。こんなとこで、日本史の講義をうけるはめになろうとは、思わなかったよ。——で、涼くんのいうとおり、北家がしだいに栄《さか》えだし、他の三家は、しだいにおとろえる。京家がまっさきに死にたえ、南家と式家は、ときどき他を圧するくらいになるが、冬嗣《ふゆつぐ》、良房《よしふさ》、基経、といった代になり、かれらが『人臣初の関白太政大臣』になってからは、完全に藤原氏イコール北家といっていい状態になる。

そのあと、歌舞伎に出てくる時平——菅原道真《すがわらみちざね》をおとしいれるやつさ——師輔《もろすけ》、兼家《かねいえ》……『かげろふの日記』の旦那だな、ときて、いよいよ、『この世をばわが世とぞ思ふ望月の』というあの道隆《みちたか》、道兼《みちかね》、道長三兄弟になる。

ま、別に日本史をここで総ざらえする気はないから、安心しな——で、そのあと、鎌倉時代に入り、歴史のスポットライトは源氏《げんじ》、平氏《へいし》から武士の方へうつってゆくわけだな。そして室町、戦国、安土桃山、江戸——ときて、まったく藤原氏は、歴史の檜舞台には、登場しなくなる。だから、そのへんで、何となくほろびたんだろう、とわれわれは思うんだが、実はそうじゃない。ええと、十三世紀以降、武家政治の時代になって、朝廷及び摂関家の実権そのものはおとろえたが、摂政関白の地位は結局明治維新にいたるまで、豊臣秀吉《とよとみひでよし》、秀次《ひでつぐ》の二人を除き、すべて藤原北家の子孫に独占され、この北家の末裔たる、いわゆる五摂家《ごせっけ》、及びその分家の多くは、明治維新以後、華族に列せられた——とある」

また、雄介はメモをのぞきこんだ。

「ちなみにこの五摂家というのは、近衛《このえ》、鷹司《たかつかさ》、九条《くじょう》、二条《にじょう》、一条《いちじょう》、だと書いてあるな。なるほど」

「藤原じゃないんですか？」

「らしいね——で、南家以下の他の藤原家が、北家に圧倒されたので、地方へ下って土豪化したり、また、地方豪族の方で、北家の権勢に憧れて、かってに、あるいはわずかな縁故を頼って藤原氏を私称するものが多かったので、ことに藤原という姓氏は、かなり入り乱れ、複雑になり、五摂家の直系以外は、きわめてその系図をたどりにくい——のだそうだ。また承平《しょうへい》の乱の藤原純友《すみとも》もたしか何かだったし——しかし、例の義経主従が頼っておちのびていった、奥州藤原氏、清衡《きよひら》、秀衡《ひでひら》だな、あれは、この藤原氏とは別ものだ。しかし俵藤太《たわらのとうた》こと藤原秀郷《ひでさと》を先祖とすると自称し、この秀郷は、左大臣魚名《うおな》の子孫だというから、必ずしも無関係ともいいきれない……」

「ちょっと待って下さい」

涼は音をあげた。

「たくさん、人が出てくるもんで——で、その、例の女はどうなんです？　北家の子孫なんですか？」

「いや、南家の傍系の末裔と言ってるらしい。が、伯爵になってるところをみると、必ずしも、まるきりうそということもないのかもしれない——もっとも、そういうことにくわしい友人——これは別の、ええと実をいうと、これが、戦前からその華族さまあいてに商売をしてる呉服屋の番頭のせがれってのがいてさ。呉服屋なんてものは、いちばん、そういううわさ話にくわしいからね。きいてもらったところが、旧華族のあいだでは、この藤原伯爵というのは、いかがわしいといわれ、ことに正流たる五摂家の人は、あれは決して、われわれの父祖たる藤原氏の流れではない、というようなことを、公然と言っていたらしいね。一時は、戦争成金で、たいそうなはぶりだったときもあるらしいが——長男が戦争で死んだりして、いまは、見るかげもないというところだそうだ」

「このいまの世の中に、まだ、旧華族なんてことが、そんなふうに通用してる世界があったんですか。——ぼくなんか、まるで知りようもないから」

「お互いさまさね。——ともあれ、その藤氏の姫ということばと、あんたのいったその女の人相ふうていが、いかにもかかわりすぎてるだろ？　あるいはと思って、そっちにくわしい呉服屋の方にまずきいてみたところが、実にかんたんにわかったよ。その旧伯爵藤原家のむすめで、頭のおかしい嫁きおくれがいる、っていうのは、そっちの内うちでは、もう有名な話なんだ、そうだ。——どうして頭がおかしくなったかもわかったよ。婚約者に、振られたらしい。それも、式の直前になって——それも、何か、スキャンダルがあったらしいんだがね、それより、三十すぎてやっと決まった縁談だったのが、結納までかわしてから、破れたというんで、娘は頭がおかしくなっちまい、ひところは、そのもと婚約者の会社へ、ウェディングドレスで、ベールをかぶって押しかけて大さわぎをひきおこしたり、たいへんなさわぎだったらしいよ。——それからもう、一、二年たってるから、一応おちつくことは彼女も周囲もおちついたものの、もともと相当ていどかわった娘であっただけ、完全に正気にもどったと言えるかどうか——たとえば、そのあんたの見たって恰好、そいつは、話をきいただけでも、ま、チンドン屋か、提灯《ちょうちん》行列って恰好じゃねえか。いつも、それに輪をかけたなりで出歩き、おまけに目をはなすと、そのもと婚約者のところへ電話をかけたり出かけていったりして——本人は、別にうらみやいやがらせじゃなくて、ただ友達だから話をしにいくみたいに言うそうだが、あいては、こりゃ、たまらんよね——だもんで、もう、すっかり藤原の気狂い娘で通っていて、親ももう社交界へ顔向けもならんし、気の毒なことに子供がその娘ひとりしかいないというんで、この一代限りで、由緒正しい——かでっち上げか知らんが、藤原伯爵家も、おしまいなんだそうだよ」

「気の毒に」

赤いもえたつスカート、マーガレットのコサージ——異様ないでたちの女のことを思い出しながら、涼はつぶやいた。

「しかし、どうも——あの化けもの話と結びつけて考えると、なかなかに含蓄《がんちく》のある話さ……化けものは、古い家や、没落しかけた家、気狂い娘、なんてえお膳立てにゃ、まったくふさわしいからな。

——と、こいつは、まるで、関係ないかもしれないが……と、その友達が言ってたんだがね」

「ええ」

「こいつも考えてみりゃ、ちょっとした因縁話だ、と——その、藤原華子って女の家系を調べてもらって、こっちがいろいろデータをあげてたときに、その姓氏学者が言うんだよ……というか、そのね、その女の、逃げた婚約者ってやつ——年下だったそうだが、そいつの名まえが、橘安生《たちばなやすお》、っていうのさ」

「そ——それが、何か……？」

「と、おれも言ったが、きいてみると、なるほどというものでね」

雄介は、指をぱちりと鳴らした。

「また日本史の講義になるぜ——いいかね、橘《たちばな》氏……古代の氏族。橘諸兄《もろえ》、藤原不比等の四人の息子があいついで病死したあと、いったん朝廷内で藤原氏の勢力がおとろえたときに正《しょう》一位《いちい》左大臣として実権を握る。しかし藤原仲麻呂《なかまろ》（南家）に実権がうつったので、諸兄の子奈《な》良麻呂《らまろ》は、藤原氏の進出を阻《はば》もうと、橘奈良麻呂の乱をおこすが、かえって仲麻呂に滅される。

これ以後橘氏はおおいに衰え、嵯峨《さが》天皇のころにいったんもりかえし、橘逸勢《はやなり》が出て勢力挽回にかかるが、承和《じょうわ》の変で失脚し、以後、橘氏はまったく藤原氏の陰になっておとろえてゆく。

ということ——いいかね、つまり、もとをたどると、藤原氏と、橘氏ってのは、不倶戴天《ふぐたいてん》のライバルどうしってことになるんだよ。まあ、現代の藤原華子をふった橘安生が、その平安時代以来の橘氏の直系ってこた、ないだろうし、それにまさか、先祖のうらみで婚約を破談にしやせんだろうが、しかしいくらでも名字なんざあまってるのに、よりによって、藤原と橘ってとこが、何となく、因縁話らしいやね」

「藤と、橘——どっちも、花……というか植物ですね」

「ああ。トーテム、みてえなもんかな……ま、昔は、そんなもんだ。それとさいごに、もうひとつ——こいつはちょいと気になる因縁話……といっていいか、暗号というか——いや、おれはさ、そんな迷信ぶかいつもりはないんだけど、なにせ、ことがことだし、おまけにけっこういろいろつづくんで——神経質にもならあね。ほら——葛城コンツェルンの話をしたろう。葛城天道——葛城烁子、そして、画家葛城繁」

「ええ」

それが、そもそもの出発点とさえ、いったってよかったのだ。頭からはなれようもない名だった。

「それが……」

「つまり、葛城という名ね。その葛城繁のかいた絵を、葛城山よ、とその夏姫って子は言ったんだろう」

「ええ」

「その、だね——橘諸兄の母ってのは、敏達《びだつ》天皇のひ孫の美努王《みぬのおおきみ》ってのに嫁《とつ》いだ、県犬養《あがたいぬかいの》三千代《みちよ》という女だ。県犬養連《あがたいぬかいのむらじ》の家系で——この女はのちに、藤原不比等と結婚し、光明皇后《こうみようこうごう》を生むことになるんだが、この女が橘姓《せい》を与えられて、橘宿禰《すくね》と名のる。諸兄はこの母の姓をたまわって橘諸兄となるわけだが、その前の名はね……」

「………」

「葛城王《かつらぎおう》、というのさ」

「葛城王！」

我知らず、涼は激しい叫び声をあげていた。

「葛城王、ですか！」

「そう——な？　きみも、偶然の暗合にしては、出来すぎだ、と思うだろ？　第一、はら、例の藤原鎌足は、大和国高市郡藤原——だろう。妙に、どうも、その集まった連中の名ってのが、そのへんに入り乱れているようでさ……」

「これには、何か——それこそ、平安時代や、もっと古代からからんでいる秘密があるとでも、いうんですか。まさか！」

「おれだって、まさか！　だよ。第一、そんなの、どういうことなのか、いまひょっと暗合に気づいただけなのに、わかるはずはないし——第一、だとすりゃ、その夏姫って子の名字、きみの名字、伊吹、それからそのじいさん、許斐か――あまりきかん名字だな。それにも全部、何か因縁話がからんでいなくちゃ、あてになるとは言えんだろう。そうだろ？　だから、まあ、いまからそんなことで頭を悩《なや》ますこた、ない、とは思うんだがね――」

「葛城王――」

ふかく、考えこみながら、涼はつぶやくように言った。

「何だか、すごく――印象的な名まえですね」

「ああ。おれなら、橘諸兄なんてのより、よっぽどその方がいいと思うけどな。まあ、当時の事情は知らないから、あんまり言ったら悪いがね」

雄介は、狼のように、歯をむきだして笑った。

「それはともかく、これで、手がかりの糸のひとつはつながったわけだからね。おれはもう、そのすぐあと、その藤原邸へ、セールスマンのふりをして、電話をかけてみたのさ。ちゃんと、お手伝いらしい年とった女が出てきて、旦那さまも奥さまもそういう電話にはお出になりません、という。で、じゃお嬢さまにと言ったところが、忠義なばあやらしくてさ――『お嬢さまだって、土地なんかお買いになりませんッ！』とえらいけんまくで電話を切られたから、その家族構成も情報どおりだったし――」

「で？」

ワクワクするような表情になって、涼が叫んだ。

「これから——どうするんですか？」

「そりゃ、決まってらあね」

「…………」

「乗りこむんだよ。敵地へ。われわれ二人で」

「えっ？　で、でも………」

「虎穴《こけつ》に入らずんば虎児《こじ》を得ず」

哲学者のような顔つきをつくって、雄介がいった。

「きみ。怖がってばっかりじゃ、このさい、どうにもならないぜ。——第一、敵は、どこにどういるのかまるきりわからんのだし、——相手が何ものであるか、にはかかわりなく、すべての戦争ってものは、情報戦なんだよ。こいつをおれは、むかし、過激派だったころに、まず第一にメンバーに叩きこむのにえらい時間がかかったがね。しかしとにかく情報がすべて——だから、おれは、こんなおもしろくもねえ、おれに向いてもいない商売を、ずっとしこしこ続けてるってわけなのさ」

「でも、もし、そんな、家にのりこんだりして、その家の人たちが………」

「みんな妖怪だったら、かい？　心配するな、まっぴるま、東京のど真ん中じゃねえか。いかに化け物どもとはいえ、そうそう好き放題はできねえよ」

安西雄介は、まちがっていた。

しかも、二重の意味で、まちがっていたのである。

しかし、そのとき、むろんのこと、雄介も涼も、それに気づこう筈もなかった。

「それにむろん、こっちだって、それなりの対策はこうじておくさ。おれの弟の話はしただろう？　やつが帰って来るのはたぶん早くて明日の朝だろうから、その日の夕方になっておれたちがもどらなかったら、この家へ電話をかけ、それから、ダメなら、柔道部の仲間をつれて、直接この華族さんの家へのりこんでくれ、という伝言をのこしておこう。いかな妖怪どもでも、柔道部の猛者《もさ》が五、六人もいれば――」

それに、われわれ自身だって、むろん、自衛策はたてるんだぜ」

柔道部の猛者ぐらいでは――と言いたげな、涼の目つきに気がついて、あわてて雄介はつけ加えた。

「いくらおれが物好きでも、丸腰じゃあな……ほら」

にやりと片目をつぶって、立ちあがり、奥の室《へや》から、散弾銃と薬莢《やっきょう》とをもちだして来る。

「へえ――そんなものをもってるんですか、ルポライターって？」

「ああ。ま、ちょっとした気障《きざ》よ、ほんの……きみは、これを持ってな」

雄介は、細長い袋をもってきて、涼に手わたした。

「安西家に代々つたわる名刀――ならぬ、ヤクザの兄さんから、賭け麻雀でまきあげた赤イワシ……それでも、ないよりましだろ、それに、日本刀にゃ、どんなまくらでも、少しは妖怪よけの霊力があるかもしれないしな」

ことばつきは、ふざけているようだが、雄介の目つきは、彼らしくもなく、ひどく真剣そのもので、彼が内心、この戦いを、まさしく妖怪あいての、伝説的なものの現代版と感じとっているらしいことを、物語っていた。

「ぼく、刀なんて、つかえないけど――」

ごくりと唾をのんで、涼がつぶやく。

「でも、これをもってると、何だか少し、安心感が伝わってくるみたいで……」

「ああ。よかったら、行くまえに、天神さまに仏さまに、お地蔵さんに十字架に――ありとあらゆるお守りを下げていこうぜ」

「まるで――妖怪大戦争ですね」

「冗談でなくそうなるのかもしれねえよ。――ニンニクとバラの花はいらねえかな。せめて今回は、あいては日本の妖怪に限ってほしいもんだけどな」

「ツァトゥ――ツァトゥグァとか、かれらがいっていたところをみると、たぶん……」

「唐渡り、南蛮渡りの古妖怪かね。やれやれ、とんだことにまきこまれたもんだな」

雄介の目はサングラスの下で、少しも笑ってはいなかった。

「明日の朝、一番で藤原邸へのりこもうぜ。今夜は、きみ、起きたばかりだろうが、酒をくらって寝ちまえよ。しばらく、どういうことになるか、知れたもんじゃないからな」

「安西さんは？」

「おれは、ちょっと、調べごとがあるのでね」

「まだですか？」

「ああ。なかなか、調べても調べても、足りるってもんじゃねえからな」

雄介は仏頂面で答え、つけ加えた。

「悪魔祓いのしかたやなんかの古本も、少しあつめときゃよかったよ。——日本の化けもの、天狗、オニ、についちゃ、いささか興味があったんで調べたんだけどね。まあいい、おやすみ」

襲来 4

そして——

翌日の朝九時半。

かれらは、うっそうと木々のしげる、東京の中心部とは思えぬ閑静な住宅地——そのなかに、ひときわ広々とひろがっている、藤原隆道の邸《やしき》の前に立っていた。

「うへっ……こりゃまた、たいそうなお邸だな。さすがは伯爵さまだ」

そう、ひと目見るなり雄介が叫んだように、それは、いまどきこんなところにこんな家が──と呆《あき》れかえるくらい、堂々たるイギリスふうの邸宅だった。

それとも、むしろ──かつては、そうであったであろう……という方が、正確だったかもしれない。

「この広さじゃ、敷地は、どう見ても千坪はかたいぜ。──このあたりなら、いささか駅からとおいったって、ひと坪八百万は下るめえ」

「八千万──ですか？」

「ばか、庶民は、これだからいけねえ。八億──いや、八十億だよ。八十億──うへ！」

言ってから、あらためて、雄介本人もぽかんとしてしまったらしい。

「けっ、全然、実感がねえな」

「でもそれなら、その土地だけでも、たいへんな財産でしょう？　それなのに、没落しちゃうんですか？」

「そりゃあ、そうさ。八十億ってったら、一体誰が買うよ？　そう、おいそれたあ、買えるやつはいやしねえよ。しかし会社にするにゃ、立地条件のわるいところだし──かえってそんな土地、もってたって目のまえの金にゃならねえよ……それにしても、こいつは、ちょいと凄いほどのさびれようだな。何てんだ？　ただ、さびれてるってんじゃねえ──まさしく、妖怪変化の巣って感じじゃねえか」

雄介がそういうのも、無理からぬことであるとは言えた。

それは巨大な二階建ての、昔ふうの赤レンガを外壁につみかさねた洋館で、いかにも明治時代を思わせたし、また事実、この家がもっとも隆盛をきわめたはずのその時代に、その時代の最新の様式によって建てられたもの、と考えて、まずまちがいはなかったろう。

そのレンガは古び、白ぬりの窓わくは、フランス窓というのか、大きくはり出して、ブラインドがしつらえられていたが、それも雨風にうたれてぼろぼろに朽《く》ち、あちこちは裂けて垂れさがりさえしているのが、いっそ凄絶な印象を与える。

壁にはツタが生いしげっていたが、それは風流な感じを与えるよりも、妙にねっとりと、なまなましく、いかにも古いほろびかけた家にからみついて、そこからさいごの生命力までも吸いとろうとしている、妖怪じみたおぞましさを感じさせ、そのツタの暗い緑は、家全体に、いっそう暗くじめじめとした感じを強調していた。

張り出したアーチになっている、ギリシャふうの円柱のある玄関、そこにつりさげられている埃だらけのランプ——

さきのとがった鉄柵に守られてはいたが、泥棒もこの廃屋寸前の家にわざわざ侵入しようなど思いはせぬだろう。敷石のあいだに草がおいしげり、庭の木かげにおかれた石のベンチはこわれ、もう長いこと、手入れするものも入ったことがないとみえる。

しかしそんなこわれかけ、いかにも滅びの家という印象を与える建物ではあったが、それだけならば、いっそのこと風情《ふぜい》がある、絵のような、とさえ言えないこともなかったかもしれない。

そのレンガのくずれかけたところも、おいしげる草も、むぐらの宿とでもいった感じをいっそう強調し、その石のあいだにしげる草に、小さな白い花の咲いているのがいっそ一枚の絵そのものである。

それなのに、通りから見える二つの窓のうち、一つの方は、ブラインドをおろし、中も暗いようだが、もう一方の窓は、ブラインドをあげ、その下からひらひらとカーテンがひるがえっている。

そのカーテンの色がまた、世にも毒々しいモダンなオレンジと茶と緑の幾何学模様《きかがくもよう》ときているのだった。

このくらい、この静かにさいごの時を待っている家にふさわしくないものはなく——まるで、それは、そこにだけ、極彩色《ごくさいしき》のニシキヘビの皮でもぶらさげたかのように、なまなましく唐突で、このカーテン一枚があるために——それをかけた人間は、おそらくそれが、この死んだような家の中で、唯一のモダンな、近代的な、明るい場所、というように考えたのにちがいないのだが——この家の滅びの相そのものが、甚しく下卑《げび》た、苦悶《くもん》にすらみちたものになってしまっているのだった。

そのカーテンとこの家とは、まるでたがいに侮辱しあい、さげすみあっているかのようにみえた。そのカーテンが風にひらひらとなびくと、それはまるで、こんなところにぶらさげられた運命を悲しんで、舌を出してでもいるかのようだ。

そのカーテンに調和を破られているので、この家の方は、何ともいえずおぞましい、不吉な、そしておちつきのない表情にみえていた。

何か、言いようのない凶暴な死が、家のまわりをとりまき、そこに近づくもののすべてをとりこみ、いやらしい、悪夢のような破滅の中にひきずりこんでゆこうとひそかにすきをうかがっている――そういうふうに見える。

「ちえッ」

雄介は、肩から散弾銃と銃弾、それにテープレコーダーとカメラなどを入れた大きなバッグをさげ、サングラスにどういうつもりかハンチング、というかっこうで、じろじろとこの家じゅうを見まわしながら、ひとこと論評をつけ加えた。

「どぎついカーテンだな。ええ?」

「本当ですね。それに――」

涼のほうは、かしてもらった日本刀を、バット・ケースに入れているが、それに持ちなれぬので何となくおちつかぬていだ。

「ああ?」

「それに、何だか、この家――とても、イヤな感じがしやしませんか」

「そいつぁ、きまってるさ。化けものども巣だもの」

「それも、もちろんだけど……」

「お前さん、きくのを忘れてたけど、人より霊感のつよい方かね？」

「いえ——そうじゃないです。せめてそのくらいのことあるといいんだけど、ほんとに、何にも——」

「ふん、じゃ、まあ、そのきみにまでひしひしと、邪悪な空気が感じられるほど、この家は、『悪魔の棲む家』なんだってことかもしれねえぞ。何てこった」

「——い、行くんですか、安西さん」

「決まってるじゃねえか。この期に及んで、おじけづいたのかよ」

安西雄介は、涼の肩をどんと叩いた。

「九時四十五分。——竜二のやつの枕もとに、目ざまし時計をしかけてきたから、十二時になりゃ、いっぺんこっちから電話が入らねえ限り、やつがうまく手配してくれるはずだ。とにかく、三時間こっちが何とかもたせりゃ、たとえどんなバケモノが出て来ようが、生命は安全ってことだよ。——それにしても、よかったよ、おれたちのいるうちに竜のやつがもどってきてくれてな」

「ええ……」

巨大な——マウンテン・ゴリラのように巨大なだけでなく、何か、ただものでない雰囲気を周囲に放射しているかのような、その雄介の弟を、涼は思いうかべた。

あの怪物、ツァトゥグァのことを目《ま》のあたりにみていれば、たかが大学の柔道部の主将ぐらいに太刀打ちできるとは思えぬだろう、とひそかに思って、雄介がまだあいてをなめてかかっているのではないかと、一人あやぶんでいた涼だったのだが、じかに竜二を目にすると、少し考えがかわってくる。

何か、荒ぶる神、荒み魂ともいうべき、尋常でない精気と、暴力的な、野性のにおいが、この弟にはあった。

しかしそれはあくまでも援軍である。これからしばらくは、あくまで、雄介と涼、そのふたりだけで、何があろうと切りぬけてゆかなくてはならないのだ。

(この家の中に、あの異形の——赤く光る目の女が……)

この中で何が待っているのだろう——ひそかにぶるぶるっと身をふるわせる涼をしりめに、雄介は、思いきって、さっさと門に歩みより、呼び鈴をおしていた。

遠く、家のどこかで、それがたしかに鳴っているらしい音がする。

しかし、しばらくは、誰もあらわれてくるようすがなかった。

例のどぎついカーテンが、玄関わきのへやの窓で、まるでかれらをあざける舌のように、ひらひら、ひるがえっている。

雄介は、さらに辛抱づよく押しつづけた。

「はーい」

家のどこかで、かすかな返答があった。

しかし人は出て来ない。

雄介は、さらに押しつづけた。

どのぐらいたっただろう。

家の中で、人がごそごそ動きはじめる気配があった。

(さて、いよいよだ——鬼が出るか、蛇《じゃ》が出るか)

雄介は身がまえる。

そのとき、涼がそっと彼の袖をひいた。

「何だよ。待ってろ、すぐだ」

「いいえ——あのう、あの窓………」

「え?」

「あのカーテンのかげから、誰かの目が、じっとこっちを見てますよ」

「なに?」

雄介はあわてて、どぎついカーテンをすかし見ようとした。

そのとき、あわてたように、カーテンのうしろでも、さっと何かが奥へひっこんでゆくようすがあり、そしてふいにスルスルとブラインドがおりてきて、ぴったりとしまってしまった。

まるで、片目をうすくあけてようすをうかがっていた人間が、たぬき寝入りを見すかされたと気がついて、あわてて目をつぶってしまったとでも、いうかのようだ。

「ふん」

雄介は、何か軽口を叩きかけた。

しかし言いおえることはできなかった。そのとき、玄関の、複雑な彫刻をほどこした金属のノッカーのついている、背のたかいドアがおもむろに小さくひらき、あいだから、かなり年とった女の白髪あたまがのぞいたのである。

雄介たちをみつけると、その女は、しばらく、いぶかしむようすだったが、かれらのふうていが、セールスマンとも、何かの検針とも見えなかったためだろう。

やがて、もう少し扉があいて、その女が、出てきて、門の方へやってきた。

六十はすぎているとみえる女だ。髪をきゅっとひっつめてうしろで結い、古くさい開衿《かいきん》ブラウスと茶色のスカートに、かっぽう着をかけている。電話の応対に出てきた女らしく、さしずめ婆やというところだろう。

こっちへやって来はしたが、門をあけようとはせず、あまり門に近くよろうとさえしなかった。さびの浮いた、すかし彫りの門のかなり手前で足をとめ、

「どちらさまで？」

うたがわしげに尋ねる。

「こういうものです」

雄介は、なかなかの知恵者で、名刺をとり出してヒラヒラさせた。女はしょうことなしにそれをうけとりに門によって来た。名刺には、ルポライターの肩書きは入っていない。

雄介はいくつもの別の名や肩書きつきの名刺をもっていたが、いま出したのは、「データバンク・リサーチ　情報流通研究所」という、あやしげなしろものだった。年とった女などには、何のことかさっぱりわからぬだろう。本当のことをいえば、雄介にだってわからぬし、どうでもよかったのだ。

「はあ……」

女は、うろんそうな目つきでその名刺を眺めた。

「安西さまですか――旦那さまに何か？」

「実は、旦那さんというより、お嬢さんの方なんですがね」

言ったとたん、さッと女の顔がひきしまったので、雄介はハッとした。

「お嬢さまが、何か……」

女の顔に、つよい疑惑と警戒心がうかんでいる。

雄介は、すばやく次の手をうった。さりげなくハンチングをとってポケットにねじこみ、柄のわるいレイバンのサングラスをはずす。

おや、という目つきを、女がした。これも、ちゃんと計算のうちだった。サングラスをとった顔が、ひきしまって、知性的で、それがくせの唇をひんまげる皮肉な笑いかたさえしなければ、なかなかまっとうらしく見えるのを、ちゃんと雄介本人もこころえているのである。

「いや、実はですね——こんなことは、申しあげたくなかったんですが」

口調までも、ひどくかたぎらしくきこえるよう注意しながら、雄介は話をすすめた。

そして、女の顔に、ひそかな恐怖——警戒心や、この客自体への疑惑とちがう、また何かもめごとがひきおこされたのではないか、というどす黒い絶望の萌芽《ほうが》をみてとった。

(何かあるな)

ピンと、第六感にひらめくものがある。

「いや、実はですね——あの、失礼ですが、お母さまでいらっしゃいますか」

「いえ、とんでもない。わたくしはただの召し使いの者でございますが」

召し使いの者ときたぜ、とひそかに雄介は肩をすくめる。

「こんなことを言うのは、まことに心苦しいんですが——そのう、お宅のお嬢さんがこの……いや、これは、ぼくの弟なんですが、この弟とちょっとしたひっかかりが——あのですね、どうもいささかこみいったお話なんで、こんなところであまり——」

「ま、さようでございますね。気がつきませんで……少々お待ち下さいませ。いま、旦那さまに、その——」

「いや、ちょっとお待ち下さい」

雄介はとめた。

「そのう——微妙な、その、個人のプライヴァシーに関することですのでね……もし何でしたら、旦那さんには内密で、ちょっとお嬢さんに会わせて頂きたいのです。お嬢さんに、いろいろ連絡をおとりしようとしたのですが、どうにも、どこにも出て来られないようで——ごくいつまんで申しますとね、お嬢さんが、その——ある種の危害、と申しましょうか……それを、その、うちの弟に加えられましてね、ですね——」

「まあッ……」

春は、両手を絶望的にもみしぼり、雄介のうしろで立っている涼をのぞきみた。

涼の、おとなしそうな、そして、なかなかととのった顔かたちが、すっかり彼女の疑いをといたらしい。

それにしても、ふつうであれば信じられようはずのない、突拍子もない話ではあったが、なにしろ藤原華子はふつうではなかったし、その狂気の理由からいって、しだいに狂気の度をまして来れば、年下の、気に入った男の子をつかまえてどうこう、というのはいかにもありそうな話であった。

「お嬢さんと直接、お話しした方がいいと思うのですが——あのう、たしかにこちらのお嬢さんでしょう。赤に白地のフリルのスカートと、バラ色のシルクのブラウスと、それに——」

涼からきいた、華子の人相ふうていを、雄介は告げた。

「は、はい。たしかに。――まあッ、それじゃ、ついせんに脱走しなすったときだわ。安生さまのところへはお出ましにならなかったというから、まあやれやれと思っていたのに、何てこと……」

我知らず、春は傍白《ぼうはく》した。

「そのう――お嬢さまですけれど、いま、いらっしゃいませんのです」

「いらっしゃらない？　それは、どういうことです」

雄介はわざと、ほんの少しだけ、語気を荒げた。

「この子に、あんなことをなさって、それについて弁明なさるのも逃れようというわけですか」

「い、いいえ、本当に、そうではございませんので」

春はおろおろして、いまにも泣き出してしまいそうだった。

「お嬢さまが、こう申しては何ですけれど、普通ではあらっしゃらないことは、もう、いまさら、わたしどもがかくし立てもなりませんので……ただ、そのおっしゃったような服装でお出かけになりましたのは――実は、わたしどものおコーヒーに、眠りぐすりをお入れになりまして、ちょっとしたすきに――はい、それでお逃げになったのでございますが、そのあといったん戻っておいでになり……その翌日、家出なすってしまわれましたので――はい、恥をお話しいたすのも、とんだご迷惑をおかけしたのでございますから――ええ、わたしどもの、眠りこんでしまうのをお待ちになって、身のまわりのものをまとめまして………」

「家出したあっ………?」

雄介と涼は、思わず顔を見あわせた。

「どういうことだ、こいつは——くそっ」

思わず雄介が吐きすてる。

「はい。わたしどもの方でも、手をつくして、お探ししているんでございますけれど、あのとおり、そのう、変わった見かけもなさっておいでの上、ふつうの人とはふるまいから物言いから違いますでしょう。ちょっとやそっと変装なさろうとなすっても、かえってひと目をひいてしまうと存じますのですけれども………ふしぎなのは、それぎり、まるでどこへ行かれたものか——親戚や、心あたりに立ちよられたようでもございませんし、何といってもお姫《ひい》さまで、しもじもの、切符の買いかた、宿のとりかたなぞご存じのはずもございませんのに、いったい、どこで何をあそばされているものやら、はい、もう、皆目………」

「春さん」

そのとき、バタンとドアが荒々しく叩きつけられた。

ハッとさせる色彩——カーテンのそれとよく似た、あざやかなオレンジが、暗くよどんだ家をバックにひらりと浮いた。

中年の女——といっても四十になるならずというところか——が、玄関に立っていた。

「よけいなことを、よその人に、べらべらしゃべるものじゃないよ」

「ま、奥さま」

おやッ――と思って、雄介がそちらを見た。一応ひもでしめてはあるけれども、すぐにでもはだけてしまいそうなしどけない着かた。――頭は、ぼさぼさで、肩《かた》へ手入れのわるい髪がなだれおちている。

(この女………)

何かぞっとするほどこの家の空気にそぐわない――

しかしそのくせまた、妙に似つかわしくもある、腐臭にも似た頽廃《たいはい》のにおい、だらしなさ、崩壊へとまっしぐらにすべりおちてゆく直前の、奇妙な猥褻《わいせつ》な色気……それが、この年増女のむっちりした、くずれかけたからだ全体から放散されてくるのである。

けんのある目が、二人をにらみつけた。

「また、この家の恥を世間にさらしたいのかい。どうせ、あの気狂いむすめが、どっかの餓鬼《がき》でもくわえこんで、そいつをネタに、ゆすりにでも来たっていうんだろ。お帰りよ。春さんも、とっとと塩まいて追っ払っておしまい。もうね、この家なんざ、どうさかさにふったって、カスひとつ出やしないんだからね」

「ごめん下さいまし」

春は、耐えがたそうに白髪あたまをぐらぐらとゆすぶり、小さな声で言った。

「奥さまは――奥さまも、あんまりいろいろなご心痛がつづきすぎたものでございますから、少々、とりみだしておいでなのでございます。こんなこと――こんなことを、はじめてお目にかかるおかたに申してはなんでございますけれども、もう――もうこの家もおしまいでございますよ………わたくしも、戦争前から、もう、それこそ五十年からおつかえ致して参ったのでございますけれどねえ――失礼いたしました、ともかく、旦那さまをお呼びして参りますので、中にお入りになってお待ち下さいまし」

どうやら春は、旦那さまとお嬢さまには、たとえどうなろうとも古い昔ながらの忠誠心を抱いているけれども、奥さまについては、表面は立てるには立てても、内心つよい文句もある、といったふうに見うけられたのである。

春が門のかけがねをはずしてから、バタバタと、台所口へまわるらしく、玄関を通らないで中へ入っていったあと、夫人のほうは、いっそう険悪に目をつりあげ、かけがねをしめに、庭へかけ出してきた。

（おっと）

このチャンスをのがしてたまるかとばかり、あわてて雄介は涼をうながしてするりと邸内へ入ってしまう。

「出てお行きよッ！」

ますます、夫人は、お里が知れてきた。

「何しに来たんだい。こ、この——ゆすり屋！　出ていけ！　ひとのうちに、入りこみやがって……」

ののしりわめきながら、どたばたと、つっかけサンダルでかけよって、ひっぱたこうとするかのように手をふりあげる。

「出てけーッ」

その手を、ひょいとかわすなり、雄介が、手首をぐいとつかまえた。

「な、何すんのよ！　どろぼう！　強盗！」

「お黙りなさい」

雄介は、声にはがねのようなひびきをひそませた。

「あなたもどうあれ、もと華族さまともあろう藤原家の奥方さまなんでしょう。そんな、あられもないかっこうで、そんないじぎたない口をきくもんじゃないですよ」

「なんだとッ、こ、こん畜生！」

「やれやれ——こいつは、すっかり錯乱しちまってらあ」

口の中で、うんざりしたように雄介はつぶやく。

そして、

「おい、奥さん。たいがいにしなよ——美人が台無しだよ」

ふいに声の調子をかえ、するどい、びいんと腹の底までひびくような声になった。

(こいつぁ、出血大サービスってとこだ。本当は、二十年前のまあ美人、ってとこだろうな)

その内心のほうはけぶりにも出さぬ。

「あ………」

ふいに——

雅子夫人のようすがかわった。

何やら、妙な、とろんとした目つきが、さっきまでの、半ば狂った、険悪な表情にかわってあらわれる。

まだ、さまで老いこむ年とはいえぬはずなのに、近々と見ると、夫人の老けようは、年よりかなりひどかった。

肌は荒れてしわだらけになり、老人くさい染みがあちこちにうかんでいる。

もともと、わるい目鼻立ちというのではないが、いろいろとつくって、濃くぬりたててもたせてきたのが、この数日来の心痛や、苦労で、にわかにどっと老けこみ、やつれ、見るかげもなくなってしまった、というように見えるのだ。

「美人………」

その顔が、痴呆のようにゆるみ、彼女は、まだそれが男には致命的に有効だと信じさっている目つきで、色っぽい顔をつくろうとつとめながら、雄介を見上げた。

その雄介の、若さ、ひきしまって筋肉質のからだつき、よく見ると、狼のような精悍さを秘めた目つき――

それに、長年、男をあさってきた女の鋭敏さで、すぐに気づいたらしい。

「あら………」

夫人のたいどが急にかわった。

「いやだわ、わたくし、こんなかっこうで……第一まだ、お名まえもうかがっておりませんでしたのね……わたくし、藤原雅子――いったい、どんなご用でしたかしら？　なぜ、こんなお庭さきでなんかお話ししていらっしゃるの？――春さん、春さん！　お客さまをどうして客間にご案内しないの。あらいやだ、とにかくわたくし、身づくろいして来ないことには……ちょっと、ちょっとお待ち下さいませね。中へお入りになって――ね、中へ……」

「女って――」

雅子夫人がうす気味のわるい嬌声《きょうせい》をまきちらしながら中へ入っていってしまったあと、呆然とし、少し胸がわるくなった、とでもいうようすで、涼はつぶやいた。

「はん、あんなもんさ。ありゃ、少し頭《ここ》に来てるからストレートに出るだけで――幻滅したかね。女はもうたくさんか？」

「若くて美人かと思えば、妖怪の姫君だとかいうし………」

涼は閉口のていだ。

「女性不信になりそうですよ、ぼく」

「だからって、ホモに走るなよ。いい女、かわいい女だっているし、第一、ああいうのはああいうので、なかなかかわいいじゃねえか、今みたいなの」

「え………」

目を丸くして、涼が雄介のニヤニヤ笑いを見つめたときだ。

「安西さん、とおっしゃいましたか。娘がなにか、ありましたそうで………」

低い、しわがれた男の声――

そして、上質の紺のルームガウンを羽織った、六十がらみの男がゆっくりと、玄関から、姿をあらわしたのだった。

「これはどうも、失礼しました。こんなところでお待たせしてしまって――さ、立ち話も何です。コーヒーでも、運ばせますからどうぞ中へお通り下さい。申しおくれましたが、私が、藤原隆道――華子の父で、藤原家の当主です」

第四章

魔性　1

「これは、どうも……」

応接間に入るなり、雄介は、鼻をクンと鳴らした。

古い本特有の、かびくさいような匂いが、鼻をうつ。

そこは、きわめてよくかつてはととのえられ、豪華であったろう、昔ふうの客間だった。

春が、コーヒーを運んでくる。

「華子は、家出してしまいましてな」

こともなげに、コーヒーをひと口すすって言った隆道のことばに、涼と雄介とはどぎもをぬかれていた。

「そ、それはまた……」

雄介ですら、我にもあらず、勝手がちがって、うまい応対が口から出ないかのようにみえる。

たとえ、没落旧華族の当主、そして定職をもたぬのらくら者、といううわさで、かれらが、藤原隆道についてどのようなイメージを抱いていたにせよ——

あるいは、一回でも、以前の彼をみたことがあればなおのことだが、かれらは、そのあまりの違いに、とまどい、いっそ異常をすら感じとらずにはいられなかったであろう。

無気力なディレッタント、先祖の財産を、ただ食いべらして死を待つだけの、どろりとにごった死んだ魚のような目をした男——

そんな、隆道を知っていたものは、もしこの、目の前に座っている男をみたら、よもやこれがその人かと、目をむき、われとわが目を疑い、あきれはてずにはいられなかっただろう。

そこにいるのは、からだつきこそ、やせて貧弱ではあったが、しかし、たいど、ものごし、何とはなしに、ゆったり、堂々として、自信にみちた、われとわが有能さをたのみきったというふうな、一人の男であった。

べっこうぶちの眼鏡の奥で、その目は、妙にものうげな、権力者めいた光をたたえ、口もとには、たえず笑みがうかんでいる。

彼は、まるで、大魔王がその眷族《けんぞく》を謁見《えっけん》する、とでもいった具合に、ゆったりと偉そうにかまえていた。

しかし、ほんとうにものごとの細かなニュアンスをまで、見てとることのできる人間であったら——そしてまさしく、安西雄介とは、そうした人間であったのだが——このいかにも自信家らしくかまえた男の中に、何となく、にわかごしらえめいたもの——長いあいだの、実績のつみかさねによって、周囲にもみとめられ、自らにも自信となってきた、という自信家ではなくて、きのう今日、いきなり思いもかけぬ金が入り、それをもとでに金持らしいそぶりをはじめた成金、とでもいった、どこか妙にせせこましいもの、卑屈な——あいてがほんとうに、自分を大魔王と思ってくれるかどうか、目の端《はし》でこっそりうかがっているようなところが見えることに、すぐに気づいただろう。

そして安西雄介は、まさしくそうした、人の心の微妙な変化や動揺をよみとるのを、特技にしているような男だったのだが、それをたちまち表面に出すほど、単細胞ではなかったので、いかにもおそれ入ったふうに、おとなしく、隆道の顔を見つめていた。

「華子が、どうした——といわれましたかな」

「そのう——」

くわしく話せ、と言われるであろうことを予期して、すでに話の筋はつくってあった。

雄介は、まんざらウソってわけじゃないしな、と自分に言いきかせながら、

「つまり、華子さん——お嬢さんと、このぼくの弟、涼というんですが、こいつとはサークルでたまたま同席しましてて……それまでは、まったく、たがいに面識はなかったんですがね——

そのう、絵のサークルだったそうですが……」

わざと雄介は「絵の」と語気をつよめた。しかし、隆道の手が、ちょっとひざの上でぴくりと動いただけで、彼の顔は、まるで表情がかわらなかった。

「実はですね、そのサークルの席で、突然、お嬢さんが、うちの弟につかみかかり、殺そうとしたというんですよ！　それも、何のわけもなくだというんで——わけもなく殺そうと、ですよ！」

「それは、それは……」

隆道は——ほんの半月まえの彼であったら、まっさおになってふるえだしたであろうが——うっすらと微笑さえうかべた。

「たいへんまた、申しわけのないことをしまして」

「申しわけない、ですって？」

雄介は語気をつよめた。同時にちょっと身をのり出す。

「そういうことをなさる方を、野放しにしていただいては、困るんですがね！　うちの弟は——いいですか、うちの弟は、見ず知らずの人に、殺されかかったんですよ！　それに、弟は、気が弱いんです。あんまり、びっくりしたもんだから、それ以来どうも、人間恐怖症におちいって、ろくろくおもてにも出られないありさまなんです。何ごともなかったんだから、とはじめは黙って見のがすつもりだったが、それきり何の音沙汰もないし、あんまり勝手なんじゃないかというんで、こうしてこちらからわざわざ来たんじゃありませんか！　それを……」

「わかりましたよ」

隆道は、ゆったりとほほえみつづけながら言って、卓子《たくし》のひきだしをあけ、小切手帳と太い万年筆をとり出した。

「ご用向きは、すっかりわかりました。いろいろとそれはご迷惑をかけて、申しわけなかったですな——いくら、お望みなんです？」

雄介は、黙っていた。

隆道はにこやかにうながした。

「こちらもそんなことがあったのですから、それ相応のことをさせていただきたいと思いますしね——さ、ご遠慮はいりませんから。百万？　百五十万？」

「…………」

雄介は、サングラスをとり出した。

じっとそれを眺め、おもむろにポケットにもどす。

それから、

「——ふざけやがるねえ！」

びいん——と、つきさきさるような、すさまじい声が、いきなり爆発した。

あッ——と、反射的に、隆道が身をちぢめるほど、それは、すさまじい気合のこもった声だった。

「馬鹿にするんじゃねえ」

いくぶん、声をおとしはしたものの、なおも、肺腑《はいふ》をえぐるような声で、雄介はどなり、ぐいと立ちあがって、机の上に手をつき、ぐっと身をのり出した。

「き、き、きみ、わ、わたしはなにも………」

「人を、見そこなうのも、たいがいにしやがれというんだ！　足もとを見やがって――こっちは、これこれこうと情理をつくして話しに来てるんじゃねえか。それを、ゆすり、たかりと同様に扱いやがって、だから旧華族なんてえものは、どうしようもねえっていうんだよ！　イヤだ、イヤだ、人をひとともも思いやがらねえ。冗談じゃねえってんだよ！　人をみてものを言いやがれというんだ。しかもなんだ、百万だ？　人の大事な弟を、あわやという目にあわせておいて、百万ってのは、そりゃ一体、どういうことなんだ？

ええっ、どういうことだよ？　お前さん、このかわいい弟の生命《いのち》は、百や百五十やそこいらで買えるとでも思ってんのかよ？　ええっ？」

「き、きみ、きみね――まあ、まあ、まあ………」

隆道の、どんなゆえがあってかはわからぬが、せっかく築きあげた自信、それは、気の毒にも、一瞬にして、くずれ去ってしまっていた。

もともとは決して、つよい性格でもなければ、性根もすわってはいないのだ。それが、どのような力をかりてきてか、さもそれを、おのれ自身の力のようにみせかけ、自分でも、なかばそう思いこみはじめていたのであろう。

それが雄介の一喝にあってあっけなく、針でつつかれた風船さながらしぼみ去ってしまった恰好だ。

「も、も、もっとたくさんなの？　そ、そうなんだろう？　それなら、それで、ちゃんと話せば、その、わかることなんだから――なにもそう、どなる、どなることはないだろう。ねえ？　そうだろう、きみ……言ってよ。どのくらい、どのくらいほしいの？　そのう――」

「藤原さん、いい加減にしましょうよ」

うんざりしたように雄介はいった。

そのまえに、そっと彼は舌を出して、涼にささやいていたのである。

「いけねえ。つい、いつものくせが出ちまったよ――今日は、ゼニ目当てじゃ、ねえんだったな」

涼は、こめつきばったのようになった藤原隆道と、うんざりしきったようすで胸に腕をくんだ雄介とを、目を丸くして眺めていた。

いずれにしても彼のまるで、知らなかった世界である。旧華族の傍若無人も、そして雄介も――

わけても、涼には、雄介の性格のほうが、よりいっそう興味ぶかいものに思われた。

こんな男をみたのははじめてである。何でも知っているし、何でもできる……銃や日本刀などをもっているかと思うと、学者や古い呉服屋を友人にもっているという。

おだやかに、礼儀正しい口のききかたから、本当のやくざに思えるほどすごみのあるたんかまで、まるで人がちがったかというような使いわけかたをする。たぶん、この三十五年間に、よほどいろいろな経験をつんだのだろうし、その経験も、ふつうの人間では、はかり知れぬようなものもあるにちがいない。

えたいが知れぬ——といえば、これほどえたいのしれぬ男もないし、そのかわり、彼が味方になったということは、何も知らぬ、おとなしいいっぽうの、どこをつついてもそれ以上の何ものも出て来ぬはずの平凡な大学生でしかない伊吹涼にとっては、この上もない力づよいことにちがいなかった。

「藤原さん」

その雄介は、さっきの怒号がうそのように、おちついた、重みのある調子で、説得にかかっている。

「まあ、よく話をきいて下さいませんか。ぼくは、それは藤原さんのような家柄の方からみれば、たしかにしもじもといわれたってしかたないかもしれませんが、いちおうきちんと正業についいて、自分で働いて食っている人間ですし、弟はまだ十九の、れっきとした大学生なんです。まあ、ぼくの話し方も、なにか、誤解されるような点があったかもしれないのは反省しますが、慰藉料《いしゃりょう》をよこせの、どうの、とぼくがひとことでも申しましたか。失礼ながら、そのくらいの金をゆすりとりにくるほど、この安西雄介は、けちな人間ではないつもりです。

しかし、正直に申しあげますが、ほしいものがあるのも、事実なのですよ。藤原さん——」

雄介はそっとジャケットのポケットに手を入れ、タバコを出すふりをして、マイクロテープレコーダーのスイッチを押した。

「そ、それは、きみ、一体……なに……」

隆道は、いったん失われてしまった自信を、なかなか、回復できないでいるらしい。

「別にものや、難しいことではありませんよ。真実です。

あ、いや——そういったからって、また早合点なさっては困りますが——ちょっと失礼」

ふいに雄介は立ちあがり、音もなくドアのところへ近づいて、パッとひきあけた。

そこには、誰もいなかった。

雄介は微笑した。

「すばやいな。かみさんか、お手伝いか知らんが——それとも、その他のやつかね? くだんの娘か、化けものか……あのかみさんや婆さんじゃ、そうすばやくは動けんだろうよ。ま、用心にこしたことはないか」

一人、口の中で呟いて、ドアを大きくあけはなしたまま、ソファのところへもどり、すわり直す。

「真実——」

「そう、真実です。そういったからといって、マスコミとか、その種のことを考えていただいては困るのですがね——ドアが、気になるのですか？　あれは、あけておいた方が立ちぎき防止になりますよ。

——それはさておき……つまり、ぼくは、お嬢さんに、弟が殺されかけた、といいましたが、実は、それだけでは、なかったのです」

「それだけではなかった——？」

「ええ。——そのバカバカしいと思われるかもしれませんがね——弟は、ある種の……そうですね、黒ミサめいた秘密結社のいけにえにされかかったらしいのですよ」

慎重にことばをえらびながら、雄介は話し、そうしながら、じっと隆道の顔を見守っていたが、そののっぺりした公家貌に、純粋な好奇心と、いくぶん間のぬけた、礼儀正しい表情しかあらわれていないことに、少し失望していた。

（おれの、思いちがいだったのかな）

そっと、口の中で呟く。

（少しでも思いあたるところがありゃあ、こんな気の小さいやつが、まるっきり顔に出ないってこたあ、まずないと思うんだがな）

しかし、もう少しつづけてみようと、

「妙な連中が、絵のサークルだ、とだまして、弟をさそいこみ、どこかの画廊へつれこんだらしいんですよ。その中におたくのお嬢さん、華子さんがいたのです。藤氏の姫、と皆から呼ばれていたそうです」

隆道の顔には、なおも、どうにもがまんのならぬような、愚劣な、何も理解しておらぬ表情しか、うかんではいなかった。

「かれらはおかしなコードネームで呼びあい――そして、さいごに、弟を殺そうとして……やっとのことで弟は、どさくさにまぎれて逃げ出した、と言っていましたよ。これが、いまの文明社会にあっていいことですかね？　まるで、ブードゥーじゃないですか！」

「うちのむすめは、そんな、秘密結社などには……」

「しかし現に、藤氏の姫、と呼ばれて、あたしが手をかけて殺してやる、と言ったそうですよ。どうですか――何か、お心あたりがあるんじゃありませんかね？」

「わたしが？　いいや」

「しかしむすめさんは……」

「たしかに、華子は、いささか頭がおかしくなっていたかもしれないが、これまで、人を殺そうなどとしたことはないし――それに、そんな結社になど、どのみち加われませんでしたよ。破談以来、いろいろおかしなことをしでかして、目がはなせないので、家内と春とで、まあ軟禁といっていい、そういう状態だったのですから」

ようやく、隆道は、いくらかずつ、おちつきをとりもどしはじめたようだった。

「それに、その弟さんも——一目みて、はっと思ったんですが、どこか——あの、あれの婚約者だった橘くんに、似たところがあるんです。おもざしが……父のわたしでもそう思うくらいだから、彼を思いつめて狂った娘としては、ひと目みて、婚約者とまちがえても、ふしぎはないんじゃないですか。それに、どうもその秘密結社うんぬんというのは、あんまりとっぴで……」

「しかし、古いお家柄であるわけですしね」

「古いといっても——うちは、よくまちがえられますが、平安以来のあの藤原家ではないのです。いわゆる藤家という……いや、もちろんそうなのですが、長いことたえていた傍流でして、それが明治に入って再興されましたので——必ずしも、本当に古いというわけではない。ましてや、そんな秘密結社うんぬんということは……」

雄介は、眉をしかめ、もう一回おどしあげたものかどうかと考えるように、あいてを見つめた。

しかし、どうやら、少なくともまったくの白《しら》を切りとおしているというわけではなさそうだ、と見きわめをつけたらしく、急に身をひいてソファに深くすわり、タバコに火をつける。

「そうですか——それでとにかく、どうあってもじかにお嬢さんとお会いして、問い詰めるつもりでいたのですがね」

「しかし――本当なのです。むすめは、家出しまして……もう五日くらいたつのじゃないでしょうか」

「ご心配じゃないのですか」

「むろん、八方手をつくして、さがさせているのですが……」

「捜索願いは、出されんのですか」

雄介は追及した。

「そ、それは……」

隆道が口ごもる。

「出されんのですか」

「いや――」

隆道の額に汗がうかび出た。

「そのうち、どうせ、出さねばとは……」

「世間体ですか」

「いや――」

「ふつうの状態の家出人とちがうわけですよ。どんなことになっているやら、知りませんよ」

「おどかさないで下さい」

「おどろいているんですよ。あなたの胆力に――ぼくでしたら、家出と気づいた一時間後には、一一〇番しているでしょうからね、そんな状態なら」

「あ――あなたには、おわかりにならんこともあるのですよ」

「どんなことがです」

「その……」

隆道はうめいた。

「ああいうむすめで――もうこのさき、婿に来てくれ手もありますまいし……もうこの家もこの代でついえるのは、火をみるより明らかなことです。そうとあってみれば、これ以上、わたしの老後を、あれこれとかき乱されるより、いっそ――いなくなってくれればとも……」

「それはしかし、藤原さん、警察におっしゃってはいけませんね」

雄介は眉をしかめた。

「かれらは、あらぬことを疑いかねませんからね……家出人を届けて、裏庭を掘りかえしたりされたくは、お宅としてもきっとないだろうと思いますから。――わかりました」

彼は、涼をうながした。

「そういうことでしたら、ぼくがここにこうしてすわっていても、益はないようですから。それでは、ぼくたちはこれで失礼することにしましょう。な、涼」

「え――ええ」

言いさして、涼は、びっくりして黙ってしまった。

「ツァトゥグァ！」

いきなり、絶叫して、隆道がソファからとびあがったのだ。

「ツ、ツ、ツ、ツァトゥグァ！」

「ど――どうしたんです、藤原さん！」

雄介の叫び声は、隆道の、狂おしい絶叫にかき消された。

「ツァトゥグァがあらわれた！　お――おおう……ツァトゥグァ・フタグン！　ツァトゥグァ・フタグン！　《ツ、ツ、ツァトゥグァ、ァ、ァを疑う者に、い、滅びあれ》！」

「旦那さま！」

声をききつけて、台所から、春がかけこんでくる。

が――

「あ、あなた方、旦那さまに何をなすったんです？　あの――」

春の叫び、そして、

「ツァトゥグァ！　ツァトゥーグァ！」

という隆道の狂おしい叫び、それはすべて、ふいに、もうひとつの、まったく異なる大きな音にかきけされてしまった。

「うわ――うわッ！」

「地震だあッ」

「キャーッ?」

ガタガタガタ……

いきなり、すさまじい勢いで、家がゆれうごきはじめたのだ。

壁にかけてあった風景画が、やにわに、ぷつりとひもがきれ、床に落下し、マントルピースの上の歴史ありげなベネシァン・グラスの花びんが、ほこりまみれのガラスの造花ごと、おちて、こなごなに砕け散った。

「危ないッ、涼!」

「あ――」

安西さんッ、と叫びかけて、危ないところで、涼は彼らが兄弟というたてまえであることを思い出した。

「兄さんッ!」

「おれにつかまれ。くそッ――でかいぞ、これは……」

「あ――止まった」

ふーっ……と、四人は、深い息をついた。

隆道は、ぺたりと床にすわりこんでしまっている。春が、それをおろおろと介抱しているのを尻目にかけて、

「行こう、涼」

もう一度、雄介は言った。目がらんらんと光っていた。

「ど、どこへ?」

「うちだよ」

言い、涼の腕をつかんで荒っぽくひっぱりよせて——体格は一見してやさ男に見えるくらいやせぎすで、ほとんど涼とかわらぬようなのに、雄介は、涼の倍もありそうなくらい、力がおそろしく強かった——彼は涼の耳に口をよせた。

「何か、つかんだかもしれねぇ——まだわからんけど。きみが、《ツァトゥグァ》といったときから、どうも何か、心当たりのあることばだと、妙にひっかかっていたんだが……そらいま、藤原が言ったろう。《ツァトゥグァを疑うものに滅びあれ》——あいつは、そうだ、もしかしたら——おいっ、行こうぜ。早く!」

「え——ええ!」

二人は、あいさつもろくにせぬまま、玄関にむかってとび出した。

家の中はどこからどこまで、うす暗く、かびくさく、そして怪奇映画のセットじみていた。

「あら」

その家に巣くう大きな狂ったおうむ、とでもいったようすで、雅子夫人が出てきて、二人をみた。

いままで化粧をし、着がえ、おしゃれにうつつをぬかしていたらしい。

さっきまでの、オレンジのナイトガウンは、派手な胸を大きくくった、オレンジと黄と黒の、いなずまのような柄のノースリーブのワンピースにとりかえられ、髪もきれいにふくらませていた。

濃く化粧をほどこし、つよい香水の匂いがする。

「もうお帰り？　ゆっくりしてらしてよ、いま、したくがすんだところよ」

鼻にかかった声で夫人は言って、雄介にしなだれかかりそうにした。

「お酒のしたくさせますからね。春さん。春さん」

「いや、ありがたいけど、車なもんで」

「あら、いいじゃないの――さめるまでお休みになれば……介抱してさしあげましてよ」

「いつも、そんなに親切なのかな」

雄介のことばにひそむ棘《とげ》は夫人の耳を素通りし、ただ、そのからかうひびきにうっとりと、若い娘じみて身をくねらせる。

「あらん……ハンサムな方だけよ。あなた、とてもすてき――セクシイよ。弟さんも、とってもかわいい坊やだけど、十年後が楽しみっていう感じね……わたくしは、あなたの方が好き」

「ありがとう。――あなたもとてもすてきだ。似合いますよ、その服。――おれとしたことが、少々、アフター・サービスがすぎるかな」

雄介は、こっそりつけ加えた。

夫人は少しも気づかず、

「ね、だから——わたくしのへやでゆっくりお話ししましょ………第一、いまお帰りになるなんて、ムリよ——それはもう、たいへんな大雨………集中豪雨よ。雷まで鳴るし」

「え？」

やにわに、雄介の目が光ったと思うと、女を荒っぽくおしのけた。

「涼！」

「ええ！」

あわてて玄関にかけより、ドアをおしひらき——

そして、呆然として立ちすくむ。

「こ、これは………」

「一体——」

思わず、同じ恐怖にちかいものをひそめたうめきが、かれらの唇からもれた。

ドアの外は——

それこそ、一寸先も見わけられぬほどの、川底の急流ででもあるかのようなすさまじい雨である。

世界は、夜のように暗く——

まるで、あっけにとられたかれらをあざわらうかのように、いなずまが、その俄《にわ》かな夜を切りさき——そして、激しく、雷の轟音《ごうおん》が地を貫《つらぬ》いた。

どこかで、かすかに、何ものかの哄笑《こうしょう》がきこえてでもくるかのようだった。

魔性 2

「ねえ……」

のどにからんだ声がささやき、同時に、香水の匂いのする指が、ねっとりと指にからみついて来た。

「どうしたのよ………」

「ちょっと待ってくれ。考えごとをしているんだ」

雨は、いっかな、小止みになる気配すらみせない。

窓にはカーテンが——雄介がどぎついと評《ひょう》した、あのオレンジと茶と緑の迷彩模様のカーテンがひかれているが、そのカーテンと、ブラインドの向こうを切りさくようにして、ときおり、まだ青白いジグザグ模様がつきぬけてゆく。

(畜生……)

安西雄介はうんざりしたように呟いた。

その目は、何か、理解しがたいものにぶつかった当惑に、日ごろあれほど明るく、澄んでいるものが、すっかり、かげり、沈みこんでしまっている。

「おい、涼」

いつまでたっても、雨が小止みになる気配のなさに、あきらめて、ちょっと電話をかりてくる、といって立っていった雄介は、もどってくると、ひどいしかめつらで、そっと涼をものかげに呼んだ。

「――しばらく、きみのことを涼と呼びすてにするからさ。まちがわんよう、二人きりのときもそう呼ぶよ。きみも、兄さんと呼んどいてくれ。まさかと思うが、調べられても、まぁ、竜二と涼なら名前も似てるし、大学も同じだ。ごまかせるだろう」

「ええ――兄さん」

「おい、涼――いいか、決してゆだんするなよ」

「え……？」

涼は目をみはる。

雄介はさもイヤそうに舌打ちをして、ちょうど壁にかかっていた、剝製《はくせい》のシカのガラスの目玉をにらみつけた。

「何かあるぞ――いや、もう、戦いは、はじまっていると思っていいからな。いつも例のもんを、必ず手のとどくところへ──便所へも、もってゆけよ」

「ど、どうして──」

「そろそろ約束の連絡の時間だから、とりあえず殴りこみは六時間待て、もういちど電話する、と竜二に電話を入れたのさ。そのついでにきいてみたところが案の定だ………あっちじゃ、バカにしてるじゃねえか、雨のひとたらし降っちゃいねえ、いーい天気で、お天道さまがさんさん、おまけに、地震のじの字もなかったとよ」

「そんな──この雨が？」

「おまけに、ここと三軒茶屋でだよ──どれだけ、はなれてるっていうんだ、ええ？」

「安──兄さん……」

涼は思わず、ぞっと戦慄した。

「やつらは、地震や雨や雷まであやつるんですか？」

「さ──雨はさておき、ありゃ地震じゃないね。おれは、さっき、さりげなく台所へ水をもらいに行ったのさ。ところがどうだい。あのひでえ地震だよ！　ところが、台所は、コップひとつ倒れちゃいないじゃないか。ひとへやだけにおこる地震たあ、器用なことをするもんさ。それにどうも、あのとき、ほら──あの男が、例のことばをとなえてから、いきなりああなったろう？　ありゃ、どうも、地震というより、たぶんポルターガイスト……騒霊だと思うね。おれも、実際に、お目にかかるのは、はじめてだが」

「ポルタ〜ガイスト……」

「いよいよおいでなすった、という感じだな」

戸があいて、誰かが出てくる気配をみて、あわてて雄介は手っとり早く、

「それからさっきの話、手がかり、放っておくのが気がかりだったんで、ここから電話してみたのさ。岡田精二《おかだせいじ》といって、そういう方面にくわしい翻訳家がいるんだがね。……ところが、その岡田が、出かけたことなどないやつなのに、どういうものか電話がまるで通じないのさ。そこで、しかたない、きみにたのむんだが、あのへやや、他のへやに本棚をみつけたら、そこでちょっと、大学生だから本に興味があるという顔をして、こういう本があるかどうか、さりげなく見てくれないか。いいかね——原書かもしれん。著者はチャールズ・フォートの……」

「チャールズ・フォート——」

ききかえそうとしたとき、ドアがあいた。

二人はどきっとした——雄介でさえ、何かととびあがったのである。

しかしあらわれたのは、春で、手にろうそくをもっていたにすぎなかった。

「停電のようでございますよ」

ろうそくを手に二つもち、ゆらゆらとした影を廊下の壁におとしながら、春は言った。

「まったく、おふたかたは、とんだご難儀でございますね——でも、どうぞお楽にしておいで

なさいまし。もうすぐ、春が何か、めしあがりものを作ってさしあげますから」

その白髪の影が、ゆらゆらとゆれうごいている。

「停電——」

「はい。電話も通じませんのですよ……まあ、きっとこれは、台風でございましょうね。もうまっくらで——恐しいので、あちこち、雨戸をしめてしまいましたです、はい」

「電話が通じない？」

春が、隆道の書斎だという室《へや》へ、ろうそくをもって入ってゆくのを見おくって、二人は思わず顔を見あわせた。

「あやしげだな」

雄介がつぶやく。

「あッ——雄介さん、う、うしろ！」

「何ッ！」

ふりかえったが、

「なんだ——影が、変なふうに見えたのか。怪物の首が、壁から生えたみたいにみえた」

「しっかりしろよ。おまえ、少し、びくびくしすぎだよ。びくびくと慎重はちがうぜ——それで、さっきのつづきだけどね、チャールズ・フォートの本で、タイトルは、たしか……」

「安西さま」

春が書斎からあらわれた。

「うわッ、びっくりした」

「申しわけございませんです。あのう——旦那さまが、もしよろしければ、書斎でお話でもと申されておいでで………」

「それはいいな」

すぐ雄介が言ったが、とたんに、

「あら——だめよ」

ふいにまたうす暗い廊下に、幽霊のように雅子夫人が顔をのぞかせた。

誰の顔も、ろうかのあかりと、ブラインドごしの雷とに、間歇的《かんけつ》に青白く照らし出され、陰翳《いんえい》がうかんでものすごい。

「お兄さまは、わたくしのもてなしをうけて下さるってお約束よ——ねえ、あなた、そうでしたわね………もう、お酒の用意も、できましたことよ」

「さようでございますか」

かたい調子で春が言った。

「さようでございましたら、わたくしは、旦那さまにもういっぺん、おうかがいをたててまいりましょう」

春がまた、書斎へ入っていった。

廊下に立つ三人を、あざわらうように、青白い稲光《いなびかり》が照らし出し、かれらを死人の肌の色にそめあげる。

「兄さん……」

心細げな声を涼は出した。

その腕をぎゅっとつかんで、雄介はささやく。

(しっかりしろ。いいか、チャンスだぞ——万一別々になっても、目と耳をせいいっぱい働かせて情報をあつめろ。おれは、この女から、娘のことをきき出してみるからな。きみはじじいだ——何か、おかしなことがあったら、すぐにおれを呼べ。ドア一重《ひとえ》だ、いざとなりゃ、体当たりでふっとばせる)

(ぼ、ぼく、雄介さんと別々になるの……)

(大丈夫だといってるだろう。すぐ、行ってやる。体格も若さも、あのじじいよりきみがずっと上じゃないか? しっかりしろよ。男だろ)

「ぼく、ダメなんです」

とうとう、涼は半泣きになった。

「ぼくはあな——兄さんみたいに、つよくないんだもの」

「そう思いこんでるのと、訓練をうけてねえだけさ。——くそ、どうも、ぶじ戻れたらこいつはひとつ、何かやらかすまえに、とりあえず、きみをせいぜいきたえあげんといかんな」

「いやーねえ、男どうしで、何をいちゃついてるのよ………」

夫人が甘え声を出してしなだれかかり、ドアがあいて、春があらわれた。

「そういうことでございましたら、ぜひとも、坊ちゃまおひとりでおもてなししたい、ということでございました」

わかっているのだぞといいたげに、じろりと夫人をねめつける。

「兄さん………」

(大丈夫だ。そっちのようすにも、注意しててやる)

ぎゅっと、涼の細い腕をにぎって、勇気づけるように、雄介はささやいた。

「すみませんが、それじゃ——」

何となく口の中でもごもご言う彼の手をつかんで夫人がひっぱった。

「ねえ……こっちよ」

「ご案内いたしますです」

しかつめらしく、春が涼にいう。

四人は二組にわかれてそれぞれちがうドアへと入っていった。誰もいなくなって、廊下は一瞬しんとした。

また——青白い電光がはためく。

廊下にくっきりと水底のような青白さと、ブラインドの影とがうつし出されたとき、そこには——

誰もいなくなったはずの廊下に、ありありと、まちがいようもなく、何ものかの——どこからどのようにみても、人間ではありえない、ぶきみな、あやしいひとつの影が、くっきりと、黒く、切りとられたようにおちていたのである！

「どう——？」

「あなたのへやね——なるほど」

雄介は、妙に感心したふうで、あたりをしきりに眺めまわしていた。

雅子夫人は、ぴんとうしろ手にカギをかい、そ知らぬていで、雄介のそばへ、えものをねらう巨大なオレンジ色の蜘蛛のように、すりよって来る。

卓の上には、酒肴《しゅこう》のかんたんな用意が、ととのえてあったが、そのむこうに、わざとらしく出しっぱなしのベッドが、どぎつく目をひいた。

「いいへやだね」

「でしょ？」

「ああ——あなたにぴったりですよ」

「まあ、お上手ね——でも、ですよなんて、他人行儀………イヤよ」

夫人は、目的を、かくそうとさえしていない。

その目つきには、早くもねっとりと、からみつくような情炎が忍びこんでいた。

(さっきは四十とふんだが——訂正その一)

雄介は、にやりと笑って、かってにグラスにオールド・パーを注ぎ、ストレートでごくりとのんだ。

(四十五、いって四十七ね。これは、さすがの雄ちゃんも——慈善事業になりそうですな)

「ねえ……セクシイね、あなた」

「わかってるよ。お前さんの言いたいことは」

雄介は、それが女の情感を刺激すると知って、乱暴に言った。

「七面倒《しちめんどう》に口説きを楽しんでるひまはないからね——雨があがるまでの情事だ。脱ぎなよ」

「んもう、ひどい人！」

しかし、夫人の目は、ことばとはうらはらにうるみはじめている。

「ジッパーとって」

「こうかい」

背中のファスナーをひきおろしてやり、なるべくそちらへ目をやらぬようにしながら、雄介は、Tシャツとズボンをぬぎすてた。

(早く、すましちまえ)

夫人は、黒いブラジャーとガードルを身につけている。

ふっと、藤原隆道への、憐憫《れんびん》に似たおもいが、雄介の頭をかすめた。

（女房は色狂い、若い男をくわえこみ、年甲斐もない黒い下着——娘は気の狂ったオールドミスで、おまけにひょっとしたら化け物かもしれねえとはね。せめて、さっき、もう少し、やさしく扱ってやるんだったかな——おっと、『三革《さんかく》』の雄としたことが、こいつは感傷）

「こっちへ来なよ」

雄介は、女の胸へ、かなり荒っぽく手を這わせていった。

「ああ……」

四十路《よそじ》なかばにしては若いといってよいかもしれないが、さすがに弾力のない肌が、ざらっと手にふれる。

乱暴に、乳首を指さきにつまみ、こすりあわせる。

「痛いわ——やさしくして」

「やめてもいいのか？」

「いいえ——いやよ——いや……意地悪」

雄介は、股間《こかん》をさぐって来ようとする、女の手を払いのけた。

「まだ、ダメだよ」

笑いを含んだ声で耳もとへ、ささやきを吹きこむ。

夫人がうめき声をあげた。

「奥さん――」

「雅子よ。ま、さ、こ……」

「雅子か。――あの娘、本当にあんたの子？　年が、近すぎるだろう」

「いやね、やめてよ――あんな女、わたしの娘だなんて――先妻のよ、きまってるじゃないの――あっ」

「本当に、家出しちまったのかよ？」

雄介の舌が、たくみに女の肌に這った。

「ほ――本当よ。そんな話やめてよ……」

「知りてえんだよ――あんた、ままっ子と喧嘩して、ついはずみで、グサリとやっちまい、皆で相談して、しかたねえから裏庭へうめた――ちがうの？」

電光が青白くはためいた。

「冗談――」

にわかに、あつくとけはじめていた、雅子夫人のからだがこわばる。

「よしてよ！　変なこと、いわないで」

「逃がさねえよ――第一、ちっとも、本気でやめたがってねえじゃねえか……ほら、ここもさ……」

ひッ、と夫人ののどが鳴り、しどけなくひざを立てて、雄介の指の侵入するにまかせる。

女の手がまた、まさぐってくる。

「だめ、だめ」

意地わるく、雄介はじらしながら、指さきで女を翻弄《ほんろう》した。

「別に、わる気で言ったんじゃねえよ。その、逆さ」

「ええ？……」

「どうだよ——こんな、ボロになっても、まだ少しは、財産あるんだろう——もと華族さまならさ。第一、この土地、建物だけでも、ひと財産だろ……」

「あ——あう……ああっ——だめ……」

「どうだい、奥さん……おれと、手、組む気ねえかよ」

「ああ——ヒィッ……ね——お願い——お願い」

「だめだ、といったろ？　話がすむまでは、ダメだよ、ええ？——どうだよ。いい話だと、思わないか」

稲光——そして、すぐ近くに落雷のすさまじい音響。

「その気狂い娘もいなくなったんなら、この家の財産——あのじいさんがくたばりゃ、そっくりあんたのものなんだろう。そいつをさ……」

「ああ、ああ——ああっ……ひどいわ——苛めないで……」

「これが、欲しいんだろ？——じゃ、話をきくな——そうしたら、いいようにしてやる。——

どうだよ？　おれと手をくんでさ——じじいを少し寿命より早めに、さ………それで、あとは、おれとあんただけだろ——あんたはまだ、若くてちゃんときれいなんだぜ。それなのに、このさきどうなるんだ？　このままで——あのじじいがいずれ、よいよいか何かになってさ——そのおしめをとっかえて、それだけで老いぼれてゆくよりゃ……もうひと花咲かせてみてえと思わないか。あんたは、こいつを——ほら、こいつだろ、あんたの欲しいの……これを手に入れ、おれは、あんたと、この家——わるくねえと思わねえか？」

「あ、あ——あなた……」

女は、あえいだ。

「あなた、いったい、だ——だれ……何者なの……」

「名のるほどのもんじゃ、ねえけどさ」

青白い光に半面を物凄く照らし出されて、雄介はくちびるをゆがめて笑った。

「どうだよ——欲しいのか、欲しくないのか？」

「欲——ほし……い……」

「言えよ」

からだを弓なりにそらし、彼を迎え入れようと、狂おしく腰をすりつけてくる女を、じゃけんにおしのけながら、その耳に、雄介は口をつけた。

「お前は、知ってるんだろう——一体、このうちは何なんだよ？　やたら、秘密めかして、勿体ぶりやがって——どうだよ、何か、かくし財産かなんか、あるんだろうと、おれはふんでんだ。そういうカンは、けっこう、するどいんだぜ……このうちは、何なんだ。どんな秘密がある——華子は、本当に家出したのか？」

「知ら——知らない」

女は、すすり泣くように言った。

「知らない。本当に——娘なんか、殺してないわ。あの女、ただの気ちがいよ——旦那もよ……あたしも、はじめは、妙なうちだと思って、必ず、何かあると思ったけど、旦那はただの本きちがいで——わけのわかんない本を、やたら大事そうに……でもいつか、あたしが妙な本、そまつに扱ったら、えらく怒ったよ——あんな古ぼけた、おまじないみたいな、読めもしない本——これにへたにさわると、悪魔が出てくるとか、なんとか、下らないこと——もう、たくさんよ……あんた——乗るわよ、あんた……乗るわ、あんたの話。あんたと組むわ。だから、だから——」

「だから、何だよ——はっきり言いな」

「だから——お願い……」

「こうしてほしいんだろ——？」

いきなり、雄介は、女の上にのしかかっていった。

女がひッと高く声をあげ、白く太い肢《あし》をたかだかとあげる。

（そいつだ）

雄介の目が、雷と雷のあいまの暗やみの中で、ぶっそうなオオカミのそれででもあるかのように、ぎらぎらと青くもえていた。

（悪魔をよび出す本――まちがいねえ、たぶんそうだ――《ネクロ、ハ、ハ、ハ、ノミコン》！　岡田からきいた――ツァトゥグァ、そうだ、たしかに………くそっ、何てこった、それじゃ、おれたちの敵ってのは、おお、敵は、まさしく――）

「ヒイイッ！」

女が殺されそうな声をあげてのけぞった。

（ク、ト、ゥ、ル、ル、ーの古き神々！）

「くそーッ！　何てこった――何てこった！」

思わずもその叫びは雄介の口からほとばしった、というようにきこえた。

ひときわたかく、いなずまがはためく。

（《ネクロノミコン》のさいごの写本――まさか、この日本にあったとは………！）

（そうとなりゃ――こんなことをしちゃいられねえ！　こんな女、放り出して、あのじじいを問いつめ、おおかたあのじじいが、どっかで《ネクロノミコン》を掘り出してきやがったんだ。そのルートをつきとめ……）

「ああああ――ッ！　もう、もう、もう………」

女の肢が激しくからみつく——

そのとき！

すさまじい絶叫が、邸を——この呪われた邸をつんざいて走りぬけた！

「涼！」

ぎくっと雄介は凍りつく——それはまさしく涼の声にほかならなかったのだ。

魔性　3

「ど——どうしたッ！」

いきなり、雄介は、女をつきはなして、とびあがろうとした。

が、女のふとく白い四肢《しし》が、ふいにくねりと、太い白いツタのつるか何かのように、彼のからだを束縛し、からみついて、行かせまいとした、そんな感じがあって、ぎょっと闇をすかして見る。

しかし、次の瞬間、

「な、なあに、いまの声……」

気のぬけた声で言って、女は、手をはなしたので、ほっと安堵の息をついて、雄介は、服をひっつかむ。

「書斎だ」

「書斎？——ダンナが、脳溢血おこしたのかしら」

女は、たぷたぷとゆれる胸に、シーツを形ばかりあてがいながら、嬉しそうに言った。

「だとすると——すごく、つごうがいいわね——？」

「脳溢血！　そんな、生やさしい声じゃねえ」

雄介は、苛立ちながらあたりをさぐりまわった。

「おかしい——くそッ、どこへおいたんだ？」

「何、さがしてんのよウ……」

「あッ！」

殴られたような衝撃に、雄介は立ちすくむ。

「あの客間へ——そんな、バカな！　このおれが？　くそっ、どうかしてたんだ」

肌身はなさずもっていろ、と涼に日本刀をわたし、自分は銃をもって来たのだが、それは、うかつにも、客間へおきはなしになっていた。

（ばかな。このおれはそんな下らんミスをするわけは——何かあるんだ。いや、待てよ、そんなことを言っている場合じゃねえ）

雄介は、血走った目であたりを見まわした。何も頃合いのものがない、と見て、やにわにそこにあった椅子をとり、床に叩きつけて、その足の一本をもぎ折った。

女が悲鳴をあげる。

「何すんのよォ」

「うるせえ、妖怪どもの一味でないなら、ここでじっとかくれてろ。でねえと、死ぬかもしれねえぞ」

雄介はどなりつけた。ドアの向こうで、三たび、涼の、恐怖にかられた絶叫がひびきわたる。

はらはらしながらも、雄介は、ジーパンとジャケットをまず身につけるのを省略しようとはしなかった。どのみち、ただならぬことが起こったとは知れている――むきだしの皮膚か、布一枚あるかが、死命を制するかもしれないのだ。

「おっと、こいつも一応」

卓の上に、チーズ切りの、波形刃《なみがたば》のナイフがあった。

それをさらいとり、ジーパンのベルト通しにさしこみ、左手にろうそく、右手ににわかづくりの棍棒をもつ。

もう、女になど目もくれずに、雄介はドアへかけより、いったんろうそくをおろし、ドアをあけた。

不用意にはひきあけない。いったん、少しあけて外をうかがい、それからパッといっぱいにあけてドアのわきに身をかくす。

少なくとも廊下には何もおらぬ、とたしかめて、はじめて外へとび出した。

春が廊下へとび出してくるところだった。

「あの声は——あの声は——旦那さまが！」

両手をもみしぼって叫びたてる。

「あ、あ………旦那さまが！」

「どけ」

いざ、異変のただ中へとび出した、となると、ふしぎなくらい、雄介はおちついていた。

機動隊や内ゲバの修羅場をくぐり馴れ、さんざん実戦の経験をつんでいるのだ。

「待ってろ」

ろうそくを春にもたせ、まず、客間へ銃と刀をとりにかけもどった。

が——

いくらノブをひっぱっても、ドアはあかなかった。

「おッ、くそ」

「アアーッ！　雄介さんーッ！　化け物………化け物が………」

助けを求める、涼の悲鳴が、しだいによわよわしくなってゆく。

「くそッ、このやろう」

雄介は、銃をあきらめ、いよいよ、問題の書斎へとりかかった。

「どいてろ。危ねえ」

春にどなり、まずドアのわきにぴたりと身をよせて、ようすをうかがう。

すさまじい電光が、廊下をフラッシュ・バックする。

雄介はノブを注意してつかむと、そーっとまわしてみた。

それから激しく、ガチャガチャとまわしはじめる。ノブはぴくりとも動かない。

「涼！　おい、涼、大丈夫か！　おれはここだ！　ここにいるぞ」

「雄——雄介……」

涼の声はかすれ、いまにも消えてしまいそうによわよわしかった。

「恐しい——化け物が……ああ——ぼくの方に来る……助けて——ヽ、ヽ、ヽ、ツァトゥグァ……」

「ヽ、ヽ、ヽ、ツァトゥグァ？」

雄介はどなった。

「くそッ、奴か！」

そして、いきなり、ノブをあきらめて、肩からがーんと体当たりをかませる。二度、三度
——

「こ——こんなバカ頑丈なドアをつけるもんじゃねえよ」

肩をさすりながら、雄介は春を見かえって、ニヤリと笑ってさえみせた。

春はろうそくをばかのようににぎりしめたまま、茫然と廊下のはしに立ちすくんでいる。

夫人がへやのドアからびっくりまなこで顔をのぞかせる。

雄介は、イスの脚を両手につかんでふりかぶった。

思いきりふりおろす。ドアの破片がとぶ。

何回も、力まかせに叩きつけた。何回めかに、イスが折れてとんだ。しかし、ドアにも、かなり大きなやぶれめができた。

「カーッ!」

やにわに、そのやぶれめの下めがけて、雄介はとびげりをくれる。一回で決まって、みごとにメリメリとドアの残骸《ざんがい》が破れてとびちる。

が――

「う――」

とたんに、雄介ののどから、恐怖の悲鳴がとび出していた。

「うわーッ!」

破れてとびちったドアのあとの、四角い空間――

それをふさいでいたのは、あの――結城画廊のあとの事務所を訪れたとき、入口をふさいでしまったのとまったく同じ、灰色の気味のわるいゴム状のかたまりだったのだ。

「出――出たあ」

雄介はわめいた。

「こ、これは何でございますか。旦那さまが――旦那さま！」

春が叫んでかけよる。あまりにも、想像もつかぬものをみて、まだ恐怖心さえ、おこるいとまがないのだろう。

「あぶねえッ、さわるな！」

雄介の絶叫も間にあわなかった。

息づき、いとわしいむきだしの心臓のように、のびちぢみする灰色のゴム――

それへ、春が半狂乱になってとりすがった刹那！

それは、なまなましく、その息づかいをはやめた！

「ああ………」

雄介は恐怖とおぞましい不信に凍りついている。

ゴム状のかたまりは、ぺったりと、春にからみついた。

「ギャーッ」

春の目がさけるばかりに見ひらかれ、それからあわててはなれようとする――が、遅すぎた。

ゆるやかに、静かに波うつそのゴムは、ゆっくりと、執拗に、彼女をその中へ、少しずつ、のみこみはじめた。

「う………」

雄介は信じられぬ吐き気をこらえる。

「春さんッ……」

できればさわりたくないいとわしさをこらえて、イスの残骸を放り出し、春の手をつかんでひっぱり出そうとした。

春のからだは半分までゴムの中にめりこみ、その顔もなかば灰色のそれにつつみこまれている。そのしわぶかい顔は信じがたい恐怖にかられてひきゆがみ、眼球が白くむき出されたまま凍りついている。

まるで、そのゴムが老女のからだを熔接《ようせつ》でもしてしまったというように、雄介がありたけの力をこめても、それは、びくともしなかった。

雄介の手がゆるんだせつな、春のからだはずずず……とゴムの中へほとんどひきこまれていってしまう。

「春さァん!」

うしろで、すさまじい金切り声がきこえた。が、雄介はふりむかなかった。

「近づくな。あいつは危険だ」

肩ごしに怒鳴っておいて、まっしぐらに、客間にかけてゆき、再びとびげりをくれて一気にドアをけやぶる。

ここにも、その怪物がいてはおしまいだと危惧していたが、ありがたいことに、がらんとした客間がドアの向こうにぽかりとひらいていた。

「ありがてえッ」

雄介はとびこむなり、バッグをあけて、散弾銃をとりだし、あわただしく、弾を装塡《そうてん》し、さらに涼のバッグから、刀をぬき出して袋をむしりとる。

「これで、百人力だ」

すでにドアの向こうに、涼の声はきこえなくなっていた。

雨は、止んだのか、それとも何かおそるべき呪いがこの呪われた家だけを封じこめてしまったものか……

白昼というのに世界は暗くとざされ、ときおり青白い電光がはためいて、水底のように物凄くこの家を照らし出す。

しかしふしぎなことに、さっきまであれほどすさまじかった雷鳴は、はたりととだえ、奇妙なぶきみな静寂が、家の上にのしかかっている。

涼の悲鳴、女の絶叫もたえた静けさが、雄介に言いようもない不安をそそりたてる。

「涼ッ、大丈夫かッ」

銃をつかんでかけもどり、雄介はどなった。

「生きてるかッ。きこえたら返事しろ！」

いらえはない。

「くそ……」

雄介は、銃をかまえ直した。

しかし、銃爪に指をかけたまま、ごくり——と生唾をのみこみ、動作をとめる。

(春……)

あの、うす気味のわるいゴムは、彼が武器をとりにいっているあいだに、完全に、不幸な女をのみこんでしまったのだった。

その表面は、何ごともなかったかのようにすべすべとまっ平らになり、妙に満足したふうに、ゆるやかに息づいている。

しかし、この中に、春のからだが入って、万一もし生きているのだとすれば……

「くそッ——南無三《なむさん》!」

雄介は、とっさに心をきめた。

銃のつつさきを思いきりあげて、ゴムの、ドアのてっぺん近い上部をねらう。

(涼!——いま、助けてやるぞ)

ぐい——と、ねらいをさだめて銃床《じゆうしよう》を固定し、指に力をこめる——

そのときだった。

ふいに、うしろから、くねり……と何か、冷たく、ねっとりとした、きみのわるいものが、雄介のからだにからみついてきたのである。

「わッ」

同時に、何ともいえぬイヤな——魚のくさったのをぶちまけでもしたかのような異臭が鼻についた。

「う——」

あわてて雄介はふりむき——そして、絶叫した。

「うわあああッ!」

そこに、立って、雄介にからみついていたのは、藤原雅子にはちがいなかったが……

しかし、それが、はたして彼女と言えただろうか?

この、異様な変貌をとげた醜怪《しゅうかい》なものが……

かつて彼女であったもの、顔の上部には、奇怪な、丸い、まぶたというものをもたぬ魚のような目が二つ、ぎょろりとひらいていた。

「ウ、ウ……ウア……」

口とおぼしい裂け目を上下にうごかして、それは何か言おうとした——しなをつくった、ともみえるしぐさだった。

そして、からだにあてがっていたシーツをはらりと下におとす。

「うわッ——うわッ!」

そのからだは、異様な青灰色の、ヌルヌルするうろこになかばおおわれていた。

丸い頭部にそれだけもとのとおりなふさふさとゆたかな黒い髪がいっそいとわしい。

この、見るもおぞましいものを抱き、からだをかさねていたのか——そう思ったとたん、雄介はこらえきれずに嘔吐した。

しかし、そのすきに、それが丸い目をどろりとこちらに向けながら、嬉々として迫ってくる、とみて、あわてて口をおさえたまままとびすさる。

「化け物！　妖怪！　近よるな！」

「ウ……アア……オウ……」

それは、しなしなとひれのようなかたちに変形した前肢《まえあし》をさしのべながら、しきりとすりよって来ようとする。

「うわーッ！」

その手にからめとられそうになって、雄介は再び絶叫し、やにわに銃をそれにむけて、銃爪をひいた。

一瞬の轟音——

煙が晴れると、怪物は、ぬるぬるする奇妙な、ひどい匂いの液体をそのからだから流しながらそこに倒れていた。

その上体、ことに頭のあたりは、ふっとんであとをとどめない。

（少なくとも、銃はきくことはきくってわけだな。くそッ、有難え！）

雄介は呟いた。

(婆さん、堪忍な!)

やにわにゴムにむけて、たてつづけに銃弾をうちこむ。

どこかで、何かすさまじい苦悶の波動に似たものが雄介のからだをふるわせた。

青白く世界が震撼する。

ガタガタガタ……ものすごい音をたてて、家じゅうが鳴動しはじめた。

騒霊《ポルターガイスト》!

ガラスがおちて粉みじんに割れ、つぎつぎに、イスも、机も、倒れてゆく。

家じゅうが狂気の舞いを舞いはじめたとでもいうかのようだ。

夫人のへやのろうそく立てが倒れた。

それは、床にころげおちたが、ろうそくの火はなぜか消えなかった。

チロチロと、オレンジ色の炎が、じゅうたんをなめはじめる。

それはすぐに、オレンジとグリーンの色あざやかなカーテンにもえうつり、一瞬でそれを焦がし、ちりちりと燃えあがらせた。

「ああッ………」

地獄が、おもむろに、そのぶきみな夜闇の底に、頭をもたげようとしていた。

ごうッ――と音をたてて、炎が燃えくるいはじめる。

いまはすでに、あたりは闇ではなく、青白くさえない。

紅蓮《ぐれん》の炎――ものみなを焼きつくす、地獄の劫火《ごうか》の白昼だ。

「う……くそう……」

その――

いまやまさについえ、滅《ほろ》びはててゆこうとする古い家のさなかにただひとり立ちつくして、安西雄介は、ひっきりなしに、ごほごほとせきこんでいた。

煙がうずまいて流れこみ、目をふさぎ、口にみちる。のどはいがらっぽく、肺は必死に空気を求めてあえぐ。

「涼――涼ーッ！」

雄介はかろうじて銃をとりあげ、さらにたてつづけに書斎へとうちこみ――

そして、ハッと息をつめた。

ゴム状の怪物はいなくなっていた。

雄介は一瞬もためらわなかった。銃をかまえたまま、まっしぐらに書斎へとびこんでゆく。

「涼ッ！　涼！」

煙が得たりと新たな空間をもとめてうずまき、流れこむ。片手で口をおさえ雄介はあたりを見まわす。

そして――

叫び声をあげた。

魔性　4

「どうぞ、こちらへ」

書斎へ一歩足をふみ入れると、たちまち、古本屋か、図書館めいたかびくさい、古い本の匂いが、客間よりももっとつよくうずまいていた。

「どうぞ、ごゆっくり――」

春が一礼してひっこんでゆく。書斎のドアがしまるのを、心細く、涼は見おくった。

「さあ、こちらへ――どうも、とんだことでしたな」

奥に巨大な黒い古めかしいデスクと椅子《いす》があった。藤原隆道は、その椅子にふかぶかと、埋もれるようにして腰かけていた。

「あのう――兄は」

「わかっております。私は、きみと、話をしたかったのですよ、ええと――」

「涼です」

「涼くん。――むすめが、とんだご迷惑をかけたし、それに……」

「それに――？」

「まあ、かけたまえ。酒は？」

「いえ、ぼく――」

「少しならいいでしょう？　珍しい古いカルバドスなんですよ。知ってますか」

涼は首をふった。

何か、奇妙な異和感が、しだいにつよまってくる一方だった。もし、雄介ならば、その原因を一目で見やぶれるのだろうに、と涼は考え、それから、せいぜい、自分でも、それの理由を考えてみようと、あちこち見まわした。

（あ、そうか。本もさがさなくちゃ、いけないんだっけ。ええと、チャールズ――そう、チャールズ・フォート……）

こんな、どこもかしこも本だらけでは、とうんざりと見まわす。室《へや》の四つの壁の、三つまでが天井にまでとどく書架になっており、本がぎっしりつめこまれていた。それも、ふつうのでなく、金押し皮表紙の古めかしい原書ばかりである。

地球儀、古地図を額に入れてかけたもの、肖像画、どっしりとしたカーテンをしめっぱなしの窓、暗いスタンド――どこからどこまで、映画にでも出て来そうな、「マッド・サイエンチストの書斎」とでも名づけたい部屋である。

「すごい本ですね」

何かを言わなくてはならないのではないか、と、おずおずと涼は言った。

「ええ、まあこれがわたしの病気でね——わたしは、仕事らしい仕事は、したこともないのだが、かわりにいろいろなことを研究してね。世の中には、ふしぎなことが多いものだし——いくら調べても、調べきれるということがない」

「そ——そうでしょうね」

我ながら、ばかのように感じながら、涼は言った。あいては陰になるランプシェードの向こう側へふかぶかと沈みこみ、満足そうに笑った。

「わたしのコレクションはこれだけじゃない。これではとうていおさまりきれないので、この近くのマンションの一室をかりて、そこにもおさめてあります。——一番大切なものは、目をはなすわけにはゆかないだろう？　だから、いちいち、わたしが大事にかかえて往復してるんですがね。ほら、ここに」

隆道は、古い皮のカバンを椅子のわきからそっともちあげてみせた。

「ここには、世界に十部ぐらいしかない大変な本の一つがあるんだよ」

讃辞を待つかのようににたにたと笑う。

「そ、そうですか。すごいですね」

しかたなく、涼はいった。

「失礼いたします」

春がろうそくを立てた、手のかたちの燭台《しょくだい》をもって入って来た。ろうそくを、デスクの上においてひっこんで行こうとする。

「停電かね」

「はい、何ですかつきませんようで」

「そうか。あれは——いや、いい」

春が出てゆくと、ろうそくのゆらゆらするあかりが室内のものと、隆道自身との影を、いっそう長く、悪鬼じみてうつし出した。

「あ——あのう」

思いきって涼はさぐりを入れてみることにした。

「ああ?」

「藤原さんは——何を研究してらっしゃるのですか」

「いろいろなことを、だよ。『この天と地のあいだには、おまえにはわからない、哲学でも学問でも説明のつかぬたくさんのふしぎなことがあるのだよ、ホレーシオ』」

「はあ——?」

「いや、いや」

隆道は、おもむろに椅子をうしろにおしやって立ちあがり、ゆっくりと涼のほうへまわって来た。

「きみはいい少年だ」

満足そうに――奇妙にひとりで満悦してでもいるような調子で、うたうように言う。

「きみのような子にならら、何でも教えてあげたいね……何を知りたいの？」

「ええと――」

涼は、隆道が、さりげなさをよそおいながら、かれにじりじりと近づいて来、その肩に手をまわして並んで客用のソファにこしかけたので、すっかり当惑して身をかたくしていた。

「ぼく……」

「ここには、何でもあるのだ」

奇妙なもったいぶった抑揚をつけて、隆道がささやいた。

「言いたまえ。何を知りたい？」

「チャ――」

涼は、ごくりと唾をのみこみ、思いきっていった。

「チャールズ・フォート――あッ！」

「何だと！」

隆道のようすはかわっていた。

「そ、その名前をどこできいた、小僧！　なぜだ、どうしてだ！」

目をむき、叫ぶと同時に、彼の指さきがつよく涼の肩にくいこんだのだ。

「あ――痛ッ！」

「あ……」

次の一瞬、ハッとしたように、隆道は手をはなし、平静にもどった――ように見えた。

「これは失礼」

「あ……」

おどろきに、涼は息を吸いこんだ。

びっくりし、ひどく脅かされもしたが、しかし同時に、どうして、さっきあの奇妙な異和感を感じたのか、ようやくわかったのである。

隆道は、またしても、さっきのおどおどとしたようすとは、別人のような変貌をとげていたのだった。

どことなく、下っぱの悪魔とでもいった傲慢《ごうまん》な、いやみな自信たっぷりの光が目の中にちらつき、かれはさっき雄介のおかげで失われかけた自信を、すっかりとりもどしたとみえる。

「チャールズ・フォート！　それはえらい。その若さでチャールズ・フォートを知っているのかね。えらいものだよ。もちろん、あるとも――彼の本は全部そろっているよ。それは、わたしのいちばんの興味と同じなんだからね。どれ、こっちへおいで、見せてあげよう」

彼は涼をうながし、一番おくの書棚に歩みよって、並んで立ち、一冊の原書をとった。

「ほら、これだ」

「あ……いいですか」

涼はそれをうけとってひらいてみた。細かいアルファベットが並んでいる――かれの語学力では、悲しいかな、読み下すことはできなかった。

「チャールズ・フォートだけでいいの？　ここには、ミスカトニック大学の調査記録、エチエンヌ・ド・マリニー博士の『神秘研究総覧《しんぴけんきゅうそうらん》』、ジョゼフ・カーウィンの記録のうつしから、N・W・ピーズリーの夢体験をのせた版の『アメリカ心理学会報』――それどころか、もっとすごいものさえあるのだよ？　たとえば、フォン・ユンスト――まさか、フォン・ユンストを知らないなんていわんだろうね。『無名祭祀書《さいししょ》』の著者だよ……いま、わたしが欲しくてしかたのないのは、『エイボンの書』と、『ナコト断章《だんしょう》』なのだがね――『ナコト断章』と『イロン写本』のもとが同一かもしれない、という説について、どう思うかね――しかし、もうひとつに関しては、わたしは勝った。手に入れたんだよ。ほら――《狂ったアラビア人》アブドル・アルハザードの、あ、の、本……これがまさしくここにあると知ったなら、いったい、みなは――」

おどろき、あきれ、なかばあっけにとられながら、涼はこの冗舌《じょうぜつ》に圧倒されていた。わけのわからぬ名がつぎつぎにとび出してくる。それを、記憶にとどめておこうとつとめるのが精いっぱいである。

隆道は声をあげて笑った。

「しかしまあそんなことはもうどうでもいい。わたしは絶望していた。あの呪文も何の効果もなかったのか、とな——しかし、いまの話をきけば……ツァトゥグァは出現したのだ。アブドル・アルハザードは、いつわりをいったのではなかった。

　おお——だとすれば、わたしは一体、どんな力を手に入れたことになるか……」

「藤——」

　しだいに、涼は、狂人《きょうじん》とただふたり向かいあっている確信と恐怖に、つかまれはじめていた。

「藤原さん——？」

「そうなんだよ」

　くすくすと、神経的な笑い声を彼は立てた。

「これでこそ当然さ——これでこそ、わたしは、わたしをばかにした世間のやつらを見返してやれる——きみ、涼くん……きみはいい少年だ。じっさい、なかなかの美少年だよ。きみはわたしをばかにしないねえ？　そうとも、なぜって、わたしはツァトゥグァの秘法を日本人ではじめて身につけた人間なんだよ——誰も、《古き者》あるかぎり、このわたしに、さからうことなどできなくなるのだ……さあ。いい子だ——きみは、似ているよ。あの橘——そうとも、よく似ている……」

「待っ——待って下さい」

「ここへおいで——わたしの力がおそろしくはないのか？　わたしはこの世にツァトゥグァを呼びよせた。長い長い眠りからそれを呼びさまし、いま、異次元との間の封じられていた扉をひらいたのだよ。ナイアルラトホテップ！　さあ、ここへ……」

「何をするんです！」

涼は叫び声をあげた。

隆道のようすはまったくかわってしまっていた。

目ばかりがぎらぎらと光り、長い舌がくちびるをなめまわす。非人間的な喜悦と残忍さがその老いた顔を奇怪にゆがめている。

「冗談はやめて下さい――兄を、呼びますよ」

「兄か……」

クックッと狂人は笑った。

「あの男なら、いまごろは、わしの妻と、よろしくやっとるだろう――そのぐらい、いつだってわしにはわかっているのだよ。女は汚らわしいなめくじだ。わしの女房は男をくわえこんでは、わしから金をもちだすし、華子は――華子などわしの娘ではないさ。あんな気狂い女などどこへでも行ってしまうがいい。わしはもう、女などまっぴらだ――たとえ、この新しい力の前に、世界じゅうの女がひざまずいて、わしの寵《ちょう》を乞《こ》うたとしてもな……きみは、幸せ者だぞ。わしは日本の、新しい支配者になる――藤の古株を枯れたと思ったらまちがいだ。それはいつでも時をえて、再びつるをのばし、この島じゅうにはびこるのを待っているのだよ……」

「あぁッ！」

乱暴に肩をつかみ、ひきよせられて、涼は叫び声をあげた。

しわぶかい、ぐにゃりとした手にふれられたとたん、耐えがたい嫌悪の戦慄が、そのからだをつきぬけて走った。

反射的にふり払おうとする――が、見かけは老いぼれてやせしなびているにもかかわらず、ふじづるのようにまつわりついてくる老人の手は、恐しく力がつよかった。

「や――やめてくれ！」

「どうして逃げる。なぜ、わしの恩寵《おんちょう》をうけることを光栄と思わぬ――まもなく世の中は、まったくかわってしまうのだぞ……ものみなすべてがあるべきすがたにもどるときがくる……そのときこそ、わしは誰よりも力をもつようになる――わからんのか、ばかもの……」

「ああっ――」

隆道のひざが強い力で涼の足をおさえこんでいた。

（く――狂ってる）

まさしく、老人の目はギラギラと、常人のそれではない異様な歓喜と妄執《もうしゅう》に輝いている。

その口のはたからよだれがこぼれおちる。

「はなして下さい………」

涼の声が、恐怖にかすれた。

「誰か――雄介さん……」

「むだだ。この家は、いま、ツァトゥグァの神殿《しんでん》となる――」

ぬめぬめとした唇が、涼のそれを這いさがしてくる――

涼が絶望と嫌悪に身をちぢめたときだった。

「ウ――」

ふいに、老人のうごきが止まった。

次のせつな！

「ウワア――ッ‼」

すさまじい――

異様とも、凄絶《せいぜつ》とも……何とも形容しがたい、怪鳥《けちょう》のような叫びが、藤原隆道の口からほとばしった！

「ど――」

涼はおどろき、その凍りついた目の見すえるさきを、おそるおそる見――

「キャーアアーッ！」

そして、絶叫した。

雄介たちのきいたのは、この涼の悲鳴だったのである。

それが――

い、い、い、
そこにいた。

おお、しかし――

いったい、それを、なんと形容すればよかっただろう?

それは、ありうべからざる――

決して、この世にあってはならぬものだった。

すさまじい悪臭と、そして信じがたいその奇怪な、ゆがんだ、邪悪なかたち……

「ツ――」

隆道ののどから、しめ殺されるような声がもれる。

「ツァトゥグァ……」

「ツァトゥグァ――」

ばかのように、涼はくりかえした。衝撃と恐怖にしびれてしまった頭の奥で、ようやくかれは、それが、あの日、結城画廊の鉄の壁をやぶって、忽然と出現した凶々《まがまが》しい、いとわしい怪物と同じものであることを、かすかに、うつろに知覚した。

「ウ……うわああッ!」

かれは、ひどく遠くからでもきこえてくるかのような悲鳴をきいた――それが、自分自身の口からほとばしっているのだとは、思いもしなかった。

「ツァトゥグァ――ツァトゥグァ! 雄介――雄介さん! 助けて……」

「ツァトゥグァ!」

隆道の目がはりさけそうに見ひらかれている。

老人は、じりじりと、逃げようとするのか、それとも近づこうというのかさだかでないしぐさで、にじり動きはじめた。腰がぬけて、立ち上がることもできないのであるらしかった。

（逃げなくては——おお、逃げなくちゃ……）

涼は、動こうとして、はじめて、自分のからだも、麻痺《まひ》してしまって意のままにならぬことに気づいた。

「ツァトゥグァ！」

老人が両手をあげ、まるで古代人のように、奇妙なしぐさでその妖怪を礼拝する。

ぼんやりと、奇妙なじだらくな安逸《あんいつ》さで、それを、涼はみていた。

すべての知覚がマヒしてしまい、何も感じられぬ。

世界は時の止まった水底になり、その音のない世界で、スローモーションのように、老人の上へ——助けとあわれみをこうように両手をあげた老人の上へ、その怪物がのしかかってゆく。

ぞっとするようなズルズルという音だけが耳につきささる。

すぐに、それは、バリ、バリ、といういやな音にかわった。

藤原隆道は、生きながらツァトゥグァに喰《く》われていた。

その目だけがなまなましく生きて、喰われながら、きょろきょろとさまよい、涼の目をみた。

からだのなかばをすでに喰い砕かれながら、いまだにわれとわが身におこっていることが信じられぬ、無邪気とさえ言いたいようなきょとんとした目つきだった。

その眼球が、ゆっくりと眼窩から押し出され、せり出してきた。

ツァトゥグァは、老人の頭の上に、そのぶきみな、むらむらとした悪臭を放つ口をかぶせていた。

「い、なぜ……」

隆道のカサカサにひからびたくちびるがうごいた。片方の眼球が、頭蓋《ずがい》にかかる圧力にたえかねてついに押し出され、どろりと白い神経繊維の束のさきに垂れさがった。

「なぜだ——ツァトゥグァ……おれがきさまをよみがえらせてやったのに……なぜ、なぜ——なぜなぜなぜなぜなぜ……」

狂ったレコードに似たうめき……

それを、グシャリというにぶい音が静かにたちきった。

老人の頭はツァトゥグァのあぎとのあいだでつぶれ、原型をとどめなくなった。ころころと、眼球がおちて床にころがった。あるじをなくした眼球は、まるでびっくり仰天したとでもいうように、そこにじっところがって、まばたきをするまぶたも失ったまま、ふしぎそうに涼を見上げていた。

涼は激しい音をたてて吐いた。

身を二つに折って、吐きつづけた。胃のなかのものがすべてなくなり、胃液さえ吐きつくしても吐きけはやまなかった。

が——

ふと、何かの気配を感じて涼は目をあげた。

ツァトゥグァの目がじっとかれを見つめていた。

邪悪な——はかり知れぬほどの長い時を経た、永劫《えいごう》にすむ魔ものの邪悪な目——ついに満たされたことのないその宇宙的な餓えが、そのなかに燃えあがり、チロチロとゆらめくのを、涼はみた。

(こんどは、ぼくの番なのだ)

恐しく機械的に、まったくのひとごとだとでもいうように、涼はおもった。

(ぼくもああして啖われてしまうのだ。生きたままあの口にのみこまれ、砕かれて——死ぬのだ)

自分はいったい何をしたろうか——あやしい夢うつつの思いが、涼のなかにつきあげた。何もしていない——この十九年間、それをただひとつながりの長い夢のように、かれはただうつらうつらとすごしてしまったのだ。

(いやだ)

涼ののどに再び吐きけがこみあげた。

かれはうしろへいざってすさった。

ツァトゥグァがゆっくりと近づく。

（いやだ）

涼はさがった。

ツァトゥグァの口が濡れ濡れとひらいた。くさった魚に似た悪臭がみちた。

（いやだ——まだ、早すぎる）

涼は——

自分のからだが二つになり、ひとつはじりじりとツァトゥグァをよけてさがりつづけ、そしてもうひとつは、自分のからだからぬけだして、他人《ひと》ごとのように、天井から見おろしているような気がした。

誰かが叫んでいた。そして、何か、銃声のような轟音が、たてつづけにきこえ、家が、ガタガタとゆれうごきはじめた。

自分が、何と叫んだのかを涼は知らなかった。自分が叫んだことすらも、涼は意識してはいなかったのだ。いあーぐ・たんた、とつぐ、てぃーよぐ、なこぶ・はー、ふんぐるい、はすとぅーる、ふたぐん……

「ガタノソア！　ガタノソア！」

誰かが叫んでいた。

ツァトゥグァがおそいかかってきた。

涼は気を失い、その場にくずれおちた。

「――ッ！」

荒々しくゆさぶられていた。

「涼ッ！　涼、しっかりしろッ！」

「あ………」

「涼！」

いきなり、つよい力で、二度、三度、頬を平手うちにされた。

「あッ！　雄介さん――」

「生きてたか。怪我は？」

「な――」

「歩けるか」

「ふ、ふじわら――」

「わかってる」

雄介は、嘔吐をこらえるような顔を、床の上にころがっているものから、そむけた。

「ぼくじゃない！　雄介さん！　ぼ――ぼくじゃない！」

「ばかやろうッ、当たり前だ」

再び、バシッと手が頬に当たる。

「しっかりしねえか。こんなことが人間にできるわけがねえ。誰がそんなことを言ってる——頼む。しっかりしてくれ！」

「ああ……」

ぼんやりと、涼は頭をふった。

ようやく少しずつ、心の焦点があってくる。

それにつれて、目のまえに彼をかかえ起こすようにしている雄介の、なつかしい顔がはっきりと見えてきた。

「ああ——雄介さん！」

「しっかりしろ」

「ツァトゥグァは……」

「大丈夫だ。いまは——少なくとも、ここにはいねえ。いいか、歩けるか。早くここから逃げ出さねえと——やばいんだ。こんな」——とあたりを漠然とさし示して——「ありさまを、バカなポリあたりに、どう説明できるってんだ？　立ってみろ。それとも、おぶってやらにゃだめか」

「え……」

かかえられて、よろよろと涼は立ちあがって、少し笑った。

「やだな——ひざがガクガクする……」

「さ、いいか、いくぞ。おれにぴったりついて来いよ」

雄介はあせっていた。

すでに、ごうごうと燃えさかる炎はそこかしこで地獄の乱舞《らんぶ》をくりひろげ、早くせねばかれら自身の生命も危ういだろう。

古い建物は梁《はり》があらわれて、それへチロチロと炎の舌が這いあがっているのだ。

(きれいだ)

夢のなかのようにうっとりと涼はその火にみとれた。まだ、かれの思考力は、停止してしまっているようだった。

「さあ。来い」

「あ——待って、何だっけ……」

「何だ、早くしろ。うわっちちち」

「あッ」

涼は叫び、かけもどろうとしたが、ひざがもつれて倒れかけた。

「ばか、あぶねえッ、何だよ！」

「あのカバン——あのカバン」

「カバン？」

涼はろくに説明ができぬ。

が、ピンと何かを感じとった雄介は、危険をおかして火の中へかけこんだ。

「このカバンか？　そうだな？――ん？」

ふと、本棚に目をとめる。

「あッ、こいつは――」

やにわにどさどさと、そのへんの本をつかみとって、カバンの中へ投げこみはじめたが、半分も入れぬうちに、パチパチと黄金色の火の粉をまきちらして、梁がおちかかってきたので、

「ナムサン！」

カバンを、抱きしめるように、身を低くして、ひといきにその地獄の炎の中をかけぬける。

「雄――」

「あちっ。ちち……くそう」

ごほん、ごほんと涼は咳きこんだ。

「こいつを、口にあてて ろ」

どこかからもってきた布きれの一方を涼にわたし、大切にカバンをかかえこむと、

「さあ、行くぞ。死にたくなけりゃあ、おれのあとについて来い」

「は――はい」

「さて、と――」

火の海を、雄介はにらみまわしたが、

「よし」

火勢のよわい一か所を目にとめて、

「行くぞ」

ジャンパーを頭の上にもちあげ、涼をかばいながら、息をとめて、一気にかけこんでゆく。

かれらのすがたがそこをとおりぬけた、わずかその一瞬あとに、ごおう……と音たてて、梁がくずれおちた。

涼はせきこみ、ともすればくずおれそうになる。

(えい、面倒くさい)

涼をなかばかつぎあげるようにし、右腋《みぎわき》にカバンをかかえて、さいごのひとへやをつっ切り、肩からガラスと、その向こうのブラインドにつっこんだ。

かれらのからだは、バウンドしてしめった土の上におちた。

しばらくはどちらも、物も言えなかった。おのれの生きていることが信じられない、というように、はあっ、はあっ、と肩で息をし、すっかりいがらっぽくなったのどと肺に流れこんでくる、この上もなく甘美なやさしいあまい、冷たい新鮮な空気を夢中でのみこんでいる。

「お——おい、涼……」

「は、はいッ……」

「生きてるか」

「え――ええ……何とか」

「そうか、おれもだ。――どっか、焦げたか」

「いえ……」

「うん、こいつも、大丈夫だ」

大切なカバンを雄介はいつくしむようになでた。

家は、かれらの頭上に、壮麗な花火のように燃えくるい、派手に金色の粉を舞いちらしている。

どこかから激しく、消防車のサイレンと、カンカンカンカン……という半鐘《はんしょう》の音がきこえてくる。

時ならぬ高級住宅地の火事さわぎが、大混乱をまきおこしているのだろう。

「あ――危ないッ」

頭の上へ、二階がくずれおちようとするのを、涼の腕をつかんでとびのいた雄介は、

「おいッ、長居は無用だ。早く、ここはずらかろう。まだ、ポリに見つかったり――それに、もともと、おれはやつらたあ、あんまりかかわりをもちたくねえんでね」

「は、はい」

「お――こっちは、ダメだ。野次馬だらけだ」

裏庭へまわると、そこは、高い塀をへだてたとなりの庭である。

それへ先に涼を押しあげてやってから敏捷《びんしょう》によじのぼり、誰もおらぬのをたしかめて、ひらりととびおりる。

さいわい、隣家の火事とあって、家人はみな、そちらへかけ出していったらしく、誰もいないのを、まっすぐ家のうらをつっ切って通用門からとび出すと、

「いいか、そこの塀の下で待ってろ。車をとってくる——何があっても、動くんじゃねえぞ」

「は——早くもどって下さい」

不安げな涼の肩をどやしつけて、身がるにとび出していった。

大きな火事だ。あとからあとから消防車、野次馬、整理の警官が、この閑静な住宅街のどこにこんなに人がいたかというほどに、このせまい通りをめざしてつめかけてくる。

カンカンカン——という音、ヒステリックな消防車のサイレン、に包まれながら、不安をこらえて涼はうずくまっていた。

どのくらいの時間がたったものか。

「わるい、わるい。車、とめた近くにパトカーがいやがって、冷や汗かいちゃった」

彼のまえに、キッと音をたてて、雄介のスカイラインGTがとまり、ドアがあいた。

「さ。早く乗れよ。もう、大丈夫だぜ」

「あの——あの家の人は……」

「うるせえ。いまは、何もいうな、言わせるな。いまは、よけいなことを、考えるんじゃねえ。あとでゆっくり、考えりゃいいんだ——さあ、乗らねえんなら、置いていくからな」

「は、はい」

ひきずられるように涼がとびこむのを、待ちかねてドアがしめられ、スカイラインは走り出す。

雄介も、涼も、すすけ、やけこげた、さながら避難民といったざまだった。

（………）

サイレン、半鐘、人びとのさわぎ——喧騒がうしろに遠ざかる。

あの火のなかにころがり、焼きつくされていったもの——あの不幸な男であったもののことを、頭からしめだそうと涼はつとめた。

ツァトゥグァはどこへ消えうせたのか、ということも、そして——もっと不可解なあるひとつの疑問のことも………

かれらのうしろで、古い藤原家の洋館は、巨大な松明《たいまつ》となり、黄金と紅とオレンジの美しいタペストリーを織りあげる。

それはこの古い呪われた家に訪れたさいごの華麗な栄華《えいが》であり、せめてもの終幕のスポットライトでもあった。

かれらの車が脱兎《だっと》のように坂をまがる直前に、壮麗な火の粉を吹きあげながら、ついにその滅びの家は、火の中へどうどうと崩れおちていったのだった。

（魔界水滸伝1　完）

作中のクトゥルー神話についてはH・P・ラヴクラフト　他
「ク・リトル・リトル神話集」荒俣宏編を参考にしました。

P+D BOOKS ラインアップ

（お断り）

本書は２０００年に角川春樹事務所より発刊された文庫を底本としております。
あきらかに間違いと思われるものについては訂正いたしましたが、
基本的には底本にしたがっております。
また、底本にある人種・身分・職業・身体等に関する表現で、現在からみれば、
不当、不適切と思われる箇所がありますが、著者に差別的意図のないこと、
時代背景と作品価値とを鑑み、著者が故人でもあるため、原文のままにしております。

P+D BOOKS

ピー プラス ディー ブックス

P+Dとはペーパーバックとデジタルの略称です。
後世に受け継がれるべき名作でありながら、現在入手困難となっている作品を、
B6判ペーパーバック書籍と電子書籍で、同時かつ同価格にて発売・発信する、
小学館のまったく新しいスタイルのブックレーベルです。

魔界水滸伝1

2015年5月25日　初版第1刷発行

著者　栗本 薫
発行人　田中敏隆
発行所　株式会社　小学館
〒101-8001
東京都千代田区一ツ橋2-3-1
電話　編集 03-3230-9355
販売 03-5281-3555
印刷所　中央精版印刷株式会社
製本所　中央精版印刷株式会社
装丁　おおうちおさむ（ナノナノグラフィックス）

ISBN978-4-09-352212-0

P+D BOOKS